마지막 입는 옷엔
주머니가 없네

고승열전 16 만암큰스님

마지막 입는 옷엔 주머니가 없네

윤청광 지음

우리출판사

윤 청 광

전남 영암 출생으로 동국대학교에서 영문학을 전공했고, MBC-TV 개국기념작품 공모에 소설 〈末島〉가 당선되었으며, MBC에서 〈오발탄〉 〈신문고〉 〈세계 속의 한국인〉 등을 집필했다. 그 동안 대한출판문화협회 상무이사 · 부회장 · 저작권대책위원장 · 한국방송작가협회 이사 · 감사 · 방송위원회 심의위원을 역임했고, 〈불교신문〉 논설위원을 거쳐 현재 〈법보신문〉 논설위원, 법정스님이 제창한 〈맑고 향기롭게 살아가기 운동〉 본부장, 출판연구소 이사장을 맡아 활동하고 있다. BBS 불교방송을 통해 〈고승열전〉을 장기간 집필했고, ≪불교를 알면 평생이 즐겁다≫ ≪불경과 성경 왜 이렇게 같을까≫ ≪회색 고무신≫ 등의 저서가 있으며, 기업체 · 단체 연수회에 초빙되어 특강을 통해 '더불어 사는 세상'을 가꾸고 있다.

BBS 인기방송프로
고승열전 16 만암큰스님
마지막 입는 옷엔 주머니가 없네

2002년 10월 23일 개정판 1쇄 발행
2010년 2월 11일 개정판 2쇄 발행

지은이/윤청광
펴낸이/김동금
펴낸곳/우리출판사
등록/1988년 1월 21일 제9-139호
주소/120-013 서울특별시 서대문구 충정로 3가 1-38
전화/(02)313-5047, 5056
팩스/(02)393-9696
E-mail/wooribooks@wooribooks.com
홈페이지/www.wooribooks.co.kr

ISBN 89-7561-187-6 03810

책값은 뒷표지에 있습니다.

· 지은이와 협의하여 인지를 붙이지 않습니다.
· 잘못된 책은 본사나 구입하신 서점에서 바꾸어 드립니다.

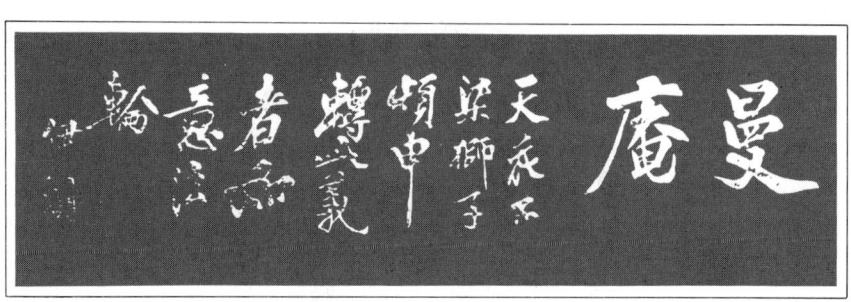

◇ 추사 김정희(秋史 金正喜)선생의 글씨로 선생이 백파(白坡)선사에게 그 유명한 글씨로 석전(石顚), 만암(曼庵), 다륜(茶輪) 세가지 호를 지어 친히 써주며 후대에 스님의 자손 중에 식도리자(識道理者 ; 불법의 진리를 깨친 분)가 나오면 이 호를 하나씩 나누어 주라 하였다 함.
후에 석전은 석전 박한영스님에게, 다륜은 다륜스님에게, 만암은 역시 만암스님에게 주어져 추사 글씨의 이 만암 액자가 지금도 백양사에 보관되어 있음.

어찌하여 헛꽃만 쫓아가는고

　만암선사(曼菴先師)께서 열반하신 지도 어언 사십성상이 가까워진다. 부처님의 정법(正法)이 날로 위태롭고 승단의 수행 기풍이 더욱 흐려져 가는 현실에 즈음하여 일생을 한결같이 계율 가지심이 청정(清淨)하시고 선정(禪定)과 지혜(智慧)의 밝으심이 부족함이 없으셨던 만암선사의 일대기(一代記)는 작가 윤청광 거사님의 감동어린 진솔한 조명(照明)으로 근세 한국 불교의 가장 뛰어난 사표(師表)로서 모든 수행인들의 귀감(龜鑑)이 될 것이다.
　선사께서는 나에게 부처님의 세계를 열어주셨고 기꺼이 문하에 두고 끝없는 가르침을 베풀어주셨으며 어둡고 험난했던 시절이었음에도 국외 유학의 길까지 마련해주었다.
　선사께서는 나에게 있어서는 엄한 스승이시자 자비로운 은인이셨으니 그 한량없는 가르침과 지극하신 은혜, 만분의 일도 갚지 못한 채, 어느덧 나도 노승(老僧)의 자리에 앉게 되었으니 송구스러울 뿐이다.

선사께서는 세상을 내다보시고 장래를 미리 바라보시는 혜안이 참으로 밝으셨던 분이다. 사실인즉 이땅의 불교 정화를 가장 합리적으로 가장 먼저 실천하셨고 승풍진작을 위해 선농일여(禪農一如)를 몸소 보여주셨으며 불교의 중흥과 국운융창을 위해서는 인재양성이 첩경임을 아시고 학교를 세우셨으니 수십 년 세월이 흐른 후에야 그 큰 공덕을 새삼 우러르게 된다.

선사께서는 이 나라 불교계의 최고지도자인 종정(宗正)자리에 오르시고도 종조(宗祖)를 바꾼 사람들과는 함께 자리할 수 없다 하시며 종정자리를 미련없이 내던지고 백양사로 내려오신 뒤 일상선송(日常禪誦)의 수행과 오직 후학들을 지도하시는 데만 여생을 바치셨다.

그래서 선사께서는 결코 세상에 널리 알려진 이른바 '고승대덕(高僧大德)' 소리 듣기를 바라지도 아니 하셨고 감투를 자랑으로 여기거나 차지하려고 연연하지도 않는 그런 분이셨다.

스승과 조사(祖師) 모시는 일에는 극진하셨고, 후학을 아끼고 사랑하시는 데는 정성을 쏟으셨으며 부좌달서(趺坐達曙 ; 좌선으로 날을 샘)는 그분 여생의 끊임없는 수행이셨다. 산천초목을 아끼고 가난한 백성을 걱정하고 까막 까치와 노루 다람쥐의 끼니를 걱정하는 데는 잠을 이루지 못하시면서도 당신의 편안함은 결코 바라지 않는 그런 분이셨다.

그래서 선사께서는 세상에 널리 법명을 떨친 요란한 스님은 결코 아니셨다. 그러나 세월이 흐르면 흐를수록 선사의 청정한 수행과 공덕은 전해지고 전해져서 수많은 중생들의 마음 밭에 촉촉한 자비를 심어주고 있으니 이 또한 선사의 큰 덕화가 아닌가한다.

이제 선사의 거룩한 자취를 엮어 세상에 전하니 손때 묻으신 마지막 유물까지도 하나하나 제자들에게 친히 나누어 주시고 완전무결한 무소유(無所有)를 몸소 보여주신 선사의 가르침을 깨달아 욕심과 성냄과 어리석음에서 이 세상 모든 중생들이 벗어나게 되기를 빌 뿐이다.

누구나 사람이 이 세상을 떠날 적에 마지막으로 입는 옷, 수의(壽衣)에는 주머니가 없으니 재화도, 보물도, 땅도, 감투도 담아갈 수 없다고 이르셨건만 어쩌자고 세상 사람들은 본래 면목은 보지 못하고 헛꽃만 쫓아가는고!

불기 2537년 4월

門人 尙純 근지(謹識)

차례

1
산문을 찾아서 / 15

2
영원을 사는 길 / 41

3
마음의 눈, 마음의 귀 / 65

4
노스님의 마음 잣대 / 79

5
한 조각 뜬 구름 / 95

6
이백 년을 기다려온 법호, 만암 / 115

7
일본 순사와의 한판 대결 / 131

8
백양사의 새바람, 반선반농 / 143

9
백양사 스님들의 곶감보시 / 157

10
백양사 중창불사에의 지극한 원력 / 173

11
아무나 마시면 곡차가 되느냐 / 189

12
중생이 굶주리면, 수행자도 굶주려야 하는 게야 / 199

13
자비가 보시를 낳고 / 209

14
바다보다 깊은 연못 / 221

15
고무줄 법문 / 233

16
학산스님이 숨겨온 땅문서 / 243

17
사람이나 짐승이나 똑같은 게야 / 253

18
고양이에게 법문을 설하다 / 265

19
향 싼 종이, 생선 싼 종이 / 271

20
눈밭에서의 알몸 담판 / 281

21
법당을 불태우려거든 나도 함께 태우시오 / 289

22
앉아서 조는 듯 열반에 들다 / 299

■ 꾸밈도 보탬도 없는 위대한 삶 / 311

1
산문(山門)을 찾아서

전라남도 장성군 북하면 백양산의 아름다운 산자락을 더듬어 올라가다 보면, 백제시대 때부터 여러 훌륭한 고승들의 수행처가 되어 왔던 천년고찰 백양사(白羊寺)가 자리잡고 있다.

이 백양사는 근세 칠십여 년 동안에만도 이 나라 불교계의 최고 지도자인 종정 큰스님을 다섯 분이나 배출한 곳이기도 하다.

석전 박한영 스님을 비롯해서 만암스님, 환응스님, 묵담스님·서옹스님 등 덕망 있는 큰스님들이 모두 백양사 출신으로, 훗날 종정스님의 자리에까지 오른 분들이다.

이중 한 분인 송만암 대종사는 1952년에 대한불교 조계종 종정을 지냈으며 백양사의 5대 창주로 추앙되고 있다.

만암 대종사가 장장 십여 년의 원력을 세워 이룩한 백양사 중창불사는 오늘날 대가람의 위용과 규모를 자랑하는 백양사가 있게 한 밑거름이 되었다.
　또한 만암 대종사는 농사를 지어가며 참선수행하는 반선반농(半禪半農), 선농일여(禪農一如)의 규범을 확립하기도 했으며, 일찍이 흉년이 들어 절 살림은 물론, 나라 전체가 어려울 때에도 빈민구제사업을 실시해 진정한 자비와 보시를 이땅에 베풀었던 덕행의 장본인이었다.
　이렇듯 몸소 불교의 자비보살행을 실천하며 열반하는 그날까지 참불자로서의 길을 걸었던 만암 대종사의 행장은 여지껏 일반에 널리 알려지지 않았었다.
　이렇듯 늦게나마 기록을 더듬고 증언을 엮어 거룩한 스승의 족적(足迹)을 정리하는 일은 즐겁고도 가슴벅찬 일이 아닐 수 없다.

　만암 대종사는 지금으로부터 백 십여 년 전인 1875년, 음력 정월 열 이렛날 전라북도 고창군 고창읍 중거리에서 태어났다.
　만암이 태어나기 전, 그의 어머니 김씨 부인은 매우 신기한 꿈을 꾸었다.
　"여보, 참 이상한 일도 다 있지요?"
　첫닭이 울 무렵, 김씨 부인은 막 잠에서 깨어난 남편을 바라보며 고개를 갸웃거렸다.

"대체 무슨 꿈을 꾸었길래 이상하다는 게야? 어서 얘기를 해보라구."

"……글쎄 내가 산 속을 헤매다가 흰옷을 입고 나타난 백발도인을 만나지 않았겠어요?"

남편 송씨는 아내가 꿈에 도인을 보았다는 말에 심상치 않은 느낌이 들었다.

"그, 그래서?"

"산신령이신가, 도인이신가 겁에 질려가지고 뒷걸음질을 치는데……."

"그래, 그 도인이 어떻게 하시더라는 게야, 응?"

"그 도인이 글쎄 품에 품고 있던 하얀 양새끼 한 마리를 꺼내서 보여주시더니만, 느닷없이 그 새끼 양을 덥썩 내 품에 안겨주지 않겠어요, 글쎄!"

김씨 부인은 얘기를 하면서도 연신 고개를 갸우뚱거렸다. 생전 처음 꾸어보는 이상한 꿈인데다가 도무지 왜 그런 꿈을 꾸게 되었는지 알 수 없는 일이었다. 남편 송씨는 이제 완전히 잠에서 깨어난 얼굴로 김씨 부인 앞에 바짝 다가 앉았다.

"그, 그래서?"

"아, 그래서 내가 그만 기겁을 해서 새끼양을 가슴에 안은 채 소리를 지르다가 깨고보니 꿈이었단 말예요."

아무래도 부인의 꿈이 예사로운 것 같지 않아서 나름대로 해몽을 해보던 송씨는 퍼뜩 짚히는 게 있었다. 그는 활짝 밝아진 얼굴로 무릎을 탁 치며 껄껄 웃었다.

"허허! 난 또 무슨 소린가 했지."

"아니, 당신 왜 그렇게 웃으시는 거예요, 예?"

김씨 부인은 난데없이 너털웃음을 터뜨리는 남편을 의아한 눈길로 바라보았다. 송씨는 한참을 그렇게 웃고 나서 아내의 궁금증을 풀어주었다.

"임자 말이야, 아들 하나 더 낳겠는 걸?"

"예에?"

"듣고 보니, 그 꿈은 영락없는 태몽이야."

"아니, 아들이 셋이나 있는데 이 나이에 아이를 또 낳는다니요?"

송씨의 확신에 찬 해몽에 부인은 금새 얼굴이 붉어지며 당황스러워했다.

그 이듬해, 송씨 부부는 과연 넷째 아들을 얻게 되었다. 나이 사십이 넘어 신기한 태몽을 꾸고 얻은 아들인지라 이들 부부는 넷째 아들을 애지중지하며 무척 귀하게 여겼다. 그러나 이 넷째 아들이 네 살 되던 해에 송씨는 그만 덜컥 세상을 떠나고 말았다.

옹색한 살림을 꾸려가며 자식 넷을 혼자 키워야 할 김씨 부인의 고생은 이만저만이 아니었다. 먹고 살기에도 궁한 형편이었으니 남

편을 여읜 슬픔보다는 당장에 자식들과 살아나가야 할 호구지책이 절박한 일이었다.

　김씨 부인이 억척스럽게 농사를 지어가며 겨우 생계를 이어가는 형편이었으므로 네 아이들의 입성이나 먹거리는 늘 쪼들리기 십상이었다.

　김씨 부인은 제대로 먹이지도 못하는 자식들을 애처로워하며 밤이면 눈물로 베갯머리를 적시우곤 했다.

　그러는 가운데 어느덧 세월은 흘러 넷째 아들이 여덟 살 되던 해 봄이었다. 얼마 후면 보리타작을 할 요량으로 마당을 곱게 다져 놓고 밭에 나가 일을 마치고 집으로 돌아온 김씨 부인은 소스라치게 놀랐다.

　아침 나절에 분명히 마당을 비질하여 곱게 다져 놓았는데 이게 웬일인가. 마당이 온통 파헤쳐져 있는데다가 엉망으로 어지럽혀져 있는 것이다.

　"아니, 이게 어떻게 된 일이지?"

　김씨 부인은 눈이 휘둥그래져서 마당을 여기저기 살펴보았다. 자세히 보니 무슨 그림인지 글씨인지 모를 것들이 가득 그려져 있었다.

　"아이구, 이런 망할 녀석들! 누가 이렇게 마당을 긁어 놨어? 마당살을 이렇게 파놓으면 보리타작은 어떻게 하라구, 응?"

김씨 부인은 너무 속이 상해서 온몸에 힘이 다 빠지는 것 같았다. 그때 손에 흙을 잔뜩 묻히고 서 있는 넷째 아들의 모습이 눈에 띄었다.
"오라, 이제 보니 네 녀석이 그랬지, 응?"
"예……."
"이 녀석아, 이런 쓰잘데 없는 그림을 그려서 마당을 망쳐 놓으면 어떻게 하겠다는 게야, 응?"
김씨 부인은 차마 철모르는 막내아들을 때려줄 수가 없어 땅이 꺼져라 한숨만 내쉬었다.
"어머니, 이건 쓰잘데 없는 그림이 아니에요."
"무엇이 어째? 마당 살을 이렇게 파 놓고도 그림이 아니라구?"
김씨 부인은 초롱한 눈망울을 빛내며 태연스레 웃고 있는 아들에게 짐짓 엄한 표정을 지어 보였다.
"참, 어머니두! 이건 그림이 아니라 글씨란 말이에요."
"뭐야? 네가 글씨를 썼다구?"
철모르고 짓궂은 장난을 친 아들을 꾸짖어 주려던 김씨 부인은 더욱 눈이 휘둥그레졌다. 마당을 유심히 보니 아닌게 아니라 글씨가 가득 쓰여져 있었다.
"자 보세요, 이것은 하늘 천 자, 그리고 또 저건 따 지 자란 말이에요."

아들은 자랑스럽다는 듯이 글자를 한 자 한 자 짚어가며 읽고 있었다. 글자라고는 배운 적도 없는 아이가 거짓말처럼 그것을 쓰고 읽는 모양을 보고 김씨 부인은 아연실색할 뿐이었다.

"아니, 이 녀석이! 네가 언제 글씨를 배웠다는 게냐?"

"다른 아이들 붓글씨 쓰는 거 보고 나도 배웠단 말이에요. 어머니, 나 서당에 보내 주세요."

"뭐야, 서당엘?"

김씨 부인은 눈앞이 캄캄해지는 것만 같았다. 글동냥으로 몇 글자 얻어 배운 걸 연습하느라 마당 살을 파 놓은 막내아들이 가엾기도 하고 신통하기도 했다. 하지만 다섯 식구 먹고 사는 것만 해도 빠듯한 살림에 서당이라니 언감생심 꿈도 꿀 수 없는 일이었다.

"어머니! 나 정말 서당에 가고 싶어요."

"쓰잘데 없는 소리 말고 어서 물 뿌리고 마당이나 밟어! 마당을 이렇게 파 놓으면 흙살이 올라와서 보리타작도 못하는 법이여!"

김씨 부인은 막내아들의 투정을 못들은 척 외면할 수밖에 없었다. 어머니의 쓰린 속마음을 알 리 없는 막내아들은 잔뜩 서운한 표정을 지었다.

"어머니, 나 이제 마당도 안 파고 글씨 장난도 안 할 테니까 서당에만 보내주세요, 네?"

"으이구, 이 철없는 것아! 서당은 누가 거저 오라고나 한다더냐?"

"에이 참 어머니두, 다른 아이들은 창호지만 가지고두 다들 가던데요, 뭘."

"아, 문에 바를 창호지도 못사는 판에 글씨 장난할 창호지가 어디 있다고 그러냐 그래? 그리구 창호지만 있으면 뭣에 쓸 것이여? 서당에 제대루 댕기자믄 벼루도 사야지, 붓도 사야지, 천자책도 사야지, 게다가 또 다달이 월사금도 줘야지……."

김씨 부인은 아들이 마구 졸라대는 통에 기어이 속엣말을 입 밖에 내고야 말았다. 그러나 현실이 얼마나 절박한지를 알지 못하는 막내아들에게 그 속사정이 통할 턱이 없었다.

"월사금은 안 내도 돼요, 어머니! 곡식으로 몇 되 내면 된다던데요?"

"으이구 이것아! 풋보리 훑어다가 죽 쒀먹는 것 보면서도 몰라? 우리 먹을 것두 없는데 서당 훈장 줄 게 어디 있다고 그래? 아 그리고 네 큰형, 둘째, 셋째 형도 서당에 못보냈는데 어떻게 너만 서당에 보낼 것이여?"

"그래두 전 가고 싶어요, 어머니! 서당에 보내주세요, 네?"

"너 자꾸 에미 속썩이면 매맞을 줄 알아?"

"몰라요! 전 서당에 가고 싶단 말이에요!"

끝내 생떼를 쓰던 막내아들은 슬그머니 집을 빠져나갔다. 김씨

  부인은 집안 돌아가는 형편도 모르고 어거지를 부리는 어린 막내아들이 야속한 생각마저 들었다.
    '속 없는 녀석……보릿고개에 배를 곯는 판인데 서당은 무슨 서당이람.'
    김씨 부인은 불현듯 서러운 마음이 들어 막내아들이 글씨를 파놓은 마당 한 귀퉁이에 쪼그리고 앉아 눈시울을 적셨다.

    한편, 집에서 야단을 맞고 나온 여덟 살 짜리 소년은 자기도 모르는 새 서당 문 밖을 기웃거리고 있었다. 그는 깨진 사금파리로 글씨를 써가며 안에서 학동들이 배우는 천자문을 혼자 연습해 보았다.
    마침 뒷간에 가려고 토방을 내려서던 서당 훈장이 소년이 쓰고 있던 글씨들을 보고는 걸음을 멈추었다.
  "이리 와보거라."
  "예? 저 말씀이신가요?"
    글씨 쓰기에 골몰해 있던 소년은 금새 겁먹은 표정을 지었다. 그도 그럴 것이 서당 안마당을 온통 글씨자국으로 어지럽혀 놓았으니 필경 또 야단을 맞게 될 게 분명할 터였다.
  "이 마당에 사금파리로 글씨를 써놓은 게 필시 네 짓이렷다?"
  "예……잘못 했구먼요, 훈장 어르신."

소년은 쭈뼛거리며 기어들어가는 소리로 대답했다. 전에 몇 번 학동들이 훈장에게 회초리를 맞는 걸 보았던 터라 몹시 주눅이 들어 있었다.

"분명히 네가 썼느냐?"

훈장은 뒷짐을 진 채로 서서 소년을 내려다보았다. 소년은 얼핏 고개를 들어 그를 올려다보고는 이내 자라목이 되어 움츠러들었다. 아무래도 된통 꾸지람을 들을 것 같아 불안하기 짝이 없었다.

"이 글씨를 네가 썼느냐고 묻지 않았느냐?"

"……예."

"그럼 어디 한번 읽어보아라. 이 글자가 무슨 자던고?"

뜻밖에도 훈장은 그다지 화내는 것 같지 않았다. 소년은 용기를 내어 그가 가리키는 글자를 소리내어 읽었다.

"예, 이 글자는 하늘 천이구먼요."

"그럼 이 글자는?"

"따 지."

"그럼 이 자는?"

"예, 검을 현이구먼요."

"그럼 또 이 글자는?"

"누를 황!"

훈장은 소년이 쓴 글자들을 하나씩 짚어가며 계속 그 뜻과 음을

물었다.

"허허! 이 녀석, 너 대체 이 글자들을 어디서 배웠는고?"

"……예, 저 다른 아이들 읽고 쓰는 걸 보고 그냥 써본 것이구면요."

"아니 그러면 다른 서당에서 배운 것이 아니고, 어깨너머로 이 글자들을 배웠단 말이더냐?"

"……예."

소년은 죄진 사람처럼 몸둘 바를 몰라하며 훈장 앞에서 쩔쩔매고 있었다. 도둑공부한 것이 발각됐으니 무슨 날벼락이 떨어질지 알 수 없는 일이었다.

"허허 이 녀석 이거 월사금도 내지 않고 도둑공부를 했었구나, 응?"

훈장이 갑자기 목소리를 높이자 소년은 더럭 겁이 났다.

"자, 잘못했구면요, 다시는 안 그럴테니 한번만 용서해 주십시오, 훈장 어르신!"

소년은 간이 콩알만해져서 훈장 앞에 머리를 조아렸다.

"허허 이 녀석, 네 아버님 함자가 어찌 되시느냐?"

"아, 아버님은 여산 송씨에 의 자, 환 자이십니다만 돌아가셨습니다, 훈장 어르신."

"그러고 보니 네가 바로 송의환의 아들이더란 말이지?"

"예, 그러하옵니다."

"허면, 네 어머님은 지금 집에 계시렷다?"

"예, 계시기는 하옵니다만……."

"내 너의 집에 가서 네 어머님을 만나 뵈어야겠다."

소년은 울상이 되어 훈장의 발 밑에 넙죽 엎드렸다. 자신이 도둑 공부한 것 때문에 훈장이 어머니에게 닦달을 하려나보다 생각하니 큰일이다 싶었다.

"아이구, 아니되시옵니다요, 어머님께서 아시면 전 매를 맞습니다요. 훈장 어르신! 다신 이 서당에 들어오지 않을 테니 이번 한번만 용서해 주십시오, 예? 훈장 어르신……."

"여러 말 할 것 없다! 어서 앞장서거라."

소년은 감히 훈장의 엄한 지시를 거역할 수가 없었다. 얼굴이 사색이 되어 훈장을 모시고 집으로 가는 소년의 심정은 불안할 따름이었다.

"아니 훈장 어르신께서 어떻게 저희 집엘 다 오셨나요?"

덜 익은 풋보리를 베어다 말려서 조심스럽게 절구질을 하고 있던 김씨 부인은 막내아들을 앞세우고 들어오는 훈장을 이상하다는 듯이 쳐다보았다.

"이 아이가 이 댁 자제 맞지요?"

"……아 예, 우리집 넷째 아인데요……서당에서 무슨 말썽이라

도 부렸는가요?"
　김씨 부인은 안절부절하는 막내아들의 표정을 살피며 훈장에게 걱정스레 물어보았다.
　"아니올시다, 말썽을 부려서 찾아뵌 게 아니고……."
　훈장은 황망히 손을 내저으며 김씨 부인 앞으로 정중히 걸어나갔다.
　"이 아이는 보통 총명한 아이가 아니니 서당에 보내도록 하시지요."
　"예에?"
　김씨 부인은 훈장의 말을 듣고 또 한번 놀랐다.
　"이 아이가 어깨너머로 보고 듣고 배워서 마당에 써 놓은 글씨를 보았는데 보통 총명한 아이가 아니올습니다."
　"그, 그러면 우리 아이가 정말로 그렇게 총명하단 말씀입니까요?"
　"총명한 정도가 아니라 영특합니다, 이대로 썩히긴 아까우니 나한테 맡기십시오."
　마을 훈장이 직접 막내아들의 영특함을 인정해 주었으니 의당 기뻐해야 할 일이었다. 하지만 김씨 부인의 표정은 이내 수심에 잠겼다. 사는 형편이 이 지경인데 무슨 수로 아이를 서당에 보낸단 말인가. 김씨 부인은 물끄러미 먼산을 바라보며 긴 한숨을 몰아쉬었다. 이를 알아차린 훈장은 얼른 말머리를 돌렸다.
 "허허, 월사금 때문에 그러신다면 염려 놓으십시오. 제가 이 아이만은 그냥 가르쳐 드리겠습니다."
 "아이구 원 세상에 그런 법이 어디 있답니까요."
 김씨 부인은 월사금을 받지 않겠다는 말에 펄쩍 뛰었다. 훈장은 그에 아랑곳하지 않으며 마당가에서 모이를 쪼고 있는 닭들을 손으로 가리켰다.
 "조금도 괘념치 마시고 나한테 맡기십시오. 그대신 저기 저 닭이라도 두어 마리 팔아서 이 아이 지필묵이나 사주십시오. 천자책은 쓰던 것이 있으니 내가 주겠소이다."
 "이거 원 졸지에 이런 말씀을 듣고 보니 어떻게 대답을 드려야 좋을지……."
 생각같아서야 훈장이 시키는 대로 지필묵이나 사줘서 서당에 아들을 들여보내고 싶었지만 김씨 부인으로선 차마 입이 떨어지지 않았다.
 "여러 생각 마시고 내가 말씀드린 대로만 하십시오, 이 아인 벼슬을 해도 크게 할 아이입니다."
 훈장은 마치 예언이라도 하듯 확신에 찬 어조로 말하고는 서당으로 돌아갔다. 그가 돌아간 후 한동안 깊은 생각에 빠져 있던 김씨 부인은 차차 마음이 달라졌다. 하얀 수염을 기른 도인에게서 새끼

양을 안겨 받은 태몽을 꾸고 얻은 아들인데 어찌 닭 두어 마리가 아까울 수 있겠는가. 잘만 가르치면 과거에 나가 장원급제도 할 아이를 공연히 집안에서만 썩히는 게 아닌가 싶은 의구심도 들었다. 김씨 부인은 차츰 형편이 나아지면 월사금도 내줄 수 있겠거니 생각하며 아이를 서당에 보내기로 마음먹었다.

"애야, 너 정말루 서당에 가고 싶으냐?"

"그럼요, 어머니!"

"네가 글씨공부를 열심히 해서 훈장 어른 말씀대루 벼슬이라도 할 수 있으면 오죽 좋겠느냐……."

"어머니, 걱정 마세요. 잘만 하면 암행어사두 되구요, 고을원님도 될 수 있어요. 그뿐인 줄 아세요? 임금님 모시는 정승도 될 수 있다고 다른 아이들이 그랬어요."

"그래, 그러면 이 어미가 장터에 나가서 벼루하고 먹하고, 그 몇이나 붓이랑 창호지랑 사다줄 테니, 넌 어서 가서 닭 두 마리만 살살 몰아오거라."

김씨 부인은 마침내 닭을 내다 팔기로 하고 막내아들을 바라보았다. 막내는 그 자리에서 꼼짝도 않은 채 싱글싱글 웃고만 있었다.

"아니 왜 웃고만 있어? 어서 가서 닭을 몰아오라니까!"

"헤헤, 어머니가 훈장님과 말씀 나누실 때 제가 벌써 붙잡아서 꽁꽁 묶어뒀어요. 자 보세요, 어머니!"

과연 닭 두 마리가 뒤꼍에 꽁꽁 묶여져 있었다.
"어이구, 녀석! 참 빠르기두 하구나."
김씨 부인은 좋아서 어쩔 줄을 모르는 막내아들을 대견스레 바라보며 장터로 나갔다.
살림 밑천으로 애지중지 키워오던 암탉 두 마리를 장에 내다 팔았지만 하나도 아까울 게 없었다. 김씨 부인은 그 돈으로 지필묵을 갖춰 막내아들 앞에 내놓았다.
"아무쪼록 훈장어르신 말씀 잘 듣고 글 공부 열심히 해서 이 암탉 값을 톡톡히 해야 한다."
어머니에게서 지필묵을 받아든 소년은 그야말로 뛸듯이 기뻐했다. 그는 지필묵을 보물 다루듯이 소중히 그러안고 어머니를 향해 함박웃음을 지었다.
"예, 어머니! 내가 이 다음에 벼슬을 해가지구요, 논도 사고 밭도 사고, 닭도 사고 소도 사드릴테니 그때까지만 꾹꾹 참고 기다리세요."
"어이구 이 녀석, 참 말만 들어도 배가 저절로 부르는 것 같구나."
"어머니, 정말이니까 두고 보세요, 훈장어르신도 그러셨어요, 공부 잘하면 과거도 보고 급제도 할 수 있다고 말이에요."
"암 그래야지, 너라도 그렇게 되어야 여산 송씨 가문 체면이 서

지."

　김씨 부인은 벌써부터 아들이 벼슬이라도 한 양, 마음이 흐뭇해졌다.

　이렇게 해서 서당에 다니게 된 여덟 살 짜리 소년은 천자문을 배우게 되었는데, 한 가지를 가르치면 열 가지를 안다는 말은 곧 이 소년을 두고 한 말이었다. 어찌나 총명하고 영특한지 서당훈장도 혀를 내두를 정도였다. 소년이 서당 공부 일 년을 마쳤을 땐 누가 물어도 막히는 글자가 없고, 어느 대목을 물어도 막히는 데 없이 술술 내납하였다. 이 아이를 두고 고창 읍내 일대에는 몇백 년 만에 하나가 나올까 말까 한 신동이 태어났다는 소문이 쫙 퍼졌다.

　이런 소문까지 퍼지고 보니 김씨 부인은 도저히 그냥 있을 수가 없었다. 하루는 겉보리 몇 말을 자루에 담아 머리에 이고 훈장을 찾아갔다.

　"아니 이게 대체 웬 곡식입니까?"

　김씨 부인의 곤궁한 살림 형편을 훤히 다 알고 있는 훈장은 그것을 땅에 내려놓을 틈도 없이 김씨 부인을 채근하기 시작했다.

　"아이구, 훈장어르신, 이거 정말로 염치없는 말씀이옵니다만 형편이 그러니 어쩌겠습니까요, 말도 아니고 도리도 아닌 줄은 잘 압니다만 이 겉보리라도 좀 받아주십시오."

　김씨 부인은 낯을 붉히며 겉보리를 땅에 내려놓았다.

"허허 이러시는 게 아니올시다. 그러면 날더러 월사금조로 이 겉보리를 받으라 그런 말씀이옵니까?"
"하두 뵐 면목이 없어서 이거라도 가져왔구먼요."
"아니 장부일언 중천금이요, 일구이언은 이부지자라 했거늘 애당초 월사금 안 받기로 약조한 게 저인데 어찌 이런 걸 받을 수 있겠습니까?"
"그래도 사람 도리가 어디 그런가요, 철부지 아들을 훈장어르신께 맡겨놓고 에미된 도리로 그냥 있을 수가 없어서 드리는 정성이니 부디 받아주세요."
겉보리를 사이에 두고 훈장과 김씨 부인은 가벼운 실랑이를 벌였다. 서로 받으라거니 도로 가져가라거니 실랑이를 하던 중에 훈장이 그 겉보리를 번쩍 들어 김씨 부인에게 떠안기다시피 내주었다.
"그건 안될 말씀! 한 입으로 두 말 할 수야 없습니다, 내 이 곡식은 받은 거나 진배없으니 어서 도로 가지고 가시도록 하십시오."
"훈장 어르신! 정 그러시면 제가 무슨 염치로 머리를 들고 다닐 수 있겠습니까? 기왕지사 가져온 것이니 그냥 받아주십시오."
"정성은 내가 고맙게 받겠습니다만, 곡식은 절대 받지 않겠습니다. 겉보리 아니라 흰쌀을 가져오신대두요, 그보다는 내 한 가지 부탁이 있소이다."
엉겁결에 겉보리를 다시 받아든 김씨 부인은 훈장의 진지한 어조

에 다소 긴장이 되었다.

"부……부탁이시라니요?"

"댁의 자제는 내가 처음에 보았던 대로 보통 영특한 아이가 아닙니다. 가히 신동이라고 불릴만 합니다."

"아이구, 아니옵니다, 너무 그렇게 칭찬을 하시니 몸둘 바를 모르겠사옵니다."

"그런데 말씀입니다, 그 아이가 몸이 너무 허약해서 그게 늘 마음에 걸립니다."

지금으로부터 백여 년 전의 일이었으니 보릿고개만 닥치면 너나 할 것 없이 배를 곯던 시절이었다. 더더구나 여자 홀몸으로 네 아들을 키워야 했던 김씨 부인의 형편으로는 하루 두 끼 보리죽도 근근한 사정이었다.

"그저 허약체질엔 식보가 제일입니다. 월사금 걱정일랑 절대 하지 마시고 대신 아드님이나 잘 먹이십시오."

김씨 부인은 겉보리를 도로 머리에 이어주며 조심스럽게 당부하던 훈장의 말을 떠올리니 억장이 무너지는 것 같았다. 늦게 본 자식이라 그런지 막내아들은 특히 몸이 더 약했다. 더더구나 먹는 것마저 부실할 수밖에 없어 갈수록 허약해지는 막내아들을 생각하면 측은하기 그지없었다. 막내아들은 먹는 입도 짧아 끼니 때마다 간신히 몇 술을 뜨는 둥 마는 둥 하고는 이내 밥상에서 물러나 앉기 일쑤였다. 그러다보니 얼굴은 늘 백지장처럼 창백하고 잔병치레가 잦았다.

"제 입에 맞는 음식이라도 만들어주면 잘 먹으려나, 에그 가엾은 것……."

김씨 부인은 훈장에게서 도로 받은 겉보리로 큰마음 먹고 쑥버무리개라도 해 먹일 요량이었다.

"어머니, 저 배 안 고파요, 아무것도 안 먹어도 좋으니 대신 제 부탁이나 들어주세요."

막내아들은 모처럼 별식을 만들어주려던 김씨 부인의 성의를 간단히 사양하고는 슬슬 딴소리를 늘어놓았다.

"인석아! 부탁은 무슨 부탁, 쑥버무리개가 싫으면 수제비라도 쑤어주랴?"

"에이 참, 어머니두 먹거리 타령만 하시지 마시고 제 부탁이나 들어주시라니까요."

"무슨 부탁인데?"

"저 붓 한 자루 사주시란 말이에요."

"아니, 붓을 또 사내라고? 벌써 그 사이에 다섯 자루나 사주었는데?"

"이것 보세요, 이 붓들이 다 몽당붓이 되었단 말이에요."

막내아들이 꺼내든 붓은 말 그대로 몽당붓이 되어 있었다. 한 달도 안 되어 다섯 자루 모두 몽당붓이 되었으니 김씨 부인은 기가 막혔다.

"어이구 참, 붓으로 마당을 쓰는 것도 아닌데 웬 붓이 이렇게 빨리 닳는단 말이냐, 글쎄……."

"글씨 쓸 적마다 닳아지니까 그렇지요, 뭐."

김씨 부인은 먹거리 대신 붓을 사달라고 조르는 막내아들을 기특해 하는 눈빛으로 바라보았다.

"그래 알았다. 내일 모레 장터에 나가면 새 붓을 사다 줄 터이니 어서 뭘 좀 먹기나 하자꾸나, 응?"

막내아들은 그제야 어머니 말에 고개를 끄덕이며 천진하게 웃었다.

김씨 부인은 이처럼 영특한 막내아들의 허약한 몸 때문에 늘 걱정이 끊이지 않았다.

그러던 중 하루는 지나가던 탁발승이 시주를 얻으러 김씨 부인의 집마당으로 들어섰다.

"허허, 고놈 참 생기기는 잘 생겼다마는……아깝구나, 아까워, 쯧쯧."

탁발승은 어머니가 담아준 겉보리를 바랑에 쏟아붓고 마악 돌아서려는 소년의 생김새를 유심히 관찰하며 혀를 끌끌 찼다. 부엌에서 이 소리를 들은 김씨 부인은 이상한 일이다 싶어 마당으로 달려나갔다.
 "스님! 방금 우리 아이를 보시고 아깝다고 하신 것 같던데……무슨……말씀이신지요?"
 "총명하고 영특하기론 하늘을 찌를 상인데……."
 탁발승은 잠시 말을 멈추고 무어라 알 수 없는 말을 입 속으로 되뇌었다. 김씨 부인은 탁발승의 석연치 않은 행동에 바싹 궁금증이 일었다.
 "예에……그……그러시온데요?"
 "수명이 단명이라, 내 그래서 아깝다고 했소이다."
 "수, 수, 수명이 단명이라니요?"
 "오래 못산다 그말이오."
 안 그래도 자식이 허약해서 늘 애를 태웠던 터에, 탁발 나온 노승이 단명이라 했으니 김씨 부인은 그야말로 눈앞이 캄캄해졌다. 그 탁발승에게선 예사롭지 않은 어떤 위엄 같은 것이 느껴졌다. 김씨 부인은 다른 곳으로 떠나려는 탁발승의 옷자락을 붙든 채 땅바닥에 꿇어앉아 애원을 하였다.
 "아이구, 스님! 이대로는 못가십니다요. 하늘이 무너져도 솟아날 구멍이 있다고 그랬으니, 스님께선 내 자식 살릴 방도라도 알고 계실 것 아닙니까요, 예? 스님."
 "우선 마음을 진정하시고 내 얘기를 잘 들으시오."

 멀리서 뻐꾸기 우는 소리가 들렸다. 탁발승은 잠시 눈을 감고 있다가 이윽고 말문을 열었다.
 "저 소리가 귀에 들리십니까?"
 "뻐꾸기 소리……말씀이온지요?"
 "예, 맞습니다."
 산골짝 어디에선가 저희들끼리 정답게 노니는 뻐꾸기 소리는 그날따라 온 동네를 가득 채운 듯 맑고 청아하게 들렸다. 김씨 부인은 그 소리에 귀를 기울이며 물끄러미 탁발승의 얼굴을 쳐다보았다.
 "이것 보시오, 보살님! 저 뻐꾸기는 저렇게 넓고 넓은 세상천지를 훨훨 제멋대로 날아다니며 사는 게 좋겠습니까, 아니면 좁디좁은 대바구니 속에 갇혀 사는 게 좋겠습니까?"
 "그, 그야……스님, 제멋대로 넓고 넓은 세상천지를 훨훨 날아다니며 사는 게 좋겠습지요."
 대체 저 뻐꾸기가 아들의 단명과 무슨 상관일까 싶어 김씨 부인은 탁발승의 말을 이상스럽게 생각했다. 탁발승은 김씨 부인의 의구심을 알아차린 듯 빙그레 웃었다.
 "다시 말하자면 보살님의 아들은 구만 리 장천을 훨훨 날아다닐 봉황새요."
 "우리 아이가 봉황새라구요?"

점점 알 수 없는 말 뿐이었다. 김씨 부인은 탁발승의 수수께끼 같은 이야기에 고개를 갸웃거릴 뿐, 도무지 무슨 말인지 알아들을 수가 없었다.

"저 아이를 집안에 머물게 하는 것은 마치 구만 리 장천을 훨훨 날아다녀야 할 봉황새를 좁디좁은 대바구니 속에 가둬놓은 것이나 마찬가지이니, 잘 생각해 보시오. 크나큰 봉황새가 좁디좁은 바구니 속에 갇혀서 오래 살 수 있겠소이까!"

김씨 부인은 탁발승의 얘길 듣고 섬칫 무서운 생각이 들었다. 만일 그의 말대로 아들이 크나큰 봉황새라면, 좁디좁은 대바구니는 그럼 대체 무엇이란 말인가. 김씨 부인은 입술이 바짝 마르고 마음이 초조해져서 견딜 수가 없었다.

"……아, 아니 그러면 대체 우리 아이를 어떻게 하면 오래오래 살릴 수 있다는 말씀이시옵니까, 스님!"

"산 속에 들어가 크고 어진 스승을 만나야 할 것이오. 나무아미타불 관세음보살."

탁발승은 그 말만을 남기고 뒤도 돌아보지 않은 채 휘적휘적 걸어서 마을을 떠나버렸다. 탁발승의 멀어져가는 모습만을 멍하니 보고 있던 김씨 부인은 퍼뜩 정신이 들었다. 이제 겨우 열 살 된 막내아들이 집을 떠나지 않으면 단명할 운명이라니 보통 일이 아니었다.

　김씨 부인은 차마 자식한테도 말 못할 고민을 안고 몇 날을 심각한 고민에 빠져들었다. 나이도 어린 자식에게 집을 떠나야 단명을 면할 수 있다고 예언한 탁발승의 말이 엉터리같이 생각되기도 했다. 하지만 시간이 지날수록 의심보다는 불안감이 앞섰다.
　김씨 부인은 고민 끝에 마을 훈장을 찾아갔다. 아무래도 훈장은 배운 게 많은 사람이니 뭔가 좋은 방도를 일러줄 것만 같았다.
　"허허, 그것 참 난사 중에 난사로군요."
　김씨 부인에게서 자초지종을 듣고 난 훈장은 선뜻 해결책을 내세우지 못하고 몹시 근심하던 끝에 불쑥 한 마디를 꺼냈다.
　"그까짓 소리 미신이니 한 귀로 듣고 한 귀로 흘려버리면 그만이라고 하겠소이다만, 만일 그랬다가 또 못당할 일을 당하게라도 되면……."
　"그러게 말입니다요, 옛말에 빈 돌팔매도 안 맞는 게 좋고, 빈 총이라도 맞지 않은 것보다는 못하다고 했는데 대체 이 일을 어찌해야 좋겠습니까요?"
　"그러실 겝니다. 자, 그러니……이렇게 하면 어떻겠습니까?"
　"……어떻게 말씀이온지요?"
　"그 스님이 말을 했다는 대로 산 속에 들여보내서 공부를 계속하게 하는 게……."
　"산 속에 들어가서도 공부를 할 수 있는 것인가요?"

김씨 부인은 훈장의 말에 귀가 솔깃해졌다.

"아, 그러믄요, 산 속에 들어가서도 스승만 제대로 만나면 좋은 공부를 얼마든지 할 수 있는 법, 게다가 그 아이 공부는 더 이상 내가 가르칠 게 없을 정도이니 잘만 하면 흉이 복이 될 수도 있을 겝니다."

김씨 부인은 훈장의 설명을 듣고서야 적이 안심이 되었다. 훈장은 막내아들을 산 속 어디 절간에라도 들여보내 휴양도 시킬 겸 학문을 닦을 수 있는 방법을 일러주었다.

"……하오면 어디 있는 어느 절로 보내면 좋을런지요……?"

"아 그야 이 고창에도 옛부터 유명한 선운사라는 절이 있으니 그리로 가보도록 하십시오. 절에는 규율이 있으니 배울 것도 많을 것이고, 좋은 스승을 만나면 글 공부도 원없이 할 수 있을 겝니다."

"예, 그럼 당장에 그렇게 하겠습니다."

김씨 부인은 훈장의 말대로 막내아들을 선운사로 들여보낼 생각이었다. 열살바기 어린 아들을 산중에 들여보내려니 걱정이 이만저만이 아니었으나 그렇게 하지 않으면 일찍 죽는다니 어쩔 수가 없는 일이었다.

김씨 부인은 막내아들과 함께 옛부터 동백나무 숲이 빼어난 풍광을 자랑하는 천년고찰 선운사를 찾아나섰다. 훗날의 만암 대종사가 세속나이 열 살 되던 해의 일이었다.

2
영원을 사는 길

　고창 선운사는 소년과 인연이 닿지 않았던 모양인지, 길을 물어 어렵사리 당도한 그곳엔 마침 주지스님이 출타중이었다.
　혼자서 절간을 지키고 있던 젊은 스님은 소년의 어머니, 즉 김씨 부인이 몹시 난처한 표정을 지으며 주지스님의 행방을 묻자 고개를 갸우뚱하며 물었다.
　"무슨 일로 우리 노스님을 찾으십니까?"
　생전 처음 보는 낯선 부인이 어린아이를 데리고 와서 다짜고짜 주지스님부터 찾으니 젊은 스님으로서도 의아할 수밖에 없었다. 게다가 그 낯선 부인은 주지스님이 출타중이라는 대답에 퍽이나 곤경에 처한 듯 어찌 할 바를 모르지 않는가. 김씨 부인의 딱한 사정을 알 리가 없는 젊은 스님은 그들 모자를 이상히 여겨 자세히 살펴보왔다.

"아이구, 이런……. 큰일났네. 저, 그럼 노스님께선 언제쯤 돌아오시는데요? 내일이면 돌아오시는가요?"

김씨 부인은 젊은 스님의 당황한 기색엔 아랑곳없이 선 채로 발을 동동 굴렀다. 자식의 짧은 명을 어떻게든 길게 이어주려는 모정에서 생이별의 아픔도 마다 않고 절간에까지 찾아왔건만, 정작 그 아들을 받아줄 주지스님이 안 계시니 김씨 부인으로서도 마음의 갈피를 잡을 수가 없었다.

"보살님! 저희 노스님께선 한 달 후에 오실지 두 달 후에 오실지 기약이 없으십니다."

"어이구, 그럼 이 일을 어찌하면 좋을꼬, 응?"

"대체 무슨 일인데 그러시는지요?"

"아……저……. 다, 다름이 아니구요, 이 아이가 우리 넷째아들인데요……. 그러니까 저 뭐시냐, 거시기……."

영문을 몰라 눈만 동그랗게 뜨고 있는 젊은 스님 앞에서 말주변이 없어 더듬거리며 횡설수설하는 어머니의 딱한 모양을 보다 못한 소년이 김씨 부인을 제치고 앞으로 나섰다.

"참, 어머니두……. 저, 스님!"

"오, 그래! 무슨 일로 그러느냐?"

젊은 스님은 비록 어린아이였지만 총명하게 보이는 소년이 또랑

또랑한 음성으로 얘기를 꺼내자 유심히 귀를 기울였다.
 "이 절 노스님은 언제 돌아오실지 기약이 없으시다 하시니 다른 곳을 찾아가봐야 할 것 같은데요, 스님! 이 근방에 또 어디 가면 큰 절이 있겠습니까?"
 선운사가 큰절이라고 해서 찾아온 것이었으나 당장 주지스님도 안 계신데 딱히 그 곳에 머물러 있어야 할 이유가 없었다. 선운사에 주지스님이 안 계시다는 말만 듣고도 무슨 큰일이 난 것처럼 안절부절하는 김씨 부인에 비하면 그 아들인 소년이 훨씬 지혜롭게 처신한 것이었다. 젊은 스님은 소년의 시원시원한 말솜씨에 탄복하며 얼른 그 대답을 해주었다.
 "이 근방 큰절이라면, 김제 무악산에 금산사가 있고, 장성 백양산에 가면 또 백양사가 있지."
 "고맙습니다, 스님! 자, 어머니, 이제 그만 가시죠."
 소년은 젊은 스님에게 꾸벅 절을 하고나서 어머니 김씨 부인의 손을 잡아끌었다. 김씨 부인은 아들이 이끄는대로 따라가려니 영 미심쩍어서 가만 있을 수가 없었다. 어른인 자신도 행선지를 어디로 정해야 할지 알 수 없는 판국인데 겨우 열 살짜리 소년이 나서서 갈 곳을 정해놓기라도 한 양 설쳐대니 기가 막혔던 것이다.
 "아니, 어디로 가잔 말이냐?"
 "장성에 있다는 백양사루요."

"백양사?"

소년은 산길을 휘적휘적 앞서 걸으며 자신 있게 대답하였다. 백양사라는 그 절 이름을 듣는 순간, 소년의 마음은 이상하게도 그리로 끌렸다. 마치 오래 전부터 익히 들어온 이름처럼 친근한 느낌이 소년과 김씨 부인을 백양사로 이끄는 것이었다.

"하하! 어머니, 이 절 이름 참 우습네요, 백양사라니요?"

선운사에서 발길을 돌려 다시 하루를 걸어서야 백양사로 가는 초입에 당도했다. 소년은 길목 어귀에 있는 백양사 현판을 읽어보고는 눈망울을 깜박거리며 재미있다는 듯이 웃었다. 김씨 부인이 보기에는 그저 뜻을 알 수 없는 한문글씨가 나무 현판에 박혀 있을 뿐이었다.

"인석아! 절 이름이 절 이름이지, 우습긴 뭐가 우습다는 게냐? 백양사가 뭐 어때서?"

"저기 걸린 현판을 보세요, 어머니! 흰백(白) 자, 염소 양(羊) 자, 흰 염소 절(白羊寺)이라고 써 있으니 우습잖아요? 저 양(羊) 자는 염소 양도 되고, 양 양 자도 되니까, 이 절은 하얀 염소 절도 되고 하얀 양 절도 되는 거잖아요?"

처음엔 아들이 무슨 엉뚱한 소리를 하는가 싶어 대수롭지 않게 여겼던 김씨 부인은 문득 발걸음을 멈추었다.

"아니, 애야! 너 방금 뭐라고 그랬느냐? 흰……염소 절이라구?"

"예, 흰 백 자에 염소 양 자, 이 절 이름이 그렇단 말씀이에요."
"하얀 염소란 말이지?"
"예, 그런데 왜 그러세요, 어머니?"
"……아, 아니다. 절 이름이 하두 이상해서 그런다."
"그것 보세요, 어머니두 이상하지요? 헤헤, 하얀 염소 절……. 하얀 염소 절."

김씨 부인은 절 이름을 갖고 우스갯소리 삼아 싱글거리는 아들을 멍하니 바라보며 속으로 참 이상한 일도 다 있다 싶었다. 하필 그 아들의 태몽에 본 하얀 염소가 그 절 이름에 쓰여 있으니 인연 치고는 범상치 않다는 생각이 들었던 것이다.

이러는 동안에 이들 모자는 어느덧 절간 문 앞에까지 당도해 있었다. 마침 예불시간이어서 백양사 경내는 은은한 범종소리로 가득했다.

"애야! 넌 잠시 예서 기다리고 있거라. 내가 먼저 들어가 주지스님을 찾아뵙고 사정얘기를 좀 해보마."
"예, 어머니."

김씨 부인은 아들을 밖에서 기다리게 하고는 혼자 안으로 들어가 훗날 만암대종사의 스승이신 취운(翠雲) 도진(道珍)선사를 찾아 뵈었다. 취운 도진선사는 당시 백양사에 머물며 후학들을 지도하고 계시던 명망 있는 노스님이었다.

김씨 부인은 노스님 앞에 경건히 합장배례를 올리고 나서 아들과 함께 백양사에 찾아오게 된 연유를 소상히 말씀드렸다.

"……그래서 말씀입니다요, 스님! 제 자식놈이 아직 어리고 부모된 사람 또한 어리석어 도저히 저 아이의 단명할 운명을 견디내기 어려워 드리는 부탁입니다. 부디 제 자식놈을 좀 맡아주십시오. 그 아이가 오래 살 수만 있다면 노스님 은혜는 평생 잊지 않을 것입니다요……."

아들을 낳을 때 태몽을 꾼 일에서부터 어느 날 탁발나온 노스님이 아들을 두고 한 예언까지 상세히 말씀드리며 자식을 받아주길 간청하는 김씨 부인의 애절한 호소를 귀기울여 듣던 노스님은 잠시 생각에 잠겨 있는 듯 하다가 이윽고 고개를 저었다.

"허허, 거 듣고 보니 사정은 매우 딱하십니다마는, 잘못 오셨소이다."

"예에? 잘못 왔다니요, 스님?"

"절간이란 본시 출가수행자들이 수도하는 곳이지, 남의 집 아이를 맡아서 길러주는 곳이 아니올시다."

"하, 하오나 그렇게 하지 않으면 저 아이가 단명한다니 이 일을 대체 어찌 하겠습니까? 도리에는 어긋나는 일인 줄 아오나, 스님께서 부디 은혜를 베풀어 주십시오……."

김씨 부인은 노스님에게 자식의 생명을 구하는 마음으로 간절히

매달렸으나 노스님은 더욱 난처한 표정만 지을 뿐, 쉽사리 허락을 받아낼 수 없었다.

"글쎄, 사정이 딱한 줄은 이 늙은 중도 잘 알겠소이다. 하지만 우리 불가의 법도가 그러하니 어쩌겠소이까!"

침착한 음성으로 사정의 불가피함을 설명하는 노스님 앞에 깊숙이 머리를 조아린 김씨 부인은 더 이상 간청해 볼 엄두가 나지 않았다. 다른 이유도 아니고 불가의 법도가 그렇다는데 자기 사정만 가지고 떼를 쓴다는 것도 도리가 아닐 터였다.

"하오면……, 달리 무슨 방도가 없겠사옵니까, 스님?"

"속가를 버리고 삭발출가하면 그 길로 바로 중이 되는 것이 우리 불가의 법도이지, 단명한다는 아이 몇 년 간 길러서 다시 속세로 내보내는 일은 없소이다."

어떻게든 자식의 명운을 길게 이어주고 싶은 모정에서 다시 한번 염치를 무릅쓰고 노스님께 다른 방법이라도 일러달라 매달려 보았던 김씨 부인은 가슴이 덜컥 내려앉는 것 같았다. 노스님 말대로라면 아들을 불가에 입적시켜야만 받아줄 수 있다는 것인데 여지껏 그런 일은 한 번도 생각해보지 않았던 터였다.

"그, 그럼 저 아일 머리 깎여서 평생……. 하, 하오면 한번 출가하면 다시는 집에는 돌아오지 못한단 말씀이신가요, 스님?"

"한번 들어오면 그래야 한다는 말씀이지, 저 아이를 꼭 출가시키라고는 말씀드리지 않았소이다."

　노스님은 법당 밖에서 절구경하느라 여념이 없는 소년을 찬찬히 바라보며 빙그레 미소를 지어 보였다. 무엇이 그리 신기한지 법당 안팎을 이곳 저곳 기웃거리며 돌아다니는 소년의 천진한 모습이 노스님에게는 매우 귀엽게 보였던 모양이다. 노스님이 소년에게 눈길을 주고 있는 동안에 김씨 부인은 잠시 한 가지 생각에 골몰해 있었다.

　'잠시 절간에 맡겨두는 것도 젖먹이 떼어놓는 것 같아 마음이 안 놓이는 판에 저 어린것 머리를 깎아 중노릇을 시켜야 한다니 대체 어찌해야 한단 말인가…….'

　땅이 꺼져라 한숨을 들이쉬고 내쉬고 해보아도 별 뾰족한 수가 떠오르질 않았다. 한 몇 달, 아니 길게 잡아야 삼사 년 절간에 맡겨둘 요량으로 아들의 손목을 잡고 달려왔는데 정작 노스님 말은, 평생토록 자식을 절간에 맡겨야 받아줄 수 있다는 것이니 여간 어려운 일이 아니었다.

　'세상에 어쩌면 이런 기막힌 일이 다 있을꼬……. 허지만 달리 무슨 방도가 없으니…….'

　김씨 부인은 노스님의 눈길을 따라 아들의 모습을 바라보던 중 마침내 마음을 정하게 되었다.

　"스님! 저 아이 머리를 깎아서라도 오래 살게만 해주십시오. 그

것만이 이 에미의 소원이옵니다."

 노스님은 김씨 부인의 다짐에 찬 말을 들으며 다시 한번 소년에게로 눈길을 던졌다. 소년은 동갑나기 아이들에 비해서는 훨씬 조숙해 보였으나 어딘가 여리고 앳된 구석이 있어 통 나이를 종잡을 수가 없었다.

 "금년에 저 아이 나이가 몇이라고 하셨소?"
 "예, 조선 나이로 열 살이옵니다."
 노스님은 김씨 부인의 대답을 듣고는 또 다시 고개를 가로저었다.
 "그러면 다시 집으로 데리고 가서 저 아이 나이가 열네 살이 되거든, 그때 다시 데려오도록 하십시오."
 "예? 지금 맡기고 가면 안 되는가요, 스님?"
 "힘든 일 감당하기에는 아직 나이가 너무 어려요, 자! 그럼 내 말씀대로 그렇게 하십시다."
 산 넘어 또 산이라더니, 이젠 또 나이가 어려서 안 된다 하니 김씨 부인으로선 더 할 말이 없었다. 노스님은 이쯤에서 할 얘긴 다 끝났다는 듯이 법당 안으로 다시 들어가는 중이었고 김씨 부인도 더이상 어찌지 못하고 밖으로 나오려던 참이었다.
 "저, 노스님께 한 가지 궁금한 것을 여쭈어도 되겠는지요?"
 바깥에서 절구경을 하고 있던 소년이 쪼르르 달려와 노스님께 꾸벅 절을 올렸다. 노스님은 김씨 부인과 소년의 얼굴을 번갈아 쳐다보고는 이윽고 인자한 음성으로 소년에게 되물었다.
"허허, 네가 나한테 물어보고 싶은 게 있다구?"
"예, 저기 저 누각에 걸려 있는, 현판에 싯귀가 새겨져 있던데요, 스님?"
소년은 바로 눈 앞에 있는 싯귀를 읽기라도 하듯이 현판에 걸린 문귀를 한 자 한 자 또박또박 외워나가는 것이었다.
"강남 제기사오〈江南第幾寺〉
시처 최명산이로다〈是處最名山〉
노석하소득이더뇨〈老釋何所得〉
일생 주차간이더라.〈一生住此間〉"
"아, 아니! 네가 그새 그 싯귀를 다 외웠더란 말이더냐?"
"예, 싯귀가 너무 멋있어서 금방 외웠습니다요, 스님!"
"무엇이라고? 싯귀가 멋있어? 그러면, 저 싯귀의 뜻도 새길 줄 안다는 말이냐?"
노스님은 소년의 대답을 듣고 자신의 귀를 의심할 만큼 크게 놀라 물었다. 열 살 짜리 소년이 현판에 새겨진 어려운 문귀를 읽었다는 것만 해도 놀라울 터에 하물며 그 뜻까지 새길 정도이니 가히 뜻밖의 일이었다. 노스님은 소년의 말이 사실인가를 시험해볼 요량으로 한번 그 뜻을 풀이해 보도록 일렀다. 소년은 주저없이 노스님

이 시키는대로 그 싯귀의 뜻을 풀어 읊었다.

"강남에 절이 몇이나 되던고?
바로 이 곳이 가장 명산이로다.
늙은 스님 무엇을 얻은 바가 있었던고.
그저 한평생 여기서 사셨네."

소년이 싯귀 해석을 마치자 노스님은 더욱 눈이 휘둥그래지며 놀라워 했다. 김씨 부인 또한 자식의 글 읽는 솜씨가 뛰어난 것을 어림짐작으로나마 알고 있던 터에 노스님까지 탄복시키고 있는 모습을 직접 눈으로 확인하게 되니 흐뭇하기 그지 없었다. 노스님은 소년의 머리를 쓰다듬어주며 너털웃음을 지었다.

"허허, 아니 이런 녀석을 보았는가? 너 대체 글공부를 어디서 했느냐?"

"스님께서 저에게 물으시기 전에 먼저 제가 여쭙겠다고 한 것을 묻도록 허락해 주셔야지요."

노스님이 묻는 말엔 대답도 하지 않고 제 얘기부터 들어달라 조르는 소년의 당돌한 태도에 김씨 부인은 화들짝 놀란 표정을 지었다. 김씨 부인은 소년의 머리를 쥐어박는 시늉을 하며 나무라는 말을 했다.

"이 녀석아, 그게 무슨 말버릇이냐?"

"아, 아니올시다, 허허허! 내 이런 아이는 생전 처음 보았소이다, 응? 허허허!"

　노스님은 김씨 부인의 송구스러워하는 태도에는 아랑곳하지 않고 소년을 기특하다는 듯이 바라보며 말을 이었다.
　"그래, 말인즉슨 네 말이 옳다! 내가 너에게 묻기 전에, 과연 네가 먼저 나에게 물었느니라. 그래 무엇이 궁금하다고 그랬는지 한 번 말해보아라."
　"예, 저 싯귀를 지으신 분이 강추금이라고 씌어져 있던데, 그 분이 어떤 분인가 해서요. 스님이신가요?"
　소년은 호기심에 빛나는 눈을 깜박이며 공손하게 노스님께 궁금한 바를 여쭈었다.
　"아, 아니다. 그 분으로 말씀을 드릴 것 같으면, 당대의 유명한 거사(居士 ; 집에서 깊은 수행을 한 분)이며 명시인이신데, 이 백양산 백양사에 오셨다가 저 싯귀를 지어놓고 가셨지."
　소년은 노스님의 자상한 설명을 듣고는 그제야 이해가 간다는 듯 고개를 끄덕였다. 그러나 소년의 궁금증은 거기서 끝나지 않았다. 소년은 노스님과 어머니인 김씨 부인이 서로 이야기를 나누던 그 적지 않은 시간 동안에 보고 느꼈던 여러 궁금한 점들을 죄다 노스님께 여쭤볼 참이었다.
　"아, 예! 하오면 제가 한 가지 더 여쭈어봐도 괜찮으실지요?"
　"아이구, 이 녀석아!"

　김씨 부인은 자식이 혹 노스님 앞에서 결례라도 저지를까 하는 마음에 몸둘 바를 모르며 안절부절 못하고 있었다. 그러나 노스님은 소년과의 대화가 길어질수록 오히려 더 흥미를 느끼는 기색이 역력했다.
　"아니올시다, 내버려두십시오. 그래 무엇이 또 궁금하단 말인고?"
　"예, 저 이 절 이름이 백양사라고 써붙여져 있사온데, 어찌해서 하필이면 백양사로 지으셨는지 그것이 궁금해서요, 스님!"
　"허허허! 글자를 그대로 새기면 하얀 염소절이다 그런 생각이 들었던 게로구나, 응?"
　노스님은 과연 소년다운 호기심까지도 폭 넓게 헤아릴 줄 아는 분이었다. 소년은 자신의 속마음을 쪽집게처럼 알아맞춰주는 노스님께 꾸벅 절을 하며 공손하게 대꾸하였다.
　"예, 그래서 우습다는 생각이 들었습니다, 스님."
　"아이구, 인석아! 말 조심하래두 그래?"
　아들의 계속되는 당돌한 질문에 민망해진 어머니가 안절부절 못하며 아들을 꾸짖었다.
　"아니올시다. 이 아이가 글자를 아주 제대로 잘 새겼어요. 말 그대로 이 절 이름이 하얀 염소절이니까요."
　노스님은 김씨 부인의 우려와는 반대로 소년과의 대화에 점점 더

깊이 빠져드는 것 같았다. 노스님은 아예 절간 마루 쪽으로 가 자리를 잡고 앉았다.

"그래, 내 자세히 얘길 해주마. 우선 여기 좀 앉도록 해라. 보살님도 앉으시구요."

세 사람 모두 자리에 앉고 나서 노스님은 소년의 질문에 상세한 설명을 해주었다. 마치 친손자를 앉혀놓고 옛날이야기를 들려주는 할아버지처럼 노스님의 표정은 온화함으로 가득찼다.

"이 절을 처음 지은 것은 천 삼백 년도 더 된 까마득한 옛날이야. 백제 무왕 삼십 삼 년에 지었으니까 서양력(西洋歷)으로는 육백 삼십 이년이지. 그때 백제 스님이신 여환선사가 지으셨어."

"아이구, 그럼 무지무지하게 오래된 절이네요, 스님?"

"그렇지. 그땐 이 산을 백암산이라고 그랬고 절 이름도 산 이름을 따서 흰 백자, 바위 암자, 백암사라고 그랬다."

"아, 예……."

"그 후 병란이 일어나서 두번째로 절을 다시 지은 게 고려 덕종 삼 년, 이땐 고려 스님 중연선사가 지으셨는데 이때 절 이름을 백암산 정토사라고 고치셨다는 기록이 있단다."

노스님은 이어서 백양사라는 절 이름의 유래에 관해서도 자세히 설명해 주었다.

"그 후에 또 병란이 일어나서 절이 불타고, 고려 때 스님 각진국

사가 세번째로 지으시고, 호남제일선원이라 명하셨지. 그리고 지금으로부터 약 사백 년 전인 선조 7년에 환양선사께서 머물고 계실 적에 이 산 이름과 절 이름을 다 고치셨는데 그때 백양산 백양사로 고치셨던 게다."

소년은 노스님이 하시는 말씀을 마음에 새기듯이 열중해 듣다가 미심쩍은 데가 있는지 고개를 갸우뚱해 보였다.

"무슨 연유로 이름을 바꾸게 되었답니까요, 스님?"

"음, 그때 그러니까 이 절에 전해져 내려오는 기록을 볼 것 같으면, 그때 이 절에 계시던 환양선사께서 저기 저 산 위에 있는 약사암에서 백련경을 외우고 계셨는데, 그때 이상하게도 하얀 염소 한 마리가 백학봉에서 내려와서는 약사암 마당에 꿇어앉더니, 경 외우는 소리를 다 듣고는 다시 산 속으로 사라지더라는 게야."

"염소가 경 읽는 소리를 듣고 갔다구요?"

소년은 흡사 노스님의 얘기에 빨려 들어가는 듯 강한 호기심을 내비쳤다. 염소가 스님의 경 읽는 소리를 듣고 갔다는 그 신비한 광경을 머릿속으로 그려보는 소년의 눈빛은 꿈꾸듯이 반짝반짝 빛이 났다.

"그러니 신기한 일이지. 환양선사께서 하두 이상하다 싶어 사람을 시켜 알아보게 했더니 그 하얀 염소가 이 산 뒷편에서 오락가락 하더라는 게야."

"바로 그 하얀 염소가요?"

"그래, 그래서 그때부터 산 이름을 백양산으로 바꾸고 절 이름도 백양사로 바꾸게 되었다는 게다."

"아, 예. 잘 알았습니다, 스님."

소년이 만족스러운 표정을 지으며 노스님에게 공손히 절을 올렸다. 김씨 부인은 곁에서 노스님의 설명을 조용히 들으면서 속으로 참 희한한 일도 다 있구나 싶었다. 처음에 절 이름을 들었을 때도 그랬거니와 노스님으로부터 그 유래를 듣고보니 아무래도 자신의 태몽과 백양사와의 인연이 보통이 아닌 것 같았다.

"아이구, 참, 스님! 말씀을 듣고보니 이상한 일도 다 있네요?"

"무엇이 이상하다는 말씀이십니까?"

김씨 부인은 노스님께 자신의 태몽에 관하여 소상히 말씀드렸다. 노스님은 김씨 부인이 백발도인으로부터 하얀 염소를 받아 안는 꿈을 꾸고 소년을 낳았다는 말에 비상한 관심을 나타내었다.

"허허, 그것 참 이상한 인연이로구먼. 자 그럼 이번에는 내가 너에게 물어볼 차례다. 괜찮겠느냐?"

"예, 스님. 말씀하십시오."

노스님은 그제야 소년에게 진작부터 묻고 싶었던 얘기를 꺼내었다.

"넌 대체 그동안 어디서 글공부를 했던고?"

"예, 우리 마을 서당에서 배웠습니다."

"그러면 내 한 가지만 더 묻고 싶구나. 너, 나하고 이 절에서 함께 살고 싶으냐?"

김씨 부인은 노스님이 처음의 태도와는 달리 소년을 받아들일 의향을 비추는 것을 보고 저으기 마음이 놓였다. 그러나 이번엔 소년 쪽에서 선뜻 대답을 못하고 망설이는 것이었다. 김씨 부인은 소년의 쭈뼛거리는 태도에 애간장이 다 타는 것 같았다.

"어이구, 이 녀석아! 어서 스님께 이 절에서 살고 싶다고 말씀을 올려라, 응?"

"아아, 그러지 마십시오. 옛부터 소를 물가에 끌고 갈 수는 있어도 억지로 물을 먹일 수는 없는 법, 삭발출가하여 수행자가 되는 것은 어머니가 아니라 이 아이이니 억지로 시켜서 되는 일이 아닙니다."

노스님은 김씨 부인이 소년을 닥달하려는 것을 부드럽게 만류하고 나서 이번엔 소년에게 다시 물었다.

"그래 어디 네가 가타부타 말을 해보아라. 어머니를 따라서 집으로 가고 싶으냐, 아니면 이 절에 남아서 나하고 살겠느냐?"

"그……글쎄요, 이러기도 어렵고, 저러기도 어렵사옵니다."

"그래, 그럴 게다……. 하지만 네 어머니 말씀에 따르면 너는 속가에 머물면 단명한다고 그러는데?……"

노스님은 만면에 인자한 미소를 띠우며 소년의 의중을 조심스럽게 떠보았다. 소년은 도저히 열살바기 어린아이라고는 생각되지 않는 의젓한 태도로 노스님의 말에 대답을 했으므로 또 한 번 노스님을 크게 놀라게 했다.
　"사람은 누구나 일생일사(一生一死)이니 한번 태어나서 죽는 것은 정해진 이치라고 배웠습니다."
　"그래, 말인즉슨 네 말이 옳다. 사람 뿐만이 아니고 이 세상 모든 목숨 있는 것은 반드시 죽고 없어지게 되어 있는 것이니라. 헌데 무엇이 마음에 걸려서 이러지도 못하고 저러지도 못한단 말이더냐?"
　이제 노스님은 소년을 더 이상 어린아이로만 대하지 않았다. 노스님의 말투는 어느덧 다 큰 어른과 얘기를 나누는 것처럼 진지하게 변했다. 소년은 조금 망설이는 듯하다가 마음을 정한 듯 이윽고 노스님께 자신의 속내를 그대로 털어놓았다.
　"말씀드리기 부끄럽사오나, 집에 돌아가서 제가 일찍 죽게 되면 어머니께 큰 불효가 될 것이니 그것이 걸리고, 제가 홀로 이 절에 남겠다 하면 어머니께서 혼자 집으로 돌아가셔야 할 것이니, 어머니 마음이 또 얼마나 아프실지 그게 불효가 되는 것이라……."
　산사에는 이미 어둠이 찾아들어 사방이 어둑어둑했다. 소년은 몹시 착잡한 표정으로 산거미가 짙게 내린 주변을 휘둘러보는 것이었

다. 노스님과 김씨 부인은 소년의 마음씀이 또한 어린아이 같지 않게 깊은 것을 보고 감탄과 연민의 정을 동시에 느꼈다. 노스님은 소년의 가상한 효심에 감동되어 어깨를 토닥거려 주고는 아주 기분 좋은 웃음소리를 내었다.

"허허허! 그러면 아주 좋은 수가 있느니라."

"어떻게 말씀이십니까요, 스님?"

"내일이라도 어머니를 집에 모셔다 드리고, 너 혼자 다시 이 절로 오너라."

소년은 노스님의 제안에 선뜻 마음이 동하는 눈치를 보였으나 이번엔 김씨 부인이 손을 휘휘 내저으며 반대를 했다.

"아이구, 아니옵니다요, 스님! 저는 그저 이 아이가 무병장수할 수만 있다면 더 이상 아무 것도 바랄 것이 없사옵니다."

"어머니께선 겉으로는 이러십니다만……."

"아니다, 애야! 아 나야 집에 돌아가기만 하면 네 형들이 셋이나 있질 않느냐? 내 걱정은 손톱만큼도 하지 말고, 넌 그저 이 절에서 스님 뫼시고 어쩌든지 명이나 길게 잇도록 해라……."

어린아들이 마음을 써주는 것만도 고마워 김씨 부인의 눈가엔 촉촉한 이슬이 맺혔다. 옆에서 두 모자의 정겨운 입씨름을 지켜보고 있던 노스님은 몹시 흐뭇한 기분이 되어 김씨 부인에게 또 다른 제안을 하였다.

"아무튼 오늘은 너무 늦었으니 저 아래 객실에서 하룻밤 쉬시고, 이 아이와 함께 돌아가셨다가 나중에 혼자 보내도 늦지는 않을 것입니다."

이렇게 해서 김씨 부인과 소년은 그날 밤을 백양사 객실에서 지내게 되었다.

이튿날, 삼라만상을 깨우는 백양사 종 소리에 잠을 깬 소년은 곁에서 자고 있어야 할 어머니가 보이지 않는 바람에 깜짝 놀라서 벌떡 일어났다.

"아니, 어머니가 대체 어딜 가셨지?"

방안을 자세히 살펴보니 어머니가 가지고 오셨던 짐보따리도 보이지 않았다. 소년은 불안한 마음이 들어 객실 문을 열고 큰소리로 어머니를 불러보았다. 그러나 어머니는 나타나지 않고 노스님만 얼굴 가득 미소를 지으며 방 안으로 들어오는 것이었다.

"허허허허! 그래 간밤엔 잘 잤느냐?"

"스님! 어머니가 안 보이십니다요. 혹시 스님께선 저의 어머니가 어디 가시는 걸 보셨는지요?"

"이미 늦었다."

노스님은 이미 모든 걸 다 알고 계시는 듯 의미심장한 미소를 던지고는 소년의 눈망울을 빤히 들여다 보았다. 소년은 노스님의 말

 쏨이 뜻하는 바를 깨닫고는 가슴이 몹시 뛰었다. 새벽길에 혼자서 깊은 산중을 헤쳐 나가셨을 어머닐 생각하니 금새 목이 메었다.
 "지금쯤 이십 리 밖에 가고 계실 게다."
 "어머니 혼자서요?"
 "세상의 어머니들은 자식 아끼기를 다 그렇게 하신다."
 "아, 아니 되옵니다! 제가 쫓아가서 모시겠습니다."
 소년은 눈에 그렁그렁한 눈물까지 차오르는 것을 손등으로 훔쳐내며 길 떠날 채비를 서둘렀다. 그때, 여지껏의 부드럽던 태도와는 달리 노스님이 엄한 음성으로 소년을 꾸짖었다.
 "안 될 소리! 넌 어찌 하나만 알고 둘은 모르는고!"
 "예?"
 "단장의 아픔을 견디시며 이미 이 십리 밖을 그렇게 가셨거늘, 이제 와서 네가 또 달려가서 어머니를 두 번 세 번 슬프게 하면, 그것은 과연 효도가 되겠느냐?"
 "하, 하오나 스님……."
 노스님의 엄한 꾸지람도 틀린 말은 아니어서 소년의 음성은 점차 잦아들었다. 어머니를 향한 정으로 말할 것 같으면 세상 어느 자식들보다도 깊고 깊었던 소년이었으므로 자신의 행동이 어머니에게 상심을 주게 되리란 노스님의 훈계엔 저절로 뜻을 굽힐 수밖에 없었다. 노스님은 소년을 타이르듯이 머리를 쓰다듬어 주시며 조용조용 말씀하셨다.
 "어머니가 바라시는 건 오직 너의 무병장수 아니더냐? 그 어머니의 소원을 들어드리자면 이제부터 마음을 단단히 먹고 몸을 튼튼하게 단련해야 할 것이요, 공부를 열심히 해서 훌륭한 수행자가 되어 어머니는 물론 뭇 중생들을 제도해야 할 것이다."
 "……예, 스님."
 "이제 그만 일어나서 저 아래 개울에 가서 세수하고, 법당에 들어가서 부처님께 인사부터 올려야 할 것이니라."
 소년은 이제 어머니를 뒤따라갈 생각을 버리고 세수하러 갈 채비를 서둘렀다. 이불을 개켜 한쪽에 가지런히 쌓아놓는 소년의 몸놀림을 지켜보던 노스님이 혼잣말처럼 매우 뜻깊은 말씀을 하셨다.
 "이 백양산 백양사에 살게 되면 너는 반드시 백 년, 이백 년, 아니 그보다도 더 오래오래 살게 될 것이니라."
 "백 년 이백 년요? 그게 대체 무슨…… 말씀이시온지요, 스님?"
 사람이 기껏 살아야 백 년을 넘기기 어려울 터에 노스님은 백 년 이백 년보다 더 오래 살 수 있다하니 소년으로선 영 종잡을 수가 없는 말이었다. 그 수수께끼 같은 말을 던지듯이 꺼내었던 노스님은 빙긋이 웃으며 방문을 열고 바깥으로 나갈 뿐이었다.
 "그 까닭은 차차 너도 알게 될 것이니라, 허허허허!"
 소년은 노스님의 알 수 없는 말의 뜻을 혼자 곰곰히 생각해보다

가 뚜렷한 해답을 얻지 못한 채 세수를 하기 위해 개울가로 나갔다. 노스님 말씀처럼 그 까닭이야 차차 알게 될 터였다.

3
마음의 눈, 마음의 귀

　이렇게 해서 만암스님은 열 살의 어린나이로 백양사에서 입산득도하게 되었으니 말 그대로 동진출가(童眞出家)였다. 이때의 은사스님이었던 취운 도진선사는 나이 어린 송만암을 남달리 어여삐 여기었다. 속가의 어머니와 작별의 정도 나누지 못하고 헤어진 것이 마음에 걸려 몹시 울적해 있던 소년은 노스님이 친아버지처럼 자상하게 대해주시는 바람에 금새 마음의 안정을 찾게 되었다.
　"너는 이제 이 백양사 식구가 되었으니 오늘부터는 절집안 규칙을 잘 지켜야 하느니라."
　김씨 부인이 아들에게는 온다간다 말도 없이 훌쩍 집으로 돌아가 버린 그 날, 아침공양을 마치고 나서 노스님 취운 도진선사는 조용히 소년을 승방으로 불러 앉혔다.

소년은 다소곳이 꿇어앉아 은사스님의 말씀을 한 마디도 허투루 듣지 않으려는 듯 진지한 태도로 경청하였다. 그 날 노스님은 소년에게 절 생활에서 지켜야 할 여러 가지 규범들을 일일이 설명해 주고는 또 그에 따른 훈계말씀까지 곁들여 주었다.

"예로부터 우리 절집안에서는 일일부작(一日不作)이면 일일불식(一日不食)이라……. 하루 일하지 아니하면 하루 먹지도 아니하는 것을 생활규범으로 삼고 있으니 누구나 맡은 바 일을 해야 할 것이니라."

"……예, 스님. 하온데 저는 무슨 일을 해야 되옵는지요?"

"너는 오늘부터 송행자로 부를 것인즉, 공양간에 들어가서 공양주가 시키는대로 채소도 씻을 것이요, 불도 때야 할 것이요, 소제도 해야 할 것이다."

"예, 스님. 무엇이든 시키시는 대로 다 하겠습니다."

훈계가 끝나길 기다렸다가 고분고분 응대하는 소년의 예의바른 언행에 노스님은 내심 흡족한 미소를 지었다.

"암, 그래야지……. 그리고 너 송행자는 이미 글을 배워 알고 있으니 틈틈이 이 경책을 읽어 그 속에 쓰여진 말씀에 한 치도 어긋남이 없어야 할 것이니라."

소년은 노스님이 주시는 불경책을 공손히 받아들었다.

"이 경책에는 목우자스님께서 처음 불문에 들어온 사람에게 이

르신 말씀이 적혀 있고, 또 원효스님께서 이르신 발심수행장이 적혀 있고, 야운스님이 이르신 자경문이 들어 있으니 한 글자, 한 귀절도 놓쳐서는 아니될 것이다."

"예, 스님……. 명심하겠사옵니다."

워낙 글 읽기를 좋아하던 소년이었으니 그 책이 보물처럼 소중하지 않을 턱이 없었다. 소년 송행자는 노스님에게서 받아든 경책을 벌써부터 호기심 가득한 눈으로 들여다보고, 또 들여다보는 것이었다. 노스님은 총기가 넘쳐흐르는 소년 송행자의 비범한 태도를 조용히 바라보며 짐짓 엄격한 음성으로 일러두길 잊지 않았다.

"네가 과연 얼마나 열심히 공부를 하는지 불시에 너를 불러 시험할 것인즉 각오를 단단히 해야 할 것이니라."

소년 송행자의 음성은 종전보다 훨씬 자신있는 어조로 바뀌었다. 다른 건 몰라도 책 읽는 것만큼은 열심히 할 자신이 있었다. 속가에서야 책을 보고 싶어도 집안 형편이 옹색해서 섣불리 말을 꺼내지도 못한 적이 많았던 소년이었으니 그 마음이야 오죽했겠는가.

소년 송행자는 새로이 적응해야 될 절 생활에 대한 막연한 두려움보다는 항시 책을 가까이 할 수 있다는 기쁨이 더 컸다. 그 날부터 송행자는 스님들이 시키는대로 절간의 공양준비며 청소 등으로 눈코 뜰 새 없이 바쁘게 움직였다. 그런가 하면 일하는 틈틈이 은사스님인 취운 도진선사에게서 받은 책을 한 줄 한 줄 열심히 외워나갔다.

며칠 후, 공양간에서 불을 지피고 있던 송행자는 노스님의 부름을 받고 조르르 뛰어 절간 마당으로 나갔다.

"예, 스님…… 부르셨사옵니까요?"

"그래, 지난번에 내가 준 경책은 어찌 했는고?"

"예, 선반에 잘 얹어 두었습니다요, 스님."

"그동안 몇 줄이나 보았는고?"

"예, 저 그 경책은 이미 다 보았사옵니다, 스님!"

"벌써 그 경책을 다 보았다구?"

아무리 글을 잘 읽는다기로 절간 행자생활 고된 건 노스님도 익히 알고 있는 터에 준 지 며칠밖에 안 되는 경책을 다 읽었다니 노스님의 놀라움은 이만저만이 아니었다. 노스님은 눈을 화등잔만큼이나 크게 뜨고 서서 나이 어린 송행자를 내려다 보았다.

"허허……. 이런 녀석을 보았는가? 그 책은 이 녀석아, 옛날 이야기 책이 아니니 그냥 한번 훑어만 봐서는 안 되는 게야. 뜻을 잘 새겨서 마음 속에 깊이 담아두어야 할 것이거늘, 그새 벌써 다 읽었다는 소리가 무슨 소리던고?"

"예, 스님. 마음 속에 깊이깊이 담아두었습니다."

어린 송행자가 깜찍하게도 그 경책의 내용까지 마음 속에 깊이 새기며 읽었다는 대답을 하자 노스님은 어디 한번 경책에 쓰여진

내용을 읊어보도록 명하였다.

"목우자스님께서 당부하신 계 초심학입문은······."

"어서 외워보아라."

소년 송행자는 먼저 불교초심자를 위한 목우자스님의 글을 막힘없이 줄줄 외워나갔다. 노스님은 이번엔 그 뜻을 풀이해보도록 명하였다.

"그게 대체 무슨 뜻이던고?"

"무릇, 처음으로 불문에 들어온 사람은 마땅히 나쁜 사람은 멀리하고, 어질고 착한 사람을 가까이 해야 하며, 오계와 십계 등을 받아서 지키고, 범하고, 열고, 막을 줄을 잘 알아야 한다는 말씀이옵니다."

"흐음······. 그러면 그 다음 귀절도 한번 새겨보아라."

소년 송행자는 마치 누에고치에서 명주실 뽑아내듯 큰귀 하나하나를 술술 풀어보이는 것이었다.

"허면, 한 귀절 건너뛰고, 그 다음 귀절은 무슨 말씀이던고?"

"······예, 할일 없이 다른 사람의 방이나 집에 들어가지 말며, 은밀한 처소에서 남의 일을 구태여 알려고 하지 말며, 6일이 아니거든 내복을 빨지 말며, 양치하고 세수할 적에 큰소리로 침뱉거나 코를 풀지 말것이며······."

행여 송행자가 경책의 앞 부분만 줄줄이 꿰고 있는 건 아닐까 싶어 요모조모로 시험을 해보기로 한 노스님은 과연 소년의 말이 거짓이 아님을 알고 입이 떡 벌어졌다.
"이것 보아라, 송행자!"
"예, 스님."
"네 어머님께서 널 이 절에 남겨두고 떠나시면서 내게 부탁하시기를, 어떻게든 널 큰인물로 만드는 것이 소원이시니 내게 잘 가르쳐달라고 몇 번이고 당부하셨느니라······."
"······예."
"헌데 큰 인물이 되려면 공부를 많이 해야 하고, 또 열심히 해야 되는 게야······. 내 말 알아들었느냐?"
"예, 스님. 명심하겠습니다······."
노스님은 내심 소년 송행자를 칭찬해주고 싶은 마음도 없지 않았으나 그런 내색은 일체 하지 않았다. 자칫 칭찬부터 했다간 어린 마음에 공연히 우쭐해져서 송행자가 글공부를 게을리할지도 모른다는 우려에서 나온 노스님의 깊은 사랑이었다. 노스님 앞에서 어머니 얘기가 나오는 순간 불현듯 촉촉하게 젖어들던 소년 송행자의 눈망울이 맑게 빛났다. 저녁놀이 붉게 물드는 모양만 보아도 사무치게 그리운 어머니, 소년 송행자는 그 어머니의 모습이 떠오를 때마다 더욱 열심히 글공부에 파고들었다. 어린 마음에도 그 길만이 어머니께 드릴 수 있는 자신의 가장 큰 효도라는 생각이 들었던 것

이다.

　공양간에서 쌀을 씻으면서도, 불을 지피면서도 송행자는 노스님이 주신 경책 한 귀절 한 귀절을 외우고 또 외웠다. 공양간 일이 끝나면 개울가로 나가 걸레를 빨면서 잠시 쉬는 동안에도 경책에 적혀 있는 글귀를 소리내어 외웠다.

　소년 송행자가 개울에 나가 있을 때면 졸졸 물 흐르는 소리와 더불어 송행자의 낭랑한 글 읽는 소리가 어우러져 산간에 멋진 화음을 연출해내는 것이었다.

"원효스님이 말씀하신
　발심수행장이라.
　대저 모든 부처님이
　적멸보궁 장엄함은
　오랜 겁을 두고두고
　인욕고행 한 덕이요,
　하고 많은 중생들이
　불길 속을 넘나듦은
　한량없는 저 세상에
　탐욕 놓지 못한 까닭
　막힘 없는 저 천당에

가는 사람 왜 적은가,
탐·진·치 삼독으로
재물 삼은 까닭이요,
유혹 없는 저 지옥에
많은 사람 가는 것은
네 독사와 오욕으로
마음보배 삼은 까닭.
그 누군들 산에 가서
도 닦기를 싫어할까
애욕 속에 얽히어서
하지 못할 따름이니
고요한 산 깊은 골에
용맹수도 못하지만
형편따라 힘 내어서
선행공덕 지어보세
세상쾌락 저버리면
성인인 듯 공경 받고
어려운 일 능히 하면
부처처럼 존경 받네
재물간탐 하는 사람

마귀권속 이 아니며
자비보시 하는 사람
부처 자식 이 아닌가."

새소리, 물소리만이 계곡을 휘도는 바람에 실려 청아하게 울려퍼지는 가운데 소년 송행자의 경 외우는 소리는 자연의 한 자락처럼 아름답게 들렸다. 마침 그 길을 지나던 노스님 취운 도진선사가 이 소리를 듣고 송행자 가까이로 다가왔다.
"허허허허! 네가 방금 외운 귀절이 원효스님의 발심수행장이렷다?"
"예, 그러하옵니다, 스님."
"그래, 좋은 음식으로 이 몸을 제 아무리 잘 길러보아도 결국은 어찌 된다 하셨던고?"
"예, 좋은 음식으로 길러봐도 몸은 끝내 무너지고, 비단으로 감싸주어도 이내 목숨은 마치게 된다 하셨습니다."
소년 송행자는 자신도 모르는 새에 벌써 애초에 노스님께서 말씀하셨던 영원히 사는 이치를 이야기하고 있었다. 그러나 그것은 글귀를 통해 알게 된 배움이 바탕을 이룬 깨달음이었을 뿐, 그 모든 것을 두루 꿰뚫어 알기에는 아직 송행자의 나이가 어렸던 터이다.
노스님은 불가의 오묘한 가르침을 소년 송행자 스스로가 알고 깨우치도록 하기 위해 우회적인 방법을 사용하였다.

"애야, 그럼 너는 이 절에 있는 수행자들이 무슨 공부를 하고 있는지 짐작이나 하고 있느냐?"

"예, 저 공양주스님이 그러시는데 마음을 깨우치는 공부를 하신다고 그러셨습니다."

"그러면, 마음이 무엇인지는 짐작하겠느냐?"

제 아무리 영리한 소년 송행자라 하더라도 노스님의 이번 질문은 선뜻 대답하지 못하였다. 소년 송행자는 솔직하게 그것을 잘 모르겠다고 답하고는 가르침을 청하는 뜻에서 노스님께 머리를 조아렸다.

"자, 송행자야! 어디 한번 두 눈을 지그시 감아보아라."

송행자는 노스님이 시키는 대로 두 눈을 지그시 감았다.

"그래, 지금 무엇이 보이는고?"

두 눈을 감으니 칠흑 같은 어둠뿐이었다. 노스님은 소년 송행자에게 다시 눈을 뜨게 한 다음, 산 아래를 가리키며 고향집이 보이느냐고 물었다.

"그, 그야 안 보입니다요, 워낙……머니까요."

소년 송행자는 노스님이 참 이상한 말씀을 다하신다는 투로 바라다보며 의아한 음성으로 대답하였다. 노스님은 입가에 잔잔한 미소를 띠우고 소년 송행자에게 또 한번 눈을 감도록 명하였다.

"눈을 감았거든 잘 보아라, 네 고향집이 보일 것이다. 골목길, 사립문, 마당……툇마루……안방……보이느냐, 안 보이느냐?"

소년 송행자는 두 눈을 지그시 감고 노스님이 이르는 대로 고향집의 사립이며 마당이며 툇마루 등 모든 광경들을 하나씩 그려보았다.

"보……보……보입니다요, 스님!"

"그럼, 이번에는 귀를 기울여 잘 들어보아라…… 멀리서 소가 우는 소리도 들릴 것이요, 네 어머니가 너한테 하시는 말소리도 들릴 것이다……소 울음소리가 들리느냐?"

소년 송행자의 귓가엔 어느덧 고향마을에서 늘 듣던 그 정겨운 소 울음소리며 울타리 안에서 닭이 홰를 치는 소리까지도 아주 가깝게 들려오는 것 같았다.

"……. 예, 스님……. 소 울음소리가 들립니다요."

"그럼 이번에는 어머니 목소리가 들리느냐, 안 들리느냐?"

마치 꿈결처럼 아련하게 들려오는 어머니의 음성, 자나 깨나 그저 넷째아들이 무병장수하고 큰인물이 되기만을 손끝이 닳도록 빌어주시던 어머니의 고운 음성이 메아리처럼 들려오는 것이었다. 소년 송행자는 무엇에 취한 듯 몽롱한 마음 속으로 떠오르는 어머니의 음성을 듣고는 떨리는 목소리로 노스님의 물음에 대답하였다.

"스, 스님. 어머니 목소리가 들렸습니다, 스님!"

"허허허! 이제 그만 눈을 떠보아라."

"예, 스님."

"두 눈을 뜨고 보니 고향집이 보이느냐, 안 보이느냐?"

눈을 떠보니 꿈에서 깨어난 듯 모든 게 있던 그대로였다. 고향집의 풍경과 어머니는 간데없이 사라지고, 자신은 다만 산간계곡에서 걸레를 빨고 있던 그 모습으로 되돌아온 현실을 대하니 소년 송행자의 마음은 어쩐지 서운한 생각마저 들었다. 모든 것이 말짱 꿈처럼만 느껴지는 좀전의 그 신비한 경험은 그럼 무엇이더란 말인가?

노스님은 소년 송행자의 마음 속에 일고 있는 이런 복잡한 의문들을 훤히 꿰뚫어보는 얼굴을 하곤 그 이치를 설명해주었다.

"두 눈을 감았을 적엔 분명 고향집이 보인다고 했는데 어째서 두 눈을 떴을 땐 고향집도 보이지 않고 어머니 음성도 들리지 않겠느냐?"

"잘 모르겠습니다요, 스님."

"그럴 테지……. 두 눈을 감고도 고향집을 본 것은 네가 육신의 눈으로 본 것이 아니고 마음의 눈으로 보았다는 것이요, 고향집 소울음소리도, 어머니 목소리도 육신의 귀로 들은 것이 아니요 마음의 귀로 들은 것이니라."

"마음의 눈……마음의 귀라구요, 스님?"

노스님의 의중을 얼른 이해할 수 없었던 소년 송행자에겐 아리송

한 이야기였다. 그러나 노스님은 더 이상 설명해주시는 대신에 더욱 알 수 없는 말만 남기고는 홀연히 그 계곡을 나서는 것이었다.
"그래, 마음은 이렇게 신통조화를 멋대로 부리는 것이니, 수행자는 그래서 마음 닦는 공부를 하는 것이다. 하하하하……!"
"마음을 닦는 공부……."
노스님이 자리를 떠난 뒤 소년 송행자는 골똘히 그 말의 뜻을 헤아려보느라 한동안 생각에 생각을 더해나갔다. 그것은 불가에 입문한 소년 송행자에게 처음으로 던져진 화두이자 지극히 인간적인 하나의 의문이었다.
대체 보이지도 않고 만져지지도 않는 마음을 어떻게 닦는다는 것인가? 소년 송행자는 자신이 정성껏 빨아 새것처럼 깨끗해진 걸레를 물끄러미 바라보았다.
아무래도 알 수 없는 말이었다. 어렴풋하게나마 그 모든 해답들은 노스님께서 주신 경책들을 좀더 자세히 읽어보면 찾아질지도 모른다는 생각이 들었다.
소년 송행자는 그 날부터 더욱 열심히 공부하는 것을 업으로 삼았다.
천성이 부지런하고 성품 또한 티없이 맑았던 소년 송행자를 노스님 취운 도진선사께서 그후론 더더욱 각별히 아껴주셨음은 두 말할 나위가 없는 일이었다.

4
노스님의 마음잣대

소년 송행자의 학문은 나날이 그 깊이를 더해갔다. 어느결엔가 백양사에 신동이 들어왔다는 소문이 근처 마을에 퍼졌을 정도로 송행자는 학문에 대한 열성이 극진하였다. 그것은 무엇보다도 노스님의 각별한 가르침 덕분이기도 하였다.

노스님 취운 도진선사는 송행자에게 일러 가로되, 경책의 한문글귀만 달달 외우지 말고, 우리말로 새겨 그 뜻까지 폭넓게 깨우쳐야 한다고 엄히 가르쳤다.

노스님은 때때로 송행자를 승방으로 따로 불러 경책의 글귀와 그 뜻을 묻기도 했으며 어느 땐 친히 설명을 해주기도 하였다.

"경책에 쓰여진 말들은 수행자로써 어떠한 일이 있어도 지켜야 하는 것이다."

노스님은 그중에서도 특히 야운스님이 자경문에서 금하신 열 가지 사항을 수행자의 근본도리로 삼아 늘 지켜야 할 것을 당부하곤 하였다.

"야운스님께서 당부하신 열 가지 말씀은 다 그만한 까닭이 있어서이니, 모름지기 수행자는 단 한 가지도 어김이 있어서는 아니될 것이다."

"예, 스님. 명심하겠습니다."

그러던 어느 날, 때는 늦은 가을이었다. 소년 송행자는 개울가에서 빨래를 하고 있었다.

"아이구, 이 동자님이 여기 계셨구먼 그래요."

웬 낯선 노파가 호들갑을 떨며 다가와 송행자에게 아는 체를 했다.

"아니, 할머니는 누구신데 저를 찾으십니까?"

"나? 으응, 나는 말이우, 요 아래 마을에 사는 늙은이인데 초하루 보름이면 불공을 드리러 온다우. 아, 백양사에 신동이 들어왔다고 소문이 났기에 구경 한번 하고 갈려구 동자님을 찾았지. 빨래감 남았거든 이리 내오시우. 내가 대신 빨아드릴 테니……."

노파는 정말로 송행자의 빨래를 대신 해줄 것처럼 옷소매를 걷어 부쳤다.

"아, 아닙니다, 할머니. 이미 다 마쳤습니다."

"아이구, 참 깨끗이도 빨았네? 이것 보시우, 동자님."

노파는 송행자가 빨아놓은 빨래감들을 신기한 듯 바라보며 불쑥 무언가를 내미는 것이었다. 송행자는 그 노파가 내미는 물건보다도 자신을 자꾸 동자라고 부르는 게 마음에 걸렸다.

"저는 동자가 아니오라 행자입니다, 할머니."

"아이구 참 동자님두……. 아, 행자나 동자나 그게 그겁지요. 자, 이 떡 내가 동자님 드릴려고 일부러 가져온 것이니 어서 드십시오."

속가에선 척 보기만 해도 군침이 넘어가던 떡이었다. 생각 같아선 덜컥 받아 먹고 싶은 마음도 굴뚝 같았으나 송행자는 얼른 그 떡을 노파 손에 다시 쥐어주었다. 야운스님께서 금하신 열 가지 당부사항 중, 첫째가 좋은 옷과 맛있는 음식을 금하라 하셨거늘, 설령 나이 드신 분이 성의로 싸갖고 온 떡이라 해도 받아서는 아니될 터였다.

"아, 아니 되옵니다, 할머니! 때가 아니면 먹어서는 아니되옵니다……."

속으로는 군침을 꿀꺽 삼키고 있을 게 뻔한 어린 행자의 마음을 그 노파가 모를 리가 없었다.

"원 참 동자님두, 아 배고프면 먹는 거지, 무슨 때가 따로 있다고 그러십니까요? 보는 사람도 없으니 어서 한 입 넣으세요."

"아, 아니되옵니다. 아무 때나 아무 곳에서나 음식을 먹는 것은 대중청규에 어긋나는 일이옵니다······."

"동자님도 참······. 아 새벽에 죽 한 모금 하시고 배도 안 고프세요?"

소년 송행자의 속사정으로야 배가 고프지 않을 리 없었다. 새벽부터 그 시간까지 종일 절간소제며 공양준비다 해서 말 그대로 죽 한 모금 떠넣은 것도 다 내려간 뱃속에선 쪼르륵 소리가 났다. 그러나 송행자는 그 배고픔을 꾹 참고 노파에게 정중히 사양의 뜻을 전하였다.

"노스님께서 이르시길, 배고픈 것을 참는 것도 공부라고 하셨습니다. 자, 그럼 전 이만 내려가겠습니다."

소년 송행자는 서둘러 빨래감들을 챙겨 총총히 절 쪽으로 걸어갔다. 그 자리에 오래 머물러 있다간 아무래도 노파의 떡에 넘어갈 것만 같은 조바심에 소년 송행자의 발걸음은 줄행랑을 치듯이 바쁘기만 하였다.

"아이구, 참, 동자님, 동자님! 같이 가십시다요!"

뒤에서 숨가쁘게 쫓아오는 노파의 음성이 들려왔다.

그 날 저녁 나절, 그 노파가 불공을 끝낸 후에 노스님이 송행자를 불러 엄한 분부를 내리었다.

"송행자야! 이 노보살님은 각별히 모셔야 할 것이니 네가 동네 어귀까지 잘 모셔다드리고 오도록 하여라."

곧 어두워질 시각도 되었으므로 노파 혼자서 산길을 내려가게 하는 건 절집안으로서도 도리가 아니었다. 송행자는 노스님의 분부대로 그 노파를 모시고 산을 내려가게 되었다. 이윽고 중간쯤 내려갔을 때였다.

"이것 보시우, 동자님!"

함께 산길을 내려가던 노파가 잠시 다리도 쉴 겸 멈춰서 송행자를 불렀다.

"이만큼 왔으면 으슥한 산길은 어지간히 내려온 셈, 여기서부터는 나 혼자도 내려갈 수 있으니 동자님은 그만 절로 돌아가시도록 하시우."

"아이구, 아닙니다, 할머니. 노스님께서 분부하시기를 동네어귀까지 잘 모셔다드리고 오라고 하셨습니다."

"아, 그거야 뭐 말씀인즉 그렇게 하셨지만서두, 여기까지 왔으면 이젠 다 온거나 진배 없으니 그만 돌아가도록 하시우."

"안될 말씀입니다요, 전 노스님 분부대로 동네 어귀까지 모시고 갈테니 어서 가시기나 하십시다요."

산길을 오르내리며 어린 행자에게 공연한 폐나 끼치는 것 같아 미안한 생각이 들었던 노파는 한사코 그만 돌아가라는데도 송행자는 노스님의 분부만을 고집하며 기어이 그 노파를 동네 어귀까지 모시고 갈 태세였다.

여지껏 백양사를 드나들며 많은 행자들의 길안내를 받아보았을 이 노파는 여늬 행자들과는 다른 송행자의 진실된 태도에 감탄을 금치 못하였다.

"원 참 동자님두, 고집이 왕고집이시구랴? 다른 행자님들은 여기서 돌아가라 하면 얼씨구나 하고 돌아들가던데……."

"다른 행자님들은 다른 행자님들이구요, 전 노스님 말씀을 분명히 지켜야 합니다요."

"그래, 동자님은 기어이 이 늙은이를 동네 어귀까지 데려다주고서야 돌아가겠수?"

노파는 물으나마나한 소리를 하고 있다는 걸 알면서도 그렇게 물어본 후에 송행자가 고개를 끄덕여보이자 짐짓 걸음을 서두르는 시늉을 하였다.

"아이구, 이거 그러면 이 늙은이가 걸음을 재촉해야 겠구먼. 그래야 동자님두 어서 돌아가실 것 아니유."

"아, 아닙니다요, 할머니. 그러시다가 돌부리에라도 걸려서 낙상하시면 안되니 천천히 걸으십시오. 오늘 제가 해야 할 일은 이미 다 해놓았으니까요."

"과연 동자님이시구려."

　노파는 송행자의 앞서 걷는 모습을 바라보며 다시 한번 백양사에 새로 들어온 행자의 성품이 남다르다는 걸 느끼고 고개를 끄덕였다.
　송행자 편에서 생각하면, 노스님이 시키는대로 할머니를 동네 어귀까지 모셔다드리는 일이 그리 대수로울 것도 없었다. 하물며 보통 생각을 지닌 보통 사람들에게는 그저 그렇고 그런 일쯤으로 넘겨버릴 수도 있는 일이었다.
　그러나 이 하찮은 일에 노스님이 깊은 뜻을 담아두고 있었을 줄이야 어느 누가 감히 심작이나 할 수 있었겠는가.

　그 해 음력 시월이었다. 노스님은 백양사의 아홉 행자들을 한자리에 모아놓고 그중에서 사미계를 내릴 사람을 가리게 되었다.
　"너희 아홉 행자 가운데 2년 넘도록 사미계를 받지 못한 사람이 누구누구던고? 입은 열지 말고 어디 손을 한 번 들어보아라."
　노스님의 분부에 따라 다섯 명의 행자가 손을 들었다.
　"으음……. 그러면 이번엔 1년 넘게 사미계를 받지 못한 자는 누구누구던고?"
　이번엔 나머지 행자 가운데 셋이 손을 들었다.
　"그리고 또 하나는……? 그래, 너는 이제 겨우 육칠 개월밖에 안 됐으렷다?"

나머지 한 사람은 송행자를 가리키는 것이었다. 그는 아홉 명의 행자 가운데 그 중 나이가 어리고 입산연한이 짧았던 터였다. 노스님의 분부가 다시 이어졌다.

"허면, 이번에 사미계 받을 사람을 가려야 겠으니, 그동안 남이 본 데서나 남이 안 본 데서나 개울물에다 오줌을 눈 사람은 돌아서서 물러가거라."

두 사람의 행자가 고개를 숙인 채 몸을 돌려 물러났다.

"그리고 남이 본 데서나 안 본 데서나 때 아닌 적에 음식을 먹은 자는 돌아서서 물러나거라."

이번에는 또 세 사람이 고개를 숙이고 몸을 돌려 뒤로 물러났다.

"그리고 그동안 내가 아랫마을 노보살들이 불공 드리러 왔을 적에는 동네 어귀까지 모셔다드리고 오라고 시켰었느니라. 이 가운데서 동네 어귀까지 제대로 다 모셔다드리지 아니하고 도중에서 작별하고 돌아온 일이 있는 자는 돌아 서서 물러나거라."

노스님의 분부에 또 다시 두 명의 행자가 고개를 숙이고 돌아서야 했다.

"그러고 보니 내 앞에 남은 것은 두 명뿐이로구나. 너희 둘은 그동안 대중 속에서 다툰 일은 없었느냐?"

"……예, 스님"

두 사람 모두 공손히 노스님의 물음에 답하였다. 그 둘 가운데

한 사람은 불가에 들어온 지 채 일 년도 되지 않는 열 살 짜리 소년 송행자였다.

"나는 평소에 안 보는 것 같지만 다 보고, 안 듣는 것 같지만 다 듣고, 묻지 않는 가운데 묻고 있었느니라. 이제 너희 둘에게는 이 달 보름날 사미계를 설할 것이니 그리 알아라."

찬물을 끼얹은 듯 조용하던 좌중에서 작은 동요가 일었다. 불가에 들어온 지 삼 년이 넘는 행자들도 수두룩한데 이제 겨우 육칠 개월된 송행자가 사미계를 먼저 받게 되니 아홉 명의 행자들 모두 아연 놀라지 않을 수 없었다. 당사자인 송행자로서도 송구스럽기 그지없는 노릇이었다. 그는 노스님 앞에 깊이 머리를 조아리며 조심스럽게 간청하였다.

"아, 아니옵니다, 스님. 저는 이제 겨우 이 절에 들어온 지 여섯 달밖에 되지 않는 신출나기온데……저보다 먼저 오신 형님네들에게 먼저 계를 내려주십시오."

"안될 소리! 사미계는 절밥 밥그릇 수를 헤아려 주는 것이 아니다!"

노스님한테선 영락없는 불호령이 떨어졌다. 그 바람에 잠시 술렁이던 다른 행자들은 흠칫 몸을 사리게 되었다.

"하, 하오나 스님……."

몸둘 바를 모르며 한 마디라도 더 간청해보려던 소년 송행자의 겸손한 마음가짐을 못 헤아려줄 노스님이 아니건만 이번엔 더 크게 호통을 내리는 것이었다.
"어허! 감히 어디서 토를 달고 이러는고! 사미계는 절에 먼저 온 순서대로 주는 것이 아니니 그리 알고 그만 물러들 가거라!"
이리하여 열 살 짜리 소년 송행자는 백양사에서 취운 도진선사를 은사로 모시고 삭발하고 사미계를 받게 되었던 것이다.
그로부터 한 달 후, 장엄염불이 백양사 경내를 휘돌아 산 속에 메아리로 울려퍼지는 가운데 사미계가 설해졌다.
"첫째는 불살생이니, 산 목숨을 죽이지 말라! 위로는 부처님, 성인, 스님, 부모로부터 아래로는 날아다니고, 기어다니고, 보잘것 없는 벌레에 이르기까지 모든 생명 있는 것을 내 손으로 죽이거나, 남을 시켜 죽이거나, 죽이는 것을 보고 좋아하지 말라. 이것을 지키겠느냐?"
"…… 예, 받들어 지키겠습니다."
"둘째는 불도이니 훔치지 말라. 귀중한 금과 은으로부터 하찮은 바늘 한 개, 풀 한 포기일지라도 주지 않는 것은 가지지 못한다. 상주물이나 시주물이나, 대중 것이나, 사유물이거나 온갖 물건을 빼앗거나, 훔치거나, 속여서 가지거나, 세금을 속이고 배삯, 차삯을 안 내면 이것이 모두 훔치는 것이니, 이것을 지키겠느냐?"
"예, 받들어 지키겠습니다."

한 치의 흐트러짐도 용납될 수 없는 노스님의 사미십계는 정식 비구가 되기 전의 사미승들이 받들어 지켜야 할 열 가지 계율로 계속 이어졌다.

"셋째는 불음이니……. 음행하지 말라. 재가불자에게는 사음을 하지 말라 하였지만 출가한 자는 모든 음행을 다 끊으라 하였으니, 세간의 온갖 이성을 간음하는 것은 모두 계를 어기는 것이니, 이것을 모두 지키겠느냐?"

"예, 받들어 지키겠습니다."

"넷째는 불망어이니, 거짓말을 하지 말라! 허망한 말로써 옳은 것을 그르다 하고, 그른 것을 옳다고 해서는 안될 것이요, 감언이설을 해서도 안될 것이요, 악담을 해서도 아니될 것이요, 중상모략을 해서도 아니될 것이요, 욕설을 해서도 아니될 것이요, 여기서는 이 말하고 저기서는 저 말하는 이간질을 해서도 아니될 것이니, 이것을 모두 다 지키겠느냐?"

"예, 받들어 지키겠습니다."

"다섯째는 불음주이니 술을 마시지 말라. 곡식으로 빚은 술이나, 과일로 빚은 술이나, 어떤 술도 마시지 말아야 할 것이요, 남에게 술을 먹이지도 말아야 할 것이니, 이 계를 모두 다 지키겠느냐?"

"예, 받들어 지키겠습니다."

"여섯째는 불착향화이니, 꽃다발을 쓰거나 향을 바르지 말라. 꽃

다발을 머리에 쓰거나, 목에 두르거나, 향을 몸에 바르는 일이 없어야 할 것이니, 이것을 지키겠느냐?"

　노스님의 음성은 마치 하늘에서 들려오는 것처럼 사미승들의 마음을 거룩함에 휩싸이게 만들어주었다. 계를 받는 두 명의 사미승들은 노스님의 말이 떨어질 때마다 마음으로부터 우러나오는 복종의 염을 그 온몸으로 새기고 있었다.

　소년 송행자는 댕기머리가 싹둑싹둑 잘려나가고 마침내는 노스님의 집도로 삭발이 이루어지는 그 긴 시간 동안 스스로 청정무심의 길로 나아가는 법을 찾고 있었다.

　"일곱째는 불가무창이니, 노래하고 춤추고 풍류를 잡히지 말라. 또한 노래하고 춤추고 풍류잡히는 곳 구경도 하지 말것이니, 이것을 지키겠느냐?"

　계명이 더해질수록 속가의 어머니가 간절히 그리워지는 건 또 무슨 까닭이던가. 송행자는 자신이 이제 더 이상은 속가의 어머니 아들로서만 살 수는 없으리라는 걸 알고 있었다. 그는 이후부터 진정 부처님의 제자가 되어 뭇 중생들을 제도해야 할 세속 밖의 수행자로써 살아야 할 터이다.

　"여덟째는 불좌 고광대상이니 높고 큰 평상에 앉지 말라. 부처님 법에 평상을 만들되 여덟 뼘을 넘지 못하게 하셨으니, 이보다 더 넓은 평상에 앉는 것은 계를 파하는 것이요, 평상의 다리를 높게

해서도 아니될 것이요, 호사스런 치장을 한 평상에 앉아서도 아니될 것이니, 이것을 지키겠느냐?"

"예, 받들어 지키겠습니다."

"아홉째는 불비시식이니, 때 아닐 적에 먹지 말라. 짐승은 오후에 먹고 귀신은 밤에 먹는 것, 수행자는 부처님을 따라야 하므로 사시가 지나면 먹지 않아야 하거늘, 하물며 때 아닌 적에 어찌 음식을 먹을 것인가. 이것을 지키겠느냐?"

"예, 받들어 지키겠습니다."

"열번째는 불착 금은보물이니, 금은보화를 가지지 말라. 부처님 재세시에는 모든 수행자가 밥을 얻어먹고 옷도 헌옷 조각을 기워서 입었으니, 빈한한 것을 본분으로 삼았으므로 스스로 빈도라 칭하였거늘, 출가수행자는 모름지기 돈을 벌려고 하지 말 것이며, 보물을 지니지 말아야 할 것이니, 이것을 지키겠느냐?"

가난을 숙명처럼 이고 지고 살아오신 어머니. 그 어머니 밥상에 따뜻한 진지 한 번 올려드리지 못하고 수행자의 길로 들어선 소년 송행자는 이제 세속감정의 마지막 찌꺼기인 눈물 한 방울 뜨겁게 떨구고 나서 열번째 계를 마음 깊은 곳으로 받아들였다.

머리칼은 한 올도 남지 않았다. 마지막 한 터럭까지도 말끔히 밀어낸 송행자의 몸에 잿빛 승복이 걸쳐졌다.

"너는 이제 부처님의 제자가 되었으니 법명을 종헌이라 할 것이니라. 마루 종(宗)에 법 헌(憲) 자 종헌(宗憲)."

삭발을 끝내고 승복에 사미십계를 받아 지녔으니 이제 송행자는 어엿한 사미승 종헌으로 다시 태어난 것이었다.

"아이구, 이렇게 삭발하시고 승복까지 척 수하시니 스님 모습이 아주 의젓하십니다요, 예……."

일전에 불공 드리러 와서 그가 산아래 마을까지 배웅해주었던 마을 노파가 이튿날 절에 들렀다가 송행자의 삭발한 모습을 보고 예를 표해왔다. 아직은 스님이라 불리우는 것이 영 겸연쩍기만 한 종헌사미는 금새 양볼이 붉게 물들었다.

"노보살님께서는 그렇게 절 놀리지 마십시오."

"아이구, 놀리다니요? 원, 천부당만부당한 말씀이시옵니다, 스님. 제가 스님을 놀리다니, 지옥에 갈려구 놀리겠습니까요, 스님?"

"자꾸 그렇게 스님, 스님 하시니 그게 바로 절 놀리시는 게 아니고 뭐겠습니까요?"

노파는 까마득한 손자뻘 되는 종헌사미를 깍듯이 존대하며 예우를 해주었다.

"원, 무슨 말씀을……. 사미계 받으시고 법명 받으셨으면 어엿한 사미승 아닙니까요? 이젠 스님 소리 들으셔도 책 잡힐 일이 아니랍니다요, 스님."

"하지만 저는 이제 나이 겨우 열 살밖에 먹질 않았으니 자꾸 그

렇게 스님, 스님 하시면 듣기가 송구스럽습니다요."

"아이구, 원……. 무슨 말씀을……. 종헌스님은 이담에 아주 큰 스님이 될 거라구 그러셨습니다요."

어디서 들었는지 노파에게서 덕담까지 전해 듣고보니 종헌사미로서는 여간 부끄러운 게 아니었다. 그는 또 다시 낯빛을 빠알갛게 물들였으나 내심 기쁘지 않은 바도 아니었다.

언젠가는 은사스님처럼 덕망 있는 훌륭한 스님으로 변신해 있을 자신의 모습을 그려보고는 종헌사미는 남모르게 가슴이 설레이는 걸 느꼈다.

"허허허……. 머리를 깎아놓고 보니 두상도 아주 잘 생겼구나, 응? 허허허……."

어느새 왔는지 노스님이 몹시 흐뭇한 웃음을 지으며 종헌사미 앞으로 다가서셨다. 열살바기 사미승 종헌은 그만 부끄러움을 참지 못하고 슬그머니 자리를 피해버리고 말았다.

언제인지 모르게 산사엔 한겨울의 찬바람이 불어오기 시작하였다. 집 떠난 지 어언 칠 개월이나 되었을까. 어린 사미승 종헌은 불현듯 그 겨울바람 속에서 떠오르는 어머니의 포근한 품 안을 잠시 마음의 그림자로 붙들고 있었다.

'이젠 사미계도 받고 했으니 더더욱 경전공부를 게을리하지 말아야지…….'

어린 사미승 종헌은 자칫 약해지려는 마음의 갈피를 곧추세우고는 잿빛 승복의 매무시를 가다듬는 것이었다.

5
한조각 뜬구름

사미십계를 받은 뒤 더욱 더 경전공부를 열심히 해나가던 종헌사미가 열한 살 나던 이듬해 봄이었다. 하루는 노스님이 급히 종헌사미를 불러들였다.

"어서 행장을 꾸려라. 너 서둘러서 속가엘 좀 다녀와야 겠다."

"예? 저의 속가엘…… 말씀이시옵니까?"

"그래, 인편으로 소식이 왔는데 속가의 네 어머님이 위급지경에 처하셨다는구나."

"예에? 제 어머님이요?"

"마음 단단히 먹고 속히 다녀오도록 하거라."

노스님에게서 속가의 어머니가 위급하다는 소식을 전해 들은 종헌사미는 눈 앞이 캄캄해지는 경황중에 부랴부랴 고창읍 속가로 달려갔다. 그러나 때는 이미 늦어 어머니는 벌써 세상을 떠나신 뒤였다.

"어머니! 대체 이게 무슨 일입니까요, 예? 이 자식놈 단명할 것만 걱정하시더니, 어머니가 이렇게 일찍 가시다니요……, 어머니!"

이미 망자가 되신 어머니의 시신을 붙들고 종헌사미는 자신이 출가한 몸이라는 것도 잊은 채 구슬피 울었다.

무엇보다도 자식된 도리로 어머니의 임종을 지켜드리지 못한 게 종헌사미에겐 생각할수록 통탄할 노릇이었다. 나중엔 진작에 기별을 해주지 못한 형님들이 원망스럽게 생각되어 견딜 수가 없었다.

"누가 이렇게 갑자기 세상을 뜨실 줄 짐작이나 했겠느냐……."

속가의 형님은 자신의 불효를 탄식하며 서럽게 우는 막내아우 종헌사미를 토닥이며 깊은 한숨을 몰아쉬었다.

"그래도 그렇지요, 형님! 단 며칠만 일찍 알렸어도 살아생전에 어머니를 만나뵐 수 있었을 것 아니겠습니까요."

"어머니께서 너한테 알리는 걸 한사코 말리셨다. 너는 기왕 절에 가 있으니 공부나 잘하게 내버려두라구……."

고향집에서 어머니를 모시고 살던 속가의 큰형님은 허망한 표정으로 어머니가 종헌사미에게 남긴 마지막 유언을 전해주었다.

"그저 어쩌든지 네가 무병장수해서 큰인물이 되어야만 한다고

말씀하셨다. 마치 널 앞에 앉혀놓고 말씀하시듯이 또박또박 그렇게 말씀하시고는 눈을 감으셨다……."

"어머니……."

그 말을 들은 종헌사미의 눈에선 쉬임없이 눈물이 흘러나왔다. 사미십계를 받고 뿌듯한 마음이 되어 당장에라도 속가에 내려와 어머니께 칭찬이라도 듣고 싶은 걸 훗날을 기약하며 꾹꾹 눌러 참은 종헌사미였다. 그러나 이제는 자랑할 어머니도 안 계신 속가의 뜨락엔 생전에 어머니가 닳고 닳도록 신으셨던 짚신 한짝만이 덩그라니 굴러다니고 있는 것이었다.

사람이 죽고 사는 게 이리도 허망한 것인가. 일가친척들의 도움으로 어머니의 장례를 마치고 산소에 꿇어앉은 종헌사미의 저릿한 마음을 헤집고 어디선가 처량한 뻐꾸기소리가 들려왔다.

종헌사미는 두 눈을 지그시 감고 마음 속으로 어머니를 불러보았다.

—걱정하지 마라, 이 에미는 이제 편하게 되었다. 너는 이제 스님이 되었으니 어쩌든지 그저 무병장수하고 큰인물이 되거라, 알아들었느냐?

'예, 어머니. 저는 기어이 공부를 많이 하고 수도를 열심히 해서 나고, 죽고, 병들고, 고생하는 이 세상 고해바다 중생들을 다 건져주는 큰사람이 되겠습니다. 어머니, 이제 제 걱정은 마시고 편히

계십시오…….'
　종헌사미는 마음의 눈으로 어머니를 뵙고, 마음의 귀로써 어머니의 음성을 들을 수 있었다. 비록 어머니는 고인이 되셨지만 생전의 그 뜻만은 변함없이 어린 종헌사미의 가슴 속에 살아 있는 목소리로 다가오는 것이었다.
　"이왕 산을 내려왔으니 다시 절간으로 가지 말고 아예 여기서 우리랑 함께 살자꾸나, 응? 어머니도 안 계신 집에 너라도 있어주면 이 형 마음이 한결 덜 적적할텐데 말이야."
　장례식이 끝난 뒤 속가의 큰형님을 비롯한 다른 형들이 종헌사미의 가는 발길을 붙잡으려 하였다.
　"아닙니다, 형님들! 마음 써주시는 거야 제가 어찌 모르겠습니까마는, 저는 기왕에 불가에 들어간 몸입니다. 제 염려는 마시고 형님들, 부디 다시 뵐 때까지 안녕히 계십시오……."
　종헌사미는 한사코 갈 길을 만류하는 세 형들의 제의를 뿌리치고 백양사로 돌아왔다.
　"한 목숨 태어남은 한 조각 뜬구름 생겨남과 같고, 한 목숨 스러짐은 한 조각 뜬구름 사라짐과 같으니 애닯아할 것도 없고, 슬퍼할 것도 없느니라."
　백양사의 노스님은 어린 나이에 모친상을 치루고 온 종헌사미에게 따뜻한 위로의 말을 내리었다.

"이제 네 명을 어머니가 대신 이어주시고 간 줄로 여기고 더욱 분발심을 내어 수행을 열심히 해야 할 것이니라……. 모든 게 다 인연의 소치이니, 그래야 부모님의 은혜에 보답하는 길이 될 것이니라."

"……예, 스님. 명심하겠습니다."

"……옛날 고려 때 스님 나옹선사께서 이렇게 읊으셨느니라. 한번 유심히 들어보아라."

노스님은 바로 물러가려는 종헌사미를 그냥 내보내기가 뭣했던지 친히 나옹선사의 말씀을 읊어주기까지 했다.

"잘 들었으면 이번에는 네가 한 번 외워보아라."

"……예."

종헌사미는 방금 노스님이 읊었던 구절들을 한 문장도 틀리지 않고 그대로 외워나갔다. 노스님이 가르쳐준 그 문귀는 어쩐지 종헌사미의 마음에 쉽게 들어와서 아픈 데를 말끔히 씻어주는 것 같았다.

"청산은 나를 보고
  말 없이 살라 하고
  창공은 나를 보고
  티 없이 살라 하네.

탐욕도 벗어놓고
성냄도 벗어놓고
물같이 바람같이
살다가 가라 하네."

나옹선사의 말씀을 노스님에게서 한 번 듣고, 두 번째로 종헌사미 자신의 입으로 직접 읊조리기까지 하니 한결 마음이 고요해지는 걸 느낄 수 있었다.
"이젠 되었느니라, 그만 나가보아라."
"……예, 스님. 고맙습니다."
노스님은 그런 종헌사미를 그윽한 미소를 띠고 바라보았다. 종헌사미는 왠지 그 글귀를 듣고 외우는 동안에 자신의 마음이 차분하게 가라앉는 걸 느꼈다.

노스님의 자상한 보살핌으로 차츰 어머니를 여윈 슬픔에서도 벗어나게 된 종헌사미는 이후로 더욱 더 경전공부를 열심히 하게 되었다. 헌데, 당시 나이 겨우 열한 살이고 보니, 배우는 것마다 의심덩어리가 아닐 수 없었다.
종헌사미는 의심나는 것이 있을 때마다 노스님에게로 쪼르르 달려가곤 하였다.

"저, 스님. 여쭈어보고 싶은 게 있사옵니다."
"그래, 오늘은 또 무엇이 궁금하던고?"
"예……저, 사미율의를 보고 있사온데요, 스님."
"그런데?"
"사미십계 가운데 첫번째 계율인 불살생계 말씀이온데요……."
불상생계라 함은 생명이 있는 것을 죽이지 말라고 이르는 말씀이었다. 노스님은 잠자코 종헌사미의 입에서 나올 다음 말을 기다렸다.
"저……몸에 이가 생겼는데 가려워서 견딜 수가 없으니, 이 이를 대체 어찌해야 하옵니까요?"
"그러니까 몸에 생긴 이를 잡아 죽여도 괜찮겠느냐, 그게 알고 싶단 말이렷다?"
"예, 스님. 그렇사옵니다."
노스님은 종헌사미의 대답을 듣고는 일면 부드러운 미소를 지으면서 음성만은 엄하게 이르셨다.
"내 불살생계를 설할 적엔 자그마한 벌레라도 죽여서는 안 된다고 일렀느니라. 몸에 생긴 이도 살아 있는 생명이거늘 잡아 죽이는 일이 있어서는 안될 것이다."
"하, 하오나 가려워서 그렇사옵니다요, 스님……."
종헌사미는 몹시 난감한 표정을 지었다. 허나 노스님은 여전히 근엄한 어조로 종헌사미를 타이르는 것이었다.
"그동안 내 수많은 사람이 세상을 떠나는 것을 보았다마는, 이한테 물어뜯겨서 그 까닭에 죽었다는 사람은 아직 못보았느니라. 가려운 것 참는 것도 공부요, 수행이니라."
"하오면 스님, 살아 있는 것은 어느 것이든 죽여서는 안 되는 것이옵니까? 뱀이든 지네든요?"
"쫓을지언정 죽여서는 안 되느니라."
종헌사미의 궁금증은 좀처럼 풀리지 않았다. 자기 몸의 피를 빨아먹고 온몸을 심한 가려움증으로 귀찮게 만드는 이를 참아내야 하는 것만도 곤혹스러운 일이건만, 노스님은 징그러운 뱀이나 지네 같은 것들도 해쳐선 안 된다 하시는 것이다.
더구나 뱀이나 지네는 독을 품고 있어서 잘못하면 사람을 죽일 수도 있지 않은가. 종헌사미는 왜 그처럼 해로운 것들까지도 살려두어야 하는지 까닭을 알 수가 없었다. 그는 노스님 면전에서 연신 고개를 갸웃거렸다.
"어째서 꼭 그래야 하는 것이지요, 스님?"
"사람이나 짐승이나 벌레나 할 것 없이 목숨은 다 똑같이 귀한 것, 목숨을 함부로 여기는 사람은 다른 도리도 더욱 지키기 어려운 법이다."
종헌사미는 그제야 조금 수긍이 가는 듯 하더니만 이번엔 또 다

른 것을 여쭈었다.
 "저, 스님……. 공양주스님께서는 아궁이에 썩은 나무를 넣지 말라 하시던데 그건 대체 어쩐 까닭이시온지요?"
 "그거야 이 녀석아, 썩은 나무 속에는 벌레들이 집을 짓고 살고 있을 것이니 벌레들을 태워 죽이지 말라는 말이지."
 "하오면 등불을 켰을 적에는 왜 방문을 열어두지 못하게 하는 지요?"
 "그것은 날벌레들이 불을 보고 달려들어 타 죽을 염려가 있으니 불을 가리거나 문을 닫아두라는 게다."
 노스님은 종헌사미의 알 듯도 하고 모를 듯도 한 속마음을 눈치채고는 속세에서 흔하게 회자되는 금기사항들을 예로 들어주었다.
 참새 고기를 먹으면 그릇을 잘 깬다던가, 까마귀 고기를 먹으면 깜박깜박 잘 잊어먹는다는 이야기, 또는 기러기를 잡아먹으면 부부간에 이별수가 생긴다, 임산부가 오리고기를 먹으면 손발이 붙은 불구 자식을 낳는다는 등등 노스님의 이야기는 마치 그날 하루를 다 넘겨도 모자랄 것처럼 무궁무진하였다.
 "……또, 새끼 밴 짐승을 잡아먹으면 자식이 단명한다고도 하느니라. 이 얘긴 이쯤해두고, 아무튼 그런 말들이 다 살생을 못하게 하고, 목숨을 귀하게 여기라는 뜻이니, 이게 모두 불가에서 나간 말이다. 고로 불살생이란 것은 보살계나 사미계나 비구계나 할 것

없이 첫째 가는 계율로 치느니라."

"예, 스님. 명심하겠사옵니다."

노스님의 인자한 가르침을 받아 종헌사미는 어린 나이로 그 어려운 경전의 말씀들을 하나씩 깨우치게 되는 한편 출가수행자가 갖추어야 할 기본계율과 기초교리를 익혀나갔다.

세속에 있는 사람이 어쩌다 사찰에 가서 스님들을 바라볼 때면, 세상에 편하게 사는 분들이 바로 스님들인 것 같은 생각을 할 수도 있을 것이다. 그러나 정작 알고 보면 세상에 어려운 것이 곧 출가수행자의 생활인 것이다.

새벽 세 시가 되기도 전에 울려퍼지는 도량석에 잠을 깨어서, 밤 아홉 시가 되어 잠자리에 들 때까지 단 한시도 쉴 틈이 없는 게 출가수행자의 일과이다. 행자에게는 행자가 지켜야 할 규칙이 있고, 해야 할 일이 있으며 또한 배워야 할 공부가 있다.

그런가 하면 사미승에게도 그 나름의 계율과 해야 할 일, 마쳐야 할 공부가 있는 것이니 출가수행자의 하루하루는 세인들이 생각하는 것처럼 멋지고, 아름답고, 편하기만 한 것은 결코 아닌 것이다.

종헌사미는 그 나이에 버거운 출가수행자의 길을 한 치의 어긋남도 없이 성실히 수행해 나갔다. 물론 여기엔 노스님의 지극한 보살핌과 훈계가 큰 바탕이 되었던 바, 노스님은 시시때때로 종헌사미를 찾아 그동안의 학습경과를 물어 시험하시곤 하였다.

 "종헌이 너 거기 좀 앉거라."
 하루는 노스님이 종헌사미를 따로이 불러 사미계를 받은 사미승이 지켜야 할 계율과 예법을 외워보도록 하였다. 종헌사미는 출가 수행자가 공양 전에 독송해야 할 오관게를 한 귀절도 틀리지 않고 막힌 데 없이 외워바쳤다.
 "허허허……그동안 네가 절밥 먹는 공부는 제대로 잘 배웠구나, 응? 허허허……."
 노스님은 날이 갈수록 총기를 더해가는 종헌사미를 이윽히 바라보시며 퍽이나 흐뭇해 하셨다. 이처럼 종헌사미는 한 번 배운 것은 절대로 잊어먹거나 하질 않았으며, 아무리 사소한 일일지라도 사미승이 지켜야 할 계율은 스스로 살피어 지키는 걸 으뜸으로 여겼다.
 이러다보니 자연 경내에서도 종헌사미는 똑똑한 사미로 소문나게 되었고 그보다 한참 나이가 많은 사미들도 종헌 사미에게 와서 모르는 것을 물어 깨우치곤 하였다.
 "이것 봐, 종헌이……."
 하루는 경내에서 제일 나이가 많은 사미승 한 사람이 쭈뼛거리며 종헌사미에게 다가왔다.
 "이거 원, 나이 들어 가지고 사미 노릇을 하자니, 이 많은 것들을 통 외울 수가 있어야 말이지, 이거……."
 나이 든 사미는 사미승이 익혀야 할 계율과 율법을 밝혀놓은 책인「사미율의」를 들고 있었다. 사미승들은 이 기본계율과 예법을 배우고 익혀 완전히 자기 것으로 만들어 놓아야만 했다. 만일 그렇게 하지 않았다간 언제 노스님에게 불려가서 날벼락을 맞을지 모르는 일이었다.
"한문 글자는 알겠는데 말씀이야. 그 뜻을 잘 새기지 못하겠단 말씀이야……."
"어느 대목이 막히시는데요?"
종헌사미는 나이 든 사미에게서 책을 받아들고서 그가 가리키는 대목을 훑어보았다.
"에이참, 이건 제가 엊그제 말씀을 해드린 그 대목 아닙니까요? 큰스님 공경하는 법이요."
"그, 그 대목이 바로 이 대목이던가?"
나이든 사미는 매우 겸연쩍어하면서도 노스님께 불시점검을 받아 혼쭐이 날 것을 두려워한 나머지 어서 그 뜻을 풀어달라고 졸라대었다.
"경대사문제일(敬大沙門第一) 부득환대사문자(不得喚大沙門字)하라, 부득도청대사문설계(不得盜聽大沙門說戒)하라……. 큰스님 자를 부르지 못한다 했으니, 큰스님 법명을 부르지 못한다, 그 말씀이구요……."
"아이구, 이것 참. 내 솔직히 털어놓겠는데 말이야. 속가에 있을

적에 하늘 천, 따 지도 제대로 배우질 못했거든. 이나마 읽을 수 있는 게 이 절에 와서 배운건데 뜻을 도무지 새길 수가 있어야 말이지…….”

나이 많은 사미의 옹색한 변명을 듣던 종헌사미가 빙그레 웃으며 점잖게 한 마디 했다.

“그러기에 제가 뭐랬습니까요? 울력 끝나고 고되다고 낮잠 주무시지 마시구요, 그 사이에라도 더 배우시고 더 외우셔야 한다구요. 옛 말씀에도 있습니다요.”

“무슨 말인데?”

“젊을 때 부지런히 일하지 아니하면 늙어서 반드시 곤궁하고, 어려서 배우지 아니하면 늙어서 반드시 후회하게 된다구요.”

동생뻘 되는 종헌사미에게서 충고까지 한 마디 얻어 들은 나이 든 사미는 싫은 기색도 없이 말을 받았다.

“알았네, 알았어. 자네 비록 나이는 나보다 어리지만 오늘부턴 자네를 스승으로 모실테니 제발 나를 좀 가르쳐 주시게.”

“정말 저한테 배우시겠습니까요?”

“암, 정말이구 말구. 늙어서 후회하지 않으려면 부지런히 배워야지.”

“정히 그러시다면 좋습니다요, 제가 기꺼이 도와드리겠습니다요.”

"고맙네, 종헌이! 정말 고마워……."
이렇게 하여 나이 든 사미는 동생뻘 되는 종헌사미에게서 가르침을 받게 되었다.

그러던 어느 해 여름, 노스님이 그 나이 든 사미와 종헌사미를 함께 불러 앉혔다.
"그만큼 절밥을 먹었으면 너희들도 이제 잘 알고 있을 것이다마는, 사미의 나이가 스무 살이 되면 구족계를 받으러 가게 되는데, 그때 법사께서 사미에게 사미의 할 일을 물어 그가 옳게 대답하지 못하면 구족계를 주지 않고 돌려 보내는 법이니라. 법사께서 이르시길 '그대가 사미가 되고서도 할 일을 제대로 알지 못하니 그래가지고서야 어찌 사문의 일을 제대로 하겠는가? 돌아가서 사미의 할 일부터 더 배운 뒤에 다시 오너라.' 이러시는 게야. 그러니 만일 너희들이 요다음에 이 지경을 당하게 되면 이는 개인의 수치가 아니요, 문중의 치욕이 될 것인즉, 오늘은 내 너희들이 그동안 얼마나 열심히 공부했는지를 시험하여 보겠느니라."
"……예, 스님."
"먼저 나이 든 사미에게 묻겠노라."
나이 든 사미는 행여 어려운 질문이 떨어질세라 바짝 긴장한 표정을 지었다.

"밤에 잠을 잘 적에는 어찌 자라고 했던고?"
"……예, 저……잠을 잘 적에는……잠꼬대를 하지 말고……."
대답의 갈피를 잡지 못하고 우물쭈물하고 있는 나이 든 사미에게 여지없이 노스님의 주장자가 내려쳐졌다.
"틀렸다, 다시 말해보아라!"
"예……저……두 사람이 한 이불 속에서 자지 못하고……."
"딱!"
이번에는 더 세차게 내리치는 노스님의 주장자에 나이 든 사미가 울상을 지었다.
"너는 아직도 멀었다. 잠자는 법도 제대로 모르면서 잠은 대체 어떻게 잔단 말이더냐!"
"자……잘못 되었습니다, 스님……."
"그럼, 이번에는 종헌이 네게 묻겠다. 단 한 치도 대답이 어긋나면 용서치 않을 것이니라!"
질문을 하기도 전에 다짐부터 받으려는 노스님의 준엄한 말씀에 나이 어린 종헌사미는 정신을 바짝 차려야 했다. 노스님의 질문이 시작되었다.
"잠을 잘 적에는 어찌 자라 이르셨던고?"
"……예, 오른쪽으로 누워 자라 하셨으니, 바로 이를 길상스러운 잠이라 하셨습니다."

"그리고, 또 어떻게 자면 안 된다 하셨던고?"
"예, 재켜 눕거나, 엎어져 자거나, 왼쪽으로 누우면 안 된다고 하셨습니다."
종헌사미의 대답은 말 그대로 한 치의 어긋남도 없었다. 나이 든 사미에게 방금 불호령을 내리셨던 노스님의 어조도 차츰 부드러워졌다.
"그래, 그리고 또 그 다음은 무엇무엇이더냐?"
"예, 스님과 한방에서 자지 못하며, 한자리에서 자지 못한다 하셨사옵니다."
"허나, 한방에서 자지 않으면 아니될 경우에는?"
"한방에서 불가피하게 스님과 함께 자지 않으면 아니될 경우에도 한이부자리에서는 자지 못한다 하셨습니다."
종헌사미 곁에 무릎을 꿇고 앉은 나이 든 사미의 입에선 한숨이 절로 나왔다. 워낙 종류가 많고 외울 것이 많아 까마득하게만 느껴졌던 그 많은 규율들을 종헌사미는 한 가지도 틀리지 않고 술술 외워대는 것이었다.
노스님은 종헌사미에게 나머지 한 가지를 마저 외워보도록 이르셨다.
"같은 도반 사미와도 한이부자리에서는 자지 못하며, 신발이나 버선이나 속옷을 머리 위에 놓아서도 아니되며, 속옷을 벗은 채 자

지 못하고, 자리에 누워서 웃거나 말하면 안 된다고 이르셨사옵니다."

노스님의 입가엔 흐뭇한 미소가 번져 나왔다.

"그래, 너는 제대로 잠자는 법을 알고 있으니 잠을 아주 편하게 잘 잘 것이니라……. 허면, 경전을 배울 적에는 어찌 배우라 이르셨던고?"

"예, 먼저 계율을 다 배운 연후에 경전을 배울 것이니 차례를 어기면 안 된다 하셨사옵니다."

"계율을 다 배운 다음에는?"

"……예, 무슨 경을 배워야 할 것인지 스님께 반드시 여쭈어야 할 것이요, 그 경을 다 배운 뒤에는 다시 또 무슨 경을 배워야 할 것인지 스님께 여쭈어야 하옵니다."

노스님이 묻는 것마다 시원스럽게 척척 대답을 해올리는 종헌사미의 모습은 보기에도 가상할 정도였다.

"경전 위에 먼지가 있다고 해서 입으로 불어서는 아니될 것이요, 경상 위에서 찻가루나 다른 물건을 싸서도 아니되며, 다른 사람이 경을 보고 있을 적에 경상 가까이 지나가서는 아니되며, 경책이 해어졌거나 찢어졌거든 바로 보수를 해야 할 것이요, 사미로서 배워야 할 바를 다 배우지 아니하고는 외간 서적인 역사책이나 세간법률 같은 책을 보아서는 아니된다 하셨습니다."

노스님은 안면 가득 흡족한 미소를 띠고는 종헌사미에게 외우기를 그만 하도록 이르셨다.
　"그래, 그만하면 잘 배웠느니라. 허나 내가 특별히 덧붙여 둘 것이 있으니 명심해야 할 것이니라."
　"……예, 스님."
　"경을 다 보고 나서도 평생토록 가까이해서는 안될 책이 있으니, 사주 보고 관상 보는 책, 의술서적이나 병법책, 점 치고, 천문 보고, 풍수지리 보는 책, 이런 책들은 결코 가까이해서도 아니될 것이요, 보아서도 아니될 것이다."
　"예, 스님. 깊이 명심하겠습니다."
　사미가 지켜야 할 열 가지 계율 외에도 사미가 반드시 지켜야 할 예법에 큰스님 공경하는 법, 스님 시봉하는 법, 스님을 모시고 다니는 법, 대중에 들어가는 법, 대중과 함께 밥 먹는 법, 예배하는 법, 법문 듣는 법, 경전 배우는 법, 절에 들어가는 법, 선방에 들어가서 대중에 참여하는 법, 소임사는 법, 목욕하는 법, 뒷간에 가는 법 등 실로 스물 네 가지 항목에 수백 가지에 이르는 사항이 더 있었으니 어찌 스님 되기가 쉽다고 하겠는가.
　종헌사미는 노스님의 말씀을 마음에 깊이 아로새기고 받들어 실천하였다.
　이러는 동안에 어느덧 세월은 흘러 종헌사미의 나이 열여섯이 되

었다. 그날도 노스님의 부름을 받고 노스님의 처소로 나아간 종헌사미는 뜻밖의 칭찬을 듣게 되었다.

"종헌이 너는 이제껏 공부를 착실히 했으니 어디다 내놓아도 이 백양사 체면을 상하게 하지는 않을 터이다."

"아, 아니옵니다, 스님! 저는 아직도 부족한 게 많사옵니다요."

생각 밖의 칭찬을 듣고 몸둘 바를 모르던 종헌사미에게 노스님은 더더욱 놀라운 얘기를 꺼내셨다.

"아니다. 너는 이제 백양사를 떠나 공부를 더 넓히고 깊이를 더 할 때가 되었느니라."

"하, 하오면 스님……."

어리둥절한 낯빛으로 스님의 말뜻을 헤아리느라 우물쭈물하는 종헌사미에게 노스님은 미리 준비해두었던 편지 한 통을 꺼내주는 것이었다.

"여기 내가 서찰을 한 통 써놓았으니 이것을 가지고 이 백양산 너머에 있는 순창 구암사로 가서 박한영스님을 찾아뵙도록 해라."

"아, 아이구 스님……."

그동안 친아버지처럼 의지해오던 스승이신 노스님 곁을 떠나 다른 곳으로 가라는 말이었으니 종헌사미가 아연실색한 것은 당연한 일이었다. 허나 노스님은 종헌사미가 간청해볼 여지도 주지 않고 당장에 행장을 꾸리도록 명하시는 것이었다.

"여러 소리 할 것 없다! 영호당 박한영스님은 이 나라에서 제일 가는 대강백이시니, 그 스님 문하에 들어가 공부하고 와야 할 것이다! 내 말 알아들었느냐?"

어느 영이라고 노스님의 명령을 어길 것인가. 종헌사미는 자신이 노스님의 지엄하신 분부에 따라야만 한다는 걸 누구보다도 잘 알고 있던 터였다.

육 년 동안 정이 들대로 들었던 백양사를 떠나려 하니 눈물이 앞을 가렸다. 그토록 자상하고 인자하신 아버지같던 노스님과도 이제 헤어져야 한다니 다시 그분 곁으로 언제 돌아올 것인가.

종헌사미는 산문에 서서 배웅해주는 노스님과 여러 스님들의 모습을 몇 번이고 뒤돌아보며 백양사를 떠나게 되었다. 은사스님이 친히 써주신 서찰 한 통을 그분의 숨결인 듯 가슴에 꼬옥 품고 떠나는 종헌사미의 발길은 더디기만 하였다.

'스님! 기필코 저의 학문과 소견을 두루 넓혀서 돌아오겠사옵니다. 그때까지 부디 지체를 보전하여 주시옵소서······.'

종헌사미는 마음 속으로 이렇듯 노스님을 향하여 다짐에 다짐을 거듭하며 산마루를 내려가기 위해 감발끈을 고쳐 매었다.

6
이백 년을 기다려온 법호, 만암

    종헌사미가 백양사로 다시 돌아오게 된 것은 그로부터 삼 년여의 세월이 흐른 다음이었다.
    그 기나긴 세월 동안 종헌사미는 순창 구암사 영호당 박한영스님 문하에서 가르침을 받으며 모든 불교경전들을 두루 섭렵할 수 있었다. 이 모두가 은사스님의 추상 같은 분부에 한 치의 어긋남도 없이 하려는 종헌사미의 굳은 의지에서 비롯된 결과였다.
    "너는 여기에 남아 더 배울 것이 없으니 돌아가서 너희 큰스님께 앞으로 해야 할 바를 여쭙도록 하거라."
    "예, 스님……."
    삼 년이 지난 뒤, 영호당 박한영스님의 분부를 받들어 백양사로 돌아온 종헌사미는 은사스님의 추상 같은 분부를 받들어 다시 운문

강원 대강백이었던 환응스님 문하에서 교학을 더욱 깊이 배워 익히게 되었다.

이러는 동안에 절기가 바뀌고 해가 바뀌어 종헌의 나이도 어언 스물다섯. 이젠 나이어린 사미가 아니라 의젓한 스님이었다.

"그대는 가히 교학을 통달했다 할 것이니, 이제부터는 그대가 내 뒤를 이어 강주를 맡도록 하시게."

이윽고 교학공부를 다 마쳤을 때 환응스님은 종헌에게 강주 자리를 내주시며 학인들을 지도하도록 분부를 내리었다.

스물다섯이라는 젊은 나이에 백양사 운문강원의 강주가 된 종헌스님은 가히 교학에 통달한 대강백으로서 그 명성이 불교계에 널리 알려졌다.

"이거 우리 백양사에 대강백이 또 한 명 탄생했구먼? 이번엔 가야산 해인사에서 특강을 청하는 서찰이 왔어."

종헌스님의 강(講)을 듣고자 각처에서 와주기를 청하니 백양사 스님들로서도 여간 자랑거리가 아니었다.

그 누구도 종헌의 나이가 어리다 하여 불손하게 굴지 않았으며, 다만 그의 학문이 드높은 경지에 달한 것만을 우러러볼 따름이었다.

이 무렵, 백양사 운문암 선방에는 당대의 선지식으로 명망이 높았던 백학명스님이 참선수행을 하고 있었다.

　종헌스님은 이제 경전공부나 교학을 웬만큼 깨쳤으니, 이번엔 참선수행을 통해 마음을 깨치는 공부를 해야겠다고 재발심을 하게 되었다.
　"허허, 이게 대체 어쩐 행차시던가?"
　종헌스님은 반가이 맞아주시는 백학명스님 앞에 합장배례를 올린 뒤 정중히 자신이 찾아온 까닭을 고하였다.
　"스님 곁에서 한철 공부하고자 하니 잘 좀 지도해 주십시오."
　"허허! 이게 무슨 말씀이시던가, 자네야말로 천하의 대강백 소리를 듣고 있다는 건, 이 뒷방 늙은 중도 익히 알고 있거늘, 새삼스럽게 무슨 공부를 한단 말인가?"
　다소 예외라는 듯 반문하시는 백학명스님의 칭찬에 종헌스님은 몸둘 바를 모르며 겸손해 하였다.
　"아, 아니옵니다, 스님! 계는 부처님의 행이시요, 교학은 부처님 지혜의 말씀이며, 참선은 부처님의 마음이니, 이 세 가지를 두루 갖추지 않고서야 어찌 부처님의 참된 제자라고 할 수 있겠습니까?"
　"허허, 그러면 천하의 대강백 소리를 듣는 그대가 분명 참선수행을 해야 한다고 믿는단 말이시던가?"
　"그러하옵니다."
　이른바 교학을 통달했노라고 자처하는 일부 스님들은 참선수행을 우습게 알고 외면하는 세태인 줄을 훤히 꿰뚫고 있었던 백학명스님은 짐짓 의아한 눈길로 종헌스님을 바라보았다.
 종헌스님은 더욱 공손하게 몸을 숙이며 학명스님께 자신의 뜻을 아뢰었다.
 "그럴 리가 있겠습니까? 부처님의 계율을 지키지 아니함은 곧 부처님의 행을 벗어난 것이니 부처님 제자가 할 짓이 아니요, 교학은 부처님의 말씀이니 이를 외면함은 제자의 도리가 아니요, 선은 부처님의 마음이니 이를 외면한대서야 어찌 참된 제자라 하겠습니까? 세 가지 가운데 어느 것 한 가지만 외면해도 결코 옳은 일이 아닌 줄로 압니다."
 "허허, 이거 오랫만에 듣던 중 반가운 소리를 듣게 되었네 그려, 응? 허허허……. 내 비록 그대보다 나이는 좀 많네만, 우리 도반으로 알고 함께 잘 수행해보세."
 종헌스님의 속 깊은 견해를 다 듣고난 연후에 학명스님은 흔쾌히 함께 참선수행을 닦아나가길 허락하였다.
 백양사 운문암은 옛부터 기라성 같은 선지식들이 은거하며 선지를 밝힌 곳으로 그 이름이 널리 알려진 곳이었다. 근세 이후에만 해도 백용성스님이 참선수행하던 곳도 바로 이 운문암이요, 백학명선사, 운봉선사, 전강선사, 고암, 서옹대종사가 선지를 밝힌 곳이 바로 이 백양사 운문암이다.
 참선수행이라 함은 부처님의 마음을 깨닫는 공부이니 불립문자

(不立文字) 직지인심(直指人心) 견성성불(見性成佛)이라 일컫는다. 즉, 문자를 사용하지 않고 곧바로 마음을 꿰뚫어 참성품을 보아 깨달음을 얻는 것을 목표로 삼는 것이다.

근심 걱정이 가득한 이 세상을 차안(此岸)이라 하고, 생로병사가 없고 근심 걱정이 없는 깨달음의 세계를 피안이라 한다. 참선은 이른바 저 깨달음의 세계로 나아가는 수행의 다리 역할을 하는 셈이다.

예로부터 어떤 스님은 이 수행의 다리를 단숨에 건너뛰어 깨달음을 얻었는가 하면, 또 어떤 스님은 십 년, 이십 년 각고의 세월 끝에 건너기도 했다고 전해진다. 그런가 하면 여타의 수많은 수행자들이 평생을 바쳐 수행을 하고서도 끝내 깨달음의 세계에 이르지 못한 채 구도자의 한평생을 마치기도 할만큼 참선수행을 통해 깨달음을 얻는다는 것은 참으로 어렵고도 험난한 길이라 말하지 않을 수 없는 것이다.

이 험난한 여정은 종헌스님에게도 결코 예외가 아니었다. 꽃 피고 새 우는 봄, 녹음방초 우거진 여름, 만산홍엽의 가을, 북풍한설에 파묻힌 겨울.

이 모든 세월을 벽을 향해 가부좌를 틀고 앉은 채 '이 뭣꼬!'를 참구하며 씨름하기가 어언 칠 년여가 지났다.

뇌성벽력이 천지를 진동하는 어느 날 새벽, 종헌스님은 홀연히 밝아진 한 세상을 보게 되었으니, 마침내 득도의 경지에 오른 것이다.

그것은 연꽃 내음처럼 향기롭고 아름다운 체험이었다. 종헌스님은 백학명스님의 거처로 달려가 느닷없이 그 스님을 등에 엎고 덩실덩실 춤을 추는 것이었다.

"아니 이 사람, 갑자기 왜 이러시는 겐가, 응? 왜 이러냔 말일세."

"스님, 스님!"

마음의 눈을 거듭 뜨고, 마음의 귀로 이 세상의 다른 소리들을 거듭 듣게 된 종헌스님, 즉 만암스님의 표정은 그 어떤 신비함으로 가득 찼다.

종헌스님은 백학명스님을 등에 엎고 어깨를 덩실거리며 춤을 추었다. 그러던 어느 한 순간, 종헌스님의 입에선 저절로 거룩한 노랫가락이 흘러나오는 것이었다.

보배칼을 마음대로 쓰고
밝은 거울은 앞과 뒤가 없도다
두 가지 몰아 한 바람
뿌리없는 나무에 불어 닿는다.

(寶刀飜游刃

明鏡無前後
兩般一樣風
吹到無根樹)

내가 날없는 칼을 잡아
노지의 흰소를 잡아서
도소주와 함께 공양을 올리니
어느 곳에 은혜와 원수가 있을고.
(吾將無刃劍
割來露地牛
屠蘇兼供盡
何處有恩讐)

 마침내 종헌스님의 참선수행이 깨달음의 경지에까지 도달하였음을 예감한 백학명스님 또한 자신의 일처럼 환한 낯빛이 되어 이를 반겨주었다.
 "아니 여보게! 자네가 기어이 한 소식 했네, 그려?"
 "하하하하!"
 한 암자에서 수행정진하던 도반이 깨달음을 얻었으니 이 또한 백학명스님에게도 기뻐할 일이었다. 두 스님은 서로 감사와 경하의 예를 갖추어 합장배례한 후에 법당으로 나아가 새벽예불을 올리었다.

어느덧 뇌성벽력도 잠잠해진 산사에 은은하게 울려퍼지는 종소리는 그날따라 경쾌한 화음을 이루는 듯하였다.

천 곳 인연따라 변함없으니
사람사람 모두모두 부처가 있네
이루 같이 총명해도 얻지 못하고
망상이 무심하니 경계가 없네
서산의 웅장한 곳 성스러운 가람에
높은 스님 만나뵙고 말씀 나누다
홀연히 마음매쳐 눈이 훤히 열리니
일만 산 일천 바위 모두가 부처로세.
(千處隨緣無變會
 人人個個抱胸襟
 離婁曾未聰明得
 罔象無心境不深
 瑞山雄府聖伽藍
 高德明師接話談
 忽得仙陀開豁眼

貴乎萬　與千岩)

　백양사 운문암에서 장구한 세월 동안 정진하여 삼매에 들어 있다가 홀연히 한 밝은 세상을 만나 깨달음을 얻었으니 종헌스님 당자의 기쁨이란 이루 말할 수가 없었다. 마침내 오랜 세월을 거쳐 출가수행자의 길을 걸어오는 동안 계·정·혜 삼학을 두루 갖춘 자신이었으니 종헌스님 스스로도 마음이 벅차오르는 걸 어찌할 수가 없었다.
　이처럼 득도의 법열이 충만할 때마다 종헌스님은 붓을 들어 선시를 읊고 적는 걸 즐기었다.
　여기에서 꼭 빼지 못할 일이 있으니 만암스님과 학명(鶴鳴)스님과의 사이는 서로 권선탁마함에 있어 둘도없는 사이이기에 학명스님에 대한 기록이다. 학명스님의 위대한 여러 행리가운데 간단히 한 가지만 추려 적기로 한다. 그때 학명스님의 명성은 일본에까지 알려지게 되어 일본의 임제종 원각사파 관장 석종연(釋宗演)선사의 초청을 받아 일본에 행각하게 되었다. 석종연 하면 일본선승중 당대의 걸물(傑物)로 너무도 유명한 선승이며 구미에 처음으로 선을 파급시킨 사람이며, 또한 그의 뒤를 이어 구미에 선사상을 널리 보급시켜 구미에서는 성자의 지칭을 받는 '스즈기 대이세쓰'의 스승이기도 한 사람이다. 선사들끼리의 초청이란 예사의 초청이 아니고 바로 선문답을 하여 서로 공부를 가늠하기 위해서이다. 그리하여 학명스님과 석종연과의 선기문답(禪機問答)은 이러하다.

학명선사와 석종연선사와의 선기문답

석종연…이미 흰학인데 어째서 검은옷(치의, 승복)을 입고 왔는고?(既是白鶴 爲什麽着緇衣來)

학 명…어느 곳에서 흰학을 보았는고.(什麽處見白鶴)

석종연…온 대지가 흰학 아닌 곳이 없으니 화상은 구고에서 울어보아라(盡大地無不是箇白鶴處請和尙作九皋之鳴)

학 명…온 대지가 흰학이라면 화상은 어느 곳에다 안신 입명을 할 것인가(盡大地無不是箇白鶴和尙什麽處安身立命)

석종연…안신 입명 한다는 것은 심상 다반의 일이니 어서 빨리 향상일구(向上一句)를 일러보아라(安身立命尋常茶飯之事 道將向上一句看來)

학 명…솔이 늙어서 학이 깃들일 곳이 없도다(松老鶴難棲)

석종연…좋은 말이다. 그것이 바로 외로운 학이 가을 하늘에서 우는 것이다(好言語可謂孤鶴咬秋旻)

학 명…소승이 허물이 지나치나이다(小僧罪過)

게송(偈頌)

석종연…영산 회상에서 일찍이 서로 만났었는데
　　　　　오늘 날에 다시 오니 도인의 모습을 보겠도다.
　　　　　쪼각 말을 발하기 이전에 뜻이 서로 오가니
　　　　　가을 바람 옛절에 한 종소리 일레라.
　　　　　(靈山會上曾相逢
　　　　　 今日再來見道容
　　　　　 未發片言意先解
　　　　　 秋風古寺一聲鍾)

획　 믱…사면이 넓은 바다로 다시 구름이 꽉 잠겼는데
　　　　　초연히 그 가운데에 능가가 있다는 말을 들었다.
　　　　　실로 머무르기 어려운 곳에 누가 능히 머무를소냐.
　　　　　만고에 정신은 스스로 저일 따름이로다.
　　　　　(四面滄海復鎖雲
　　　　　 超然中有楞伽云
　　　　　 實難住處誰能住
　　　　　 萬古精神是自分)

○능가(楞伽) : 석종연의 당호
○구고(九皐) : 시전(詩傳)에 학이 구고에서 우니 소리가 하늘에
　　　　　　 사무친다 하였음

이상은 학명선사와 석종연 선사와의 간단한 선문답이다. 선문답이란 기선을 제압하는 쪽과 거기에 대한 당당불굴의 대항이다. 그 당시 우리나라에서 국내도 아닌 외국에서, 더욱이 정치적으로 제압을 당하고 있는 처지에 종(宗)과 설(說)이 겸통하고 선과 교를 병수한 선지식으로 일본의 걸물 석종연의 기선을 거침없이 즉석에서 척척 받아 넘긴 선지의 역량과 기재기지를 가진 분이라면 누구일까? 학명선사는 과연 우리나라 당대의 종설이 겸통한 유일의 선지식이다. 종헌스님, 훗날의 만암스님은 바로 이 학명선사와 함께 수행했던 것인데 학명스님은 진심으로 기뻐해 주었다.

그런가 하면 종헌스님의 견성성불을 누구보다도 기뻐하신 분은 바로 스승이신 취운 도진선사였다.
"그대가 기어이 한 소식을 전해주었으니 참으로 장한 일일세."
"아, 아니옵니다, 스님. 이 모두가 스님의 은혜요, 부처님의 은공이옵니다."
"내 이제 그대에게 전할 것이 있느니라······."
노스님은 자못 흡족한 미소로 제자의 견성을 격려해주는 한편, 오래된 나무상자를 열어 종이 한 장을 꺼내 펼치었다.
"자, 이것을 좀 보시게."
노스님이 펼쳐든 종잇장에는 명필로 휘갈겨 쓴 두 글자가 적혀

있었다.

"이 글이 어느 분 글인지 짐작하시겠는가?"

"……잘 모르겠사옵니다, 스님."

종헌스님이 얼핏 보니 멀 만(曼) 자에 암자 암(庵) 자, 〈만암(曼庵)〉이라는 글씨였다. 노스님은 그 종잇장을 소중히 다루어 경상 위에 펼쳐놓았다.

"이 글의 내력을 말할 터이니 잘 귀담아 들어주시게."

"예, 스님."

"지금으로부터 이백여 년 전, 백파스님을 흠모했던 추사 김정희선생이 친히 세 가지 호를 지어 백파스님께 보내셨다네. 그때 지어 보내신 세 가지 호가 하나는 석전이요, 또 하나는 다륜이요, 나머지 하나는 바로 이 만암이었지……."

"아니 그럼, 이 호를 이백 년 전 추사께서 친히 지어 보내셨단 말씀이시옵니까, 스님?"

종헌스님은 이백 년이나 묵은 그 종잇장의 글씨들을 새삼스럽게 들여다보았다. 불가의 스님을 흠모하여 친히 호를 세 개나 지어 보낸 서예의 달인 추사 김정희선생의 깊은 불심이 담겨 있는 듯한 그 종잇장에선 아직껏 은은한 묵향이 배어나오는 듯하였다.

"그때 추사께서 이 호 세 가지를 지어 보내시면서 이르시기를, ─ '스님의 자손 가운데 식도리자(識道理者 ; 견성한 도인을 말함)

가 나오거든 이 호를 하나씩 나누어 주십시오.' —이렇게 당부하셨다네."

식도리자라 함은, 불가에서 이미 깨달음을 얻어 견성성불한 어진 스승을 뜻하는 말이 아닌가!

종헌스님은 마음 속으로 그 뜻을 새겨보며 노스님의 말씀이 이어지길 기다렸다.

"허나, 이 세 가지 호를 받을만한 인물이 나오지 아니해서 이백 년 동안 주인을 정하지 못한 채 내려오다가, 석전이라는 호는 영호당 박한영스님에게 돌아갔고, 다륜이라는 호는 대흥사 스님에게로 돌아갔으니 이제 이 만암이라는 호만 남아 있게 되어 주인을 정해야 겠는데……."

"아, 예……. 하오시면 이 호를 내리실만한 사람을 찾으셨는지요, 스님?"

노스님은 법호가 쓰여진 종이를 다시 한 번 조심스럽게 펼쳐들더니만, 그것을 제자인 종헌스님 앞으로 내미는 것이었다.

"이백 년 동안 기다려온 이 만암의 주인은, 바로 그대일세."

"예에? 아니, 스님……."

"그대에게 이 호를 주게 되어 기쁘기 한량없구먼, 응? 허허허!"

"아, 아니옵니다. 스님! 저는 감히 이 호를 받을만한 그릇이 못되옵니다, 스님……."

 도무지 몸둘 바를 모르며 송구스러워하는 종헌스님에게 노스님은 예의 그 엄격한 음성으로 분부를 내리었다.
 "스승의 말에 함부로 토를 달지 말게. 오늘부터 그대의 법호는 만암이야."
 노스님은 잠시 뜸을 들인 후에 조용히 종헌스님, 아니 만암스님의 이름을 불렀다.
 "이것 보시게, 만암!"
 종헌스님은 스승의 부름에도 가슴이 떨려 선뜻 대답할 수가 없었다.
 "내가 그대를 불렀네, 여보게 만암!"
 "……예, 스님……."
 만암스님은 재차 스승의 부름을 받고서야 더 이상 거역할 수가 없어 기어들어가는 음성으로 대답을 올렸다.
 "허허허! 이젠 되었네, 내가 부르고 그대가 대답을 했으니 이백 년 전 추사선생의 당부를 오늘에야 시행했네 그려, 응? 허허허……."
 노스님은 그제야 어려운 화두를 풀어낸 듯 홀가분한 기쁨과 감격을 느끼는 것이었다.
 멀고 먼 훗날의 인재를 위해 호를 지어준 추사 김정희선생도 멋지려니와, 그 호의 주인공을 찾아내기 위해 장장 이백 년의 세월을 소중하게 간직하며 전해내려온 불가의 가풍 또한 이 얼마나 크고, 깊고, 오묘한 것이겠는가.

　이렇게 해서 종헌이라는 법명을 가졌던 스님은 그후 만암스님으로 불리우게 되었다. 이백여 년 전 추사 김정희선생이 친필로 써보낸 글은 오늘날에도 백양사에 그대로 보존되어 내려오고 있다.

7
일본 순사와의 한판 대결

"스님! 큰일났사옵니다요!"

1910년, 양력으로 팔월 초하룻날이었다. 한 젊은 승려가 몹시 다급한 음성으로 만암스님의 거처를 찾아들었다.

"그래 무슨 일이시던가?"

"스님! 나라가 아주 망했다고 하옵니다."

"나라가 망했다구?"

만암스님은 허겁지겁 얘길 늘어놓으며 숨을 몰아쉬는 젊은 승려를 점잖게 나무라는 한편, 그 자초지종을 이르도록 하였다.

어디서 듣고 왔는지 젊은 승려가 전해주는 소식은 실로 엄청난 것이었다.

"양력으로 지난 스무 이튿날, 한일합방조약이 강제로 맺어졌구요, 엊그제 스무 아흐렛날, 조선왕조 오백 년 사직이 결국 문을 닫고 말았답니다요, 스님."

"……나무아미타불 관세음보살……."

오백 년 동안이나 종묘사직을 지켜온 나라가 문을 닫았다니 이 어인 청천벽력이던가.

이제 조선이라는 나라는 없어지고 대신 대한제국이라는 새나라가 들어섰다는 것이다. 그것도 왜국사람들에 의해 강제로 그렇게 되었다는 것이니 이제 이 나라는 조선사람의 것이 아니라는 게 아닌가.

만암스님은 위기에 처한 이 나라에 부처님의 가호가 내리시길 발원하며 앉은 자리에서 벌떡 몸을 일으켰다. 나라의 비보를 전해 듣고 맨처음 만암스님에게로 달려왔던 그 젊은 승려가 근심이 가득한 음성으로 물었다.

"스님, 대체 이 나라 백성들은 앞으로 어찌될 것입니까요, 예?"

"막히면 뚫고, 넘어지면 일어서야 하는 법……."

만암스님은 잠시 생각에 잠겨 있다가 불현듯 그 젊은 승려에게 진지한 음성으로 말하였다.

"여보게 자네! 내 청류암으로 들어가서 후사를 도모할까 하니, 나를 따라가지 않겠는가?"

"예, 모시고 들어가겠습니다, 스님!"

평소에도 만암스님에 대한 존경심이 극진하였던 그 젊은 승려는 까닭을 여쭐 것도 없이 즉시 행장을 꾸려 떠날 채비를 하는 것이었다.

만암스님이 백양사 청류암으로 들어가고자 했던 데에는 깊은 뜻이 담겨 있었다.

스님은 그곳에서 장차 나라를 지킬 인재들을 양성하고자 했던 것이다. 당시만 해도 불가에서 후학들을 지도하는 곳은 강원이나 선원이 고작이었다. 또한 세간에서도 대개는 서당에 나가 공부를 하였지, 이렇다하게 내세울만한 교육기관이 거의 없던 시절이었다.

만암스님은 청류암에 들어가 「광성의숙」이라는 신식학교 간판을 내걸고 학인들을 모집하였다. 당시 몇몇 서양선교사들이 국내에 들어와 경성에 무슨무슨 학당이라고 하는 신식학교를 세우기도 했는데 불가에서 그런 학교를 세운 건 처음 시도되는 일이었다.

만암스님은 광성의숙이라는 신식학교를 열어 불가의 후학들을 지도하고, 나아가서는 조선의 역사와 지리까지도 가르칠 요량이었다.

아무리 조선이라는 나라가 없어졌다 해도 이 땅의 젊은이들에게 민족혼을 불어넣어주는 교육을 시킨다면, 천만 번 나라의 이름이 바뀐다 해도 결코 그 정신까지 빼앗기지는 않을 터였다.

만암스님은 불교를 새롭게 일으키고 나라를 지킬 수 있는 길을 광성의숙을 통해 도모하고자 하였으니, 과연 혜안에서 우러나온 선견지명이었다.

그러나, 이러한 만암스님의 깊은 뜻을 모르는 젊은 학인들은 청류암에 세워진 광성의숙이라는 간판을 바라보며 이상하게 생각하였다.

"스님, 절간 암자에 강원을 시작한다면 몰라도 광성의숙이라니 좀 이상한 생각이 듭니다요."

하루는 학인 중의 하나가 만암스님에게 광성의숙을 세우게 된 까닭을 물었다.

"자네 장성 사거리에 나가보았는가?"

"장성 사거리요? 그야 여러번 나가보았습지요."

젊은 승려는 대답 대신에 별안간 장성 사거리 얘길 꺼내는 만암스님을 이해할 수 없다는 표정을 지어 보였다.

"허면, 장성 사거리에 서 있는 전적비도 잘 보았을 테지?"

"그야 보았습니다만……."

젊은 승려는 점점 더 알 수 없다는 듯한 음성이었다. 오며 가며 건성으로 보아 넘긴 그 비석과 광성의숙 사이에 무슨 연관이 있다는 것인가.

"그 비석은 임진왜란 때 승군들이 왜군과 맞서 싸운 공적을 기리

는 전적비야."

"아, 예. 그랬었구먼요."

"조선왕조가 비록 우리 불교를 배척하고 짓밟았지만, 나라가 위태로울 땐 서산대사, 사명대사, 영규대사를 비롯한 수천의 승군들이 왜적과 맞서 싸웠다네. 특히 우리 백양사에서도 그때 승군을 일으켰었네. 비록 지금은 우리가 승군을 일으키지 못한다 하더라도 후사를 도모하려면 준비가 있어야 되는 것이네. 조선의 역사도 배워서 알아야 하고, 지리도 익혀야 될 것이며, 신학문을 알아야 한다는 말이네."

"하오면 스님께서는 바로 이 광성의숙에서 그런 외전(外典)을 다 가르치실 작정이시옵니까?"

마땅히 불교의 경전이나 교리만을 가르칠 것으로 알았던 청류암에서 그 밖의 외전까지도 다 가르친다 하니, 젊은 승려로서는 매우 놀라운 일이었다.

만암스님은 그 젊은 승려의 놀라는 모습을 이미 예견했던 듯 차분하게 말을 이어나갔다.

"교학도 배우고 참선수행도 해야 하지만, 서양 종교 선교사들은 이미 이십여 년 전부터 이 나라에 학당을 세우고 신학문을 가르치고 있지 않은가? 이제 우리 불교도 신학문을 배워야 한다는 말일세. 내 말 알아들으시겠는가?"

"아, 예! 스님 잘 알아듣겠습니다."
만암스님의 깊은 의중을 헤아리게 된 젊은 승려는 그제야 납득이 가는 모양으로 머리를 조아렸다.
이처럼 구국과 불교중흥의 선견지명을 가지고 광성의숙을 세운 만암스님이 조선의 역사, 지리를 교학, 참선과 아울러서 가르친다는 말을 듣고 각처에서 근 백여 명의 젊은 학인들이 청류암으로 몰려들었다.
이리하여 청류암 광성의숙은 날이 갈수록 문전성시를 방불케 했으나 이를 못마땅히 여기는 이들도 적지 않았다.
특히나 보수적인 경향이 짙은 노스님들이 대놓고 만암스님에게 반대의사를 표시하기도 하였다.
"여보시게, 만암!"
하루는 나이가 많은 한 노스님이 만암스님을 불렀다.
"듣자 하니 그대가 청류암에 무슨 신식학교를 세우고 학인들을 불러 모은다는데 그것이 사실이던가?"
"예, 그러하옵니다, 스님."
말로만 듣던 얘기가 당사자의 입을 통해 사실인 것으로 나타나자 그 늙은 스님은 버럭 역정을 내었다.
"허, 이 사람 이거 큰일 낼 사람이구먼, 그래. 아니 이 사람아! 절간에서 학인을 가르치려면 강원을 세울 것이요, 수좌들에게 참선

수행을 시키려면 선원을 세울 것이지, 난데없이 의숙은 무슨 의숙이며 신식학교는 또 무엇이란 말인가!"

"스님, 그런 게 아니옵구요."

"그런 게 아니기는 뭐가 아니란 말인가? 내 원, 듣다 보다 절간에서 외전을 가르친다는 소리는 생전 처음이구먼."

그 늙은 스님은 만암스님에게 해명의 여지도 주지 않고 호통을 치는 것이었다.

"세상이 아무리 변해도 부처님 법은 항구불변이요, 불가의 법도는 영구불변인 게야. 세상에 원 감히 어디 절간 안에서 외노학문을 가르친단 말인가?"

"외전이라고 해서 다 나쁜 것은 아니옵니다, 스님. 장차 이 나라 불교를 일으켜 세우고 나아가 나라를 되찾자면 신학문도 마땅히 가르치고 배워야 할 것이옵니다, 스님."

늙은 스님의 안색이 붉으락 푸르락해졌다.

"아니 그러면 만암 자네는 이 백양사 절간 안에다가 승군학교라도 세울 작정이란 말이던가?"

"그런 것이 아니오라, 우리 조선불교의 장래를 도모하기 위해서……."

"듣기 싫으이! 쓸데없는 고집 그만 부리구 외도학문은 집어치우시게!"

만암스님의 말허리를 싹둑 자르며 불쾌한 기색을 감추지 못하는 늙은 스님에게 만암스님은 공손히 예를 표하고는 한 마디 덧붙였다.

"잘 알겠습니다, 스님. 이 백양사에 누가 될 일은 결코 아니 할 것이오니 스님께선 조금도 염려치 마십시오."

만암스님은 이처럼 주위의 강경한 만류에도 굴하지 않고 오히려 그들을 한 사람 한 사람 설득해 나갔다.

광성의숙은 계속 운영되었으며 신학문과 조선역사 또한 여전히 가르치게 되었다.

그러던 어느 날이었다. 한 승려가 와서 만암스님에게 아뢰길, 본사인 백양사 종무소에 일본순사가 버티고 앉아서 대신 심부름하는 사람을 올려보냈다는 것이었다.

"그 왜놈순사가 스님을 큰절 종무소까지 좀 내려와달라고 그러더랍니다요."

"저런 고연 녀석을 보았는가! 아니 제깐 녀석들이 뭐길래 조선 승려를 감히 오라 가라 한다던가!"

만암스님은 젊은 승려의 전언을 듣고 몹시 언짢은 기색을 보였다.

"볼 일이 있거든 그 순사더러 직접 이 청류암으로 올라오라고 전하라 그러시게!"

 일본 순사라면 울던 아이도 울음을 뚝 그쳤다는 그 시절, 만암스님은 눈썹 한 번 까딱하지 않는 의연함으로 그 일본 순사의 요청을 묵살해버렸다.
 그 날 오후, 백양사 종무소까지 내려오라는 전갈을 받고도 만암스님이 응하지 않자 일본 순사는 약이 오를대로 올랐다. 그는 할 수 없이 젊은 학인을 길잡이 삼아 허위적거리며 높은 산길을 올라 청류암에 당도하게 되었다.
 "이것 보시오. 이 절 주인이 누구요?"
 노기등등해서 청류암까지 올라온 일본 순사의 첫마디가 곱게 나왔을 리 없었다.
 "왜 그러시오?"
 만암스님은 태연자약하게 방문을 열고 일본 순사를 맞이하였다.
 "큰절 종무소까지 내려오라고 했으면 내려올 것이지, 무슨 까닭으로 날더러 올라오라고 그랬소?"
 "아, 그거야 세상 이치나 도리상 볼 일이 있는 사람이 볼 일 있는 곳을 찾아가는 게 옳은 일 아니요?"
 제 나라의 권세를 빌어 거드름을 피워대고 있는 일본 순사의 퉁명한 어조와는 상관없이 만암스님의 언행은 차분하기 그지 없었다. 이에 더욱 심사가 뒤틀린 일본 순사는 눈을 가늘게 뜨고 비아냥거렸다.

"하……이 중이 말을 아주 재미있게 하는군? 당신이 이 절 중이요, 아니면 이 광성학교 교장이요?"

"나는 출가수행자이니 이 청류암 중이 분명하고, 게다가 광성의숙을 내가 세웠으니 교장인 것도 분명하오."

"그러니까, 이 절 중도 되고, 교장도 된다 그런 말이구만?"

일본 순사는 만암스님의 만만치 않은 응대에 더욱 화가 나서 버럭 소리를 질렀다.

"이것 보쇼! 절에서 세운 학교면, 군청이나 도청에서 허가를 받았소, 안 받았소?"

"절간에서 학인들 가르치는데 따로 무슨 허가가 필요하단 말이오?"

"절간에서 세운 학교라도 불교만 가르치면 몰라도 무슨 까닭으로 역사를 가르치냔 말이오? 더더구나 조선역사를 가르치는 목적을 대시오!"

조선의 정기를 자르고 이 나라 백성의 민족혼마저 말살하려 했던 일본 당국에 광성의숙이 좋게 비쳤을 리가 만무하였다. 허나 제 아무리 기세등등한 일본 순사의 협박인들 두려워할 만암스님이 아니었다.

"아, 그야 조선불교를 가르치자면 백제불교, 고구려불교, 신라불교, 고려불교를 가르쳐야 할 것 아니요?"

"그러면, 이 학교에서는 중국불교역사, 일본불교역사도 가르치고 있소?"

"그런 건 가르치지 않소이다."

"그러면 무슨 까닭으로 조선불교역사만 가르친단 말이오!"

일본 순사는 궁지에 몰리던 중 좋은 빌미를 잡아냈다는 듯이 의기양양해졌다. 하지만 만암스님은 그 일본 순사의 함정을 벗어날 수 있는 방법을 알고 있었다.

"그럼 내 한 가지 물어보겠소이다. 당신은 대체 성씨가 어찌 되시오?"

"내 성씨? 나까무라요."

"그러면 나까무라상은 당신의 집안 내력, 그러니까 아버님이나 할아버님이 누구이며, 어디서 무엇을 하던 분인지 그건 알겠지요?"

"그, 그야 알고 있지요."

"허면, 나까무라상의 아이들이 자기집안 조상들에 대해서는 알지도 못하고, 또 알아보려고 하지도 않고 남의집 조상들에 대해서만 알려고 한다면 어찌 생각하겠소?"

"그, 그야 남의 조상에 대해서는 나는 관심도 없소!"

보기 좋게 만암스님에게 걸려든 나까무라 순사는 오히려 자신이 몰리고 있는 것을 깨닫고는 짜증스럽게 내뱉었다.

"그건 나도 그렇고 여기 있는 학인들도 그렇소! 먼저 내 조상에 관해서 다 안 뒤에 그러고도 시간이 남으면 그땐, 남의 조상에 대해서도 알아볼 것이오. 이 절에서 조선역사를 가르치는 것은 우리 조상에 대해서 제대로 알자는 것이니, 당신도 조선땅에서 살려면 조선역사를 배워두면 좋을 것이요."

"날더러 조선역사를 배우라고?"

조선역사를 가르치지 못하도록 찾아온 일본 순사에게 되려 조선의 역사를 배워두라고 충고하는 만암스님이었으니 가히 놀라운 배짱이었다. 만암스님의 응수는 여기서 그치지 않았다.

"당신네 일본사람들에게 글자를 가르쳐 준 분이 바로 이 고장, 전라도 영암 출신이신 왕인박사였소. 그건 알고나 있소?"

"그, 그건 잘 모르겠는데……."

"그것도 모른다면 그만 돌아가시오. 역사를 알아야 역사 이야기를 할 수 있는 법, 그렇지 않소?"

만암스님은 점잖게 일본 순사를 골려주고는 방문을 탁 닫아버렸다. 졸지에 역사도 모르는 무식쟁이로 전락해버린 일본 순사는 벌써 꽁무니를 빼고 있는 중이었다.

"하하하! 저 왜놈순사 좀 보라지? 우리 만암스님에게 된통 당하고 슬금슬금 내빼는 꼴이라니……하하하!"

그 통쾌한 광경을 목격한 학인들은 그가 마치 일본이라는 나라의 상징이나 되는 것처럼 재미있어하며 배를 잡고 웃어대는 것이었다.

8
백양사의 새바람, 반선반농

　만암스님의 세속나이 마흔다섯이던 1920년 봄이었다. 하루는 당시 백양사 제 47대 주지로 계시던 환응노스님이 만암스님을 거처로 불러들였다.
　"이리 가까이 앉으시게나. 내 오늘은 그대에게 당부할 것이 있어서 오시라고 하였네."
　"……말씀……하시지요, 스님."
　"……그대도 잘 알다시피 우리 백양사는 워낙 가난한 사찰이라 연간 거둬들이는 수확이라고 해봐야 겨우 사십 석에 불과한 형편일세. 그건 알고 계시겠지?"
　"……예, 스님. 잘 알고 있사옵니다."
　실제로 백양사는 천년고찰이로되, 가진 재산이 빈약한 탓에 대중들 양식마저 걱정해야될 판국이었다.

　사십 년 가까운 세월을 백양사의 식구가 되어 지내다보니 만암스님도 웬만큼은 절 돌아가는 형편을 알 수 있었다.

　흉년이 들 때이거나 보릿고개가 닥칠 때면 백양사 식구들도 여지없이 식량난을 겪어야 했다. 더욱이 그때는 흉년 끝무렵의 보릿고개라는 무시무시한 기근이 코 앞에 다가올 즈음이었다.

　"사찰재정이 이렇듯 궁핍해가지구서야 어찌 가람수호인들 제대로 해나갈 수 있겠는가……."

　주지스님은 말 끝에 깊은 한숨을 몰아쉬었다.

　"모든 것이 부족하고 부덕한 내가 이 백양사 주지 자리를 맡기는 했네만, 그동안 해놓은 일이라고는 밥그릇 축낸 것밖에는 아무 것도 없네……."

　"아, 아니옵니다, 스님……."

　면전에서 주지스님의 자책하는 양을 보노라니 만암스님으로서도 여간 민망한 게 아니었다. 그러나 주지스님은 더욱 곤혹스러운 기색으로 자신의 심경을 털어놓는 것이었다.

　"그대도 잘 알겠지만 이 백양사는 옛부터 아주 큰 가람이었네. 그러던 것이 수차에 걸친 병란을 만나 수많은 전각들이 다 불타고, 남은 것은 겨우 극락전과 초가집뿐, 옛 기록에 비한다면 빈 절터나 다름이 없어. 내 빈 절 마당을 거닐 적마다 송구스럽고 부끄러워서

조사님들 뵐 면목이 없다네."

"너무 염려 마십시오, 스님. 앞으로 전각들을 다시 일으켜 세우시면 될 일이옵니다, 스님."

백양사가 병란의 화를 입어 볼품없는 사찰이 된 것을 마치 자신의 허물인 듯이 얘기하던 주지스님의 표정은 한결 밝아졌다.

"그래서 내 그대를 오시라고 한 것일세. 우리 백양사를 다시 일으켜 세울 사람은 바로 만암, 그대뿐이니 모쪼록 그대가 이 백양사 주지 자리를 맡아주셔야겠네."

만암스님은 너무도 뜻밖인 주지스님의 제안을 송구스럽게 여겨 극구 사양하였다.

"아니옵니다, 스님! 이 백양사엔 저 말고도 여러 스님들이 계시고, 또 그분들 가운데 얼마든지 적임자를 찾으실 수 있을 터인데 제가 감히 그 막중한 소임을 어찌 맡겠습니까?"

"그동안 여러 모로 지켜봐왔네만, 우리 백양사 대중 가운데서 그대를 빼놓고는 맡길만한 적임자가 없으이."

만암스님의 사양이 아무리 간곡하다 한들, 이미 일을 정해놓고 분부를 내리시는 주지스님의 말씀을 거역하긴 어려운 일이었다.

"이건 백양사 전 대중의 뜻이니 거역해선 안 되는 것이네. 그대에게 주지 소임을 맡기는 것은 이 백양사를 다시 한번 크게 일으켜 세우라는 조사님들의 분부이시니 그리 아시고 맡도록 하시게."

"……예, 스님……. 명심하겠습니다."

이렇게 해서 만암스님은 백양사의 제48대 주지가 되었던 것이다. 일개사찰의 얼굴이라고도 할 수 있는 주지로선 좀 이른 나이였으나 백양사의 대중들은 스님의 덕망으로 보나 수행의 깊이로 보나 한결같이 주지 소임에 걸맞는 인물이라는 생각을 했던 터이다.

백양사 중흥이라는 막중대사를 소임으로 삼아 주지가 된 만암스님으로선 막상 일을 맡고보니 해야 할 일이 아득하기만 하였다.

백양사로 말할 것 같으면, 지금이야 쌍계루를 지나 사천왕문, 범종각, 대웅전, 조사전, 극락전, 향적전, 명부전, 사리탑 등 이루 헤아릴 수 없는 전각과 탑이 제 자리에 서 있어서 언필칭 대가람의 위용과 규모를 자랑하고 있지만, 당시로선 절이라고 할 수도 없는 규모였다.

게다가 마땅한 사찰재산도 별로 없으니 수입원이 있을 리 만무하였다. 형편이 이러한데 무슨 수로 소실된 전각들을 일으켜 세워야 할지 막막한 때였다.

어쨌거나 백양사를 옛모습대로 다시 일으켜 세워야겠다는 큰 원력을 세운 만암스님은, 이를 위해 백양사의 가풍을 새롭게 진작시키기로 하였다.

만암스님은 그 뜻을 대중들에게 널리 알리기로 마음먹고 주지 자

리를 맡은 지 며칠 되지 않은 어느 날, 감무화상을 불러들였다.

감무화상이란 불가에서 절 살림을 두루 맡아 하는 이를 가리키는 직분이다. 만암스님은 먼저 감무화상의 노고를 치하한 연후에 자신의 소신을 피력하였다.

"여러 가지로 부족한 내가 주지를 맡고 보니, 시급히 성취해야 할 일이 한두 가지가 아닐세. 첫째는 우리 백양사 가풍을 다시 일으켜 세워야 함이요, 둘째로는 소실된 전각들을 다시 일으켜 세워야 함이니, 우리 백양사 모든 대중들은 비장한 각오를 해주어야 겠네."

"……예, 스님."

"우리 백양사는 예로부터 선풍을 드날리던 곳이니, 이제부터 다시 반선반농을 모든 대중들의 생활규범으로 삼아야 할 것인즉, 아침 예불 후에는 반드시 다함께 참선수행을 해야 할 것이며, 점심공양 후에는 반드시 모든 대중이 운력을 해야 할 것이며, 저녁 예불 후에도 모두 대중이 반드시 참선수행을 해야 할 것이니, 단 한 사람도 빠짐이 없도록 단단히 전하시게. 내 말 아시겠는가?"

"예, 스님……. 분부대로 하겠습니다."

이날부터 백양사에는 새바람이 불었다. 일찍이 은사이신 취운 도진선사로부터 반선반농의 가르침을 받았던 것은 어언 삼십 년도 더 지난 세월인 만암스님 세속나이 열 살 때의 일이었다.

단명을 극복하고 무병장수의 길을 찾고자 출가수행자가 되었던 그 어린 소년이 이제는 어엿한 주지스님이 되어 몸소 반선반농의 불가규범을 새로이 진작시키고자 하는 것이다.

만암스님은 백양사 대중들의 해이해진 가풍을 바로잡는 방편으로 반선반농의 생활규범을 택하였다.

그러나 나라를 일제에 빼앗긴 식민지 시절, 더더구나 조선총독부의 식민지 종교정책에 의해 사찰의 계율과 규범이 점점 무너져가고 있던 때였으므로 하루아침에 사찰의 가풍이 바로잡히기는 어려웠다.

만암스님은 어느 날 대중들을 한자리에 모이게 한 후에 그들 모두가 백양사 중흥에 동참해주기를 호소하였다.

"여러 대중들도 잘 알고 계시듯이 옛날 백장선사께서는, 일일부작이면 일일불식이라, 하루 일하지 아니하면 하루 먹지도 말라고 하셨소이다.

우리 이 백양사는 거금 천삼백여 년 전, 여환선사께서 개창하신 이래 중연선사, 각진국사, 환양선사, 환월선사, 호암선사, 연담선사 등 실로 헤아릴 수 없는 수많은 선사님들과 국사님들이 선풍을 드날리시고 선맥을 이어오시던 큰가람이었더니, 수차에 걸친 병란과 민란을 당해 전각은 소실되고 재산이 망실되어 오늘 이처럼 부끄러운 지경에 이르고 말았소이다.

 이제 우리 백양사 대중들은 심기일전하여 부처님께 부끄럽지 아니한 제자가 되어야 할 것이요, 조상님들께 죄스럽지 아니한 후손이 되어야 할 것이니, 반선반농의 생활규범으로 가풍을 삼아야 할 것이요, 소실된 전각들을 반드시 다시 세워 백양사 대가람을 갖춰야 할 것이니, 이는 부처님의 명이요, 조사님들의 분부로 여기시고 모든 대중들이 다 힘을 모아주기 바라는 바이요!"

 대중들 사이에선 바야흐로 숨소리 하나 들리지 않을만큼 고요한 침묵이 흘렀다. 누구 하나 나서서 말하는 이가 없었으나 대중들 사이의 그 미묘한 적막은, 이른바 새 주지 휘하에서 치루게 될 호된 수행생활에 대한 긴장감이 여실히 느껴지는 것이었다.

 그리하여 처음 며칠은 만암스님의 간곡한 호소에 따라주는 대중들의 모습을 볼 수 있었다. 만암스님은 보지 않는 듯하면서도 대중들에게서 일어나는 이런저런 변화를 일일이 살펴두었다.

 그러던 어느 날 새벽예불이 끝난 뒤였다. 만암스님은 감무화상을 불러들여 호된 문책을 내리었다.

 "이것 보시게, 감무화상! 오늘 새벽예불 때 살펴보니 우리 백양사 대중이 많이 줄었던데 어찌된 일인가?"

 "무슨……말씀이시온지요, 주지스님?"

 멀쩡한 대중들 수가 줄었다며 역정을 내고 있는 만암스님에게 불려나간 감무화상은 어리둥절할 따름이었다.

"이 사람아! 우리 백양사 대중이 몇이나 되느냔 말일세."
"예, 그야……. 한 삼십 명쯤 되옵니다."
"삼십 대중이라면 어찌해서 새벽예불에 참례한 대중은 이십 명 밖에 안 되더란 말인가?"
"예, 그야 뭐, 몸이 아파서 참례를 하지 못한 사람도 있을 테구요. 혹자는 또 늦잠을 자서 빠지기도 했을 테구요……."
 감무화상이 대충 이유를 들어 얼버무리는 꼴을 보다 못한 만암스님은 탁자를 소리나게 쳐대면서 노한 음성으로 꾸중을 내리었다.
"이것 보시게, 감무화상!"
"예, 주지스님……."
"내일 새벽부터는 내가 일일이 다 점검을 할 것인즉, 만약에 새벽예불이나 저녁예불에 참례치 아니하는 자는 절대로 공양을 주지 마시게!"
"아니, 스님……공양을 주지 말라 하시면 대중을 굶기시라는 말씀이온지……."
 그렇지 않아도 대중들 공양이 넉넉치 못해 늘 안쓰러워하던 감무화상은 예불에 빠진 승려들은 굶기라는 주지스님의 분부가 좀 지나치다 생각되었다. 허나 주지스님인 만암스님은 한 치도 양보해줄 기미를 보이지 않는 것이었다.
"삭발출가한 자가 아침 저녁 부처님께 인사도 드리지 아니한다

면 이를 어찌 수행자라 할 것이며, 부처님 제자라고 할 수 있겠는가? 그런 자는 참다운 수행자라고 할 수도 없으니 어찌 감히 절밥을 먹인단 말이던가?"

"……예, 그야 말씀은 옳으십니다만……."

"여러 말씀 하실 것 없네. 아침 저녁 예불에 불참하는 자, 예불 후에 참선수행을 아니하는 자, 대중운력에서 빠지는 자는 어김없이 다 굶기도록 하시게!"

"하, 하오나……피치 못할 사정이 있어서 불참하는 사람도 있을 터인데요, 스님?"

"거동이 힘든 병자를 제외하곤 단 한 사람도 어김이 없도록 하시게! 수행자의 본분을 어기는 자는 누구든 끼니를 굶기란 말일세! 내 말 제대로 알아들으셨는가?"

이쯤 되면 감무화상도 주지스님 말에 반발하고 나설 수가 없었다. 그러나 아무리 이치가 그렇다고는 해도 감무화상 소견에 비추어 볼 때, 주지스님의 방법이 썩 좋은 것만은 아니었다.

감무화상은 마지못해 주지스님 말에 대답은 하면서도 영 떨떠름한 표정을 지었다.

"감무화상은 또 내게 무슨 할 말이 있으신가?"

"예, 다름이 아니옵고……."

"기탄없이 말씀을 해보시게."

"우리 큰절에서 너무 그렇게 엄히 다루시면 모두들 산 속 암자로 들어가버리거나, 아예 이 산을 떠나지나 않을지 그게 걱정이옵니다요, 스님……."

감무화상이 걱정하는 것은 백양사의 대중이 주지스님의 강경한 뜻을 받아들이지 못하고 그나마 절을 떠나버리면 어쩌나 하는 그것이었다.

"산내 암자도 예외가 없을 것이야."

만암스님은 감무화상의 우려에는 전혀 개의치 않고 오히려 더 강경한 입장을 내세우는 것이었다.

"그리구 예불 드리기 싫고, 참선하기 싫고, 운력하기 싫어서 떠날 사람이라면 하루라도 빨리 떠나는 게 좋을 것이야."

"하오나 스님……. 너무 그렇게 벼락치기로 엄히 다루시는 것보다는 서서히 시행을 하시는 게 좋지 않을지요……."

"안될 말씀이네! 세상에 속가에서도 조석으로 부모님께 문안 드리는 게 사람의 도리이거늘, 하물며 출가득도한 자가 부처님께 인사조차 올리지 아니한다면 이게 어디 말이나 되는 소리던가!"

만암스님의 준엄한 호통에 더 이상 대꾸할 말 밑천이 없어진 감무화상은 무조건 승복하는 수밖에 없었다.

이처럼 대중들에게 반농반선, 선농일여의 생활규범을 철저히 지키게 하였던 만암스님에겐 그들의 정신적 수양 말고도 따로이 도모

하는 바가 있었으니, 곧 백양사의 경제적 내실을 기하기 위한 일이었다.

만암스님은 백양사 대중들의 운력수행을 통해 바닥난 사찰의 재정을 충당하려 했던 것이다.

그러기 위해선 농사 지을 땅이 필요했는데 당시 백양사엔 농지마저도 변변치가 않았다. 생각 끝에 만암스님은 대중들에게 운력을 이행하도록 하면서 밭을 일구어 채소를 가꾸게 하였다.

그런가 하면 산에서 칡넝쿨과 싸리나무 등속을 베어다가 소쿠리를 만들게 하고, 대나무를 베어다가 바구니를 만들게 하였다.

"반선반농은 반드시 곡식농사만 지으라는 것이 아니니 대중들이 힘을 모아 무슨 일이든 하면 되는 게야."

반선반농이라더니 웬 농사일도 아닌 하찮은 소쿠리나 바구니 따위를 만들게 한다 하여 불평하는 대중들도 더러 있었다. 만암스님은 이런 대중들 틈에 섞여 자신도 몸소 칡넝쿨이며 싸리나무를 베어오는 것으로 모범을 보이기도 하였다.

그러나 소쿠리를 만들고 바구니를 만드는 데에는 기술이 필요하였다. 오래 전에 속가를 떠나 산에서 경이나 읽고 수행이나 하던 스님들이 그런 기술을 손에 익혔을 리 없었다.

만암스님도 예외는 아니었다. 얼기설기 서투른 솜씨로 소쿠리며 대바구니를 만들어보았자 볼품 없는 물건이 되어나올 수밖에 없었던 터였다.
 그런 어느 날, 만암스님은 문득 산내 암자에 계시는 노스님을 생각해 내었다. 만암스님이 열 살의 어린나이로 백양사에 들어왔을 때에, 간혹 싸리나무로 소쿠리를 만들거나 대나무를 쪼개어 나누어 주시던 노스님의 모습이 떠올랐던 것이다.
 "그까짓 걸 무슨 기술이라고 할 수 있겠는가……. 그 시절에는 웬만한 건 다 만들어 쓸 줄 알았었는데……. 아, 어디 소쿠리 바구니뿐이었겠나. 짚신도 손수 삼아서 신었구, 새끼줄도 손으로 꼬아서 썼는걸……. 헌데 느닷없이 소쿠리 바구니 짜는 법은 왜 가르쳐 달라는 겐가?"
 만암스님의 간청을 듣고 소쿠리 바구니 만들던 때의 옛기억을 되살려 회상에 잠겨 있던 노스님은 문득 알 수 없는 표정이 되었다.
 "예, 스님께서도 잘 아시다시피 우리 백양사는 전답이 별로 많지 않은 가난한 절이라, 농사일 대신 소쿠리 만들고 바구니 짜는 일로 반선반농의 가풍을 다시 불러일으키고자 합니다."
 "허……그것 참 잘 생각했네……. 요새 아이들은 너무 게을러빠져서 도무지 일을 안 하려고 하니, 이래가지구서는 가난을 면키 어려운 법이야."
 "하오나 장차 반선반농의 가풍을 다시 일으켜 세우면 부지런히 땀흘려 일하고 수행하는 가풍이 다시 살아날 것이요, 그렇게 되면

 절 살림도 나아질 것이니 이후에 백양사의 소실된 전각들을 다시 일으켜 세울 수도 있게 될 것이옵니다."
 노스님은 만암스님의 의견을 마치 반가운 소식이라도 들은 것처럼 파안대소하며 반겨주었다.
 "그래, 그래……반선반농의 가풍이 진작되면 대중들 수행하는 자세가 달라질 터이니 그래서 좋고, 절 살림이 윤택해질 것이니 그 또한 좋은 일이요, 장차 백양사 전각들을 다시 세울 수 있는 기틀이 마련될 것이라 그래서 좋고, 그야말로 일석삼조가 되겠구먼, 그래……응? 허허허!"
 "하오니 스님, 귀찮다 여기지 마시옵고 부디 대중들에게 소쿠리, 바구니 만드는 법을 하교하여 주십시오."
 "내 기꺼이 내려가서 자세히 가르쳐줄 것이니 그 점은 조금도 염려하지 마시게."
 "고맙습니다, 스님! 정말 고맙습니다."
 노스님의 흔쾌한 수락을 얻어낸 만암스님은 천군만마를 얻은 듯이 기뻐하였다. 소쿠리 바구니 만드는 일에 노스님까지 가세했으니 백양사 대중들이야 감히 따르지 않을 수가 없을 터였기 때문이었다.

9
백양사 스님들의 곶감보시

바야흐로 일하면서 수행하는 반선반농의 생활규범이 본격적으로 시행되기 시작한 백양사에는 돌연 활기가 넘쳐났다. 한쪽에서는 칡 넝쿨을 베어다가 껍질을 벗기는가 하면, 또 한쪽에서는 싸리나무를 베어다가 다듬고, 또 한쪽에서는 소쿠리를 짜는 등 그야말로 수행자들은 분주한 일손을 놀리고 있었다.

어느 정도 기일이 지난 후에는 모두들 열심히 일한 덕에 꽤나 많은 수의 소쿠리와 바구니가 모아졌다.

"저, 주지스님! 이제 소쿠리며 바구니들도 어지간히 만들어졌으니 저것들을 장성 장터에 내다 팔아야 겠습지요?"

만암스님과 함께 소쿠리를 짜내던 감무화상이 어느 날 일손을 멈추고 조심스레 여쭈어보았다. 당연히 그것들을 장터에 내다 팔라는 분부가 떨어질 줄 알았던 감무화상은 뜻밖에도 꾸중을 듣고 말았다.
 "팔기는 어디다 팔아? 출가수행자들이 신심과 정성을 들여 만든 것을 감히 어찌 돈 받고 팔 수가 있겠는가?"
 "하오시면……이 많은 소쿠리와 바구니를 다 어디다 쓰시게요, 스님?"
 "그동안 우리 수행자들은 가만히 앉아서 시주님네들 시주만 받아먹고 지내왔네. 허지만 이젠 우리가 갚을 차례야."
 "예에? 무슨……말씀이시온지요, 스님?"
 감무화상은 만암스님의 말을 단박 알아듣지 못하고 더듬거렸다.
 "그동안 우리 백양사에 많든 적든 시주를 해주신 신도님네들, 시주책에 다 적혀 있겠지?"
 시주자 명단이야 시주책에도 적혀 있고, 권선책에도 적혀 있는 게 당연한 일이었다.
 만암스님은 감무화상에게 물어 그것을 확인한 연후에 차근히 설명해주었다.
 "그동안 얻어만 먹고, 받아만 먹고 살아왔으니 이제부턴 우리도 갚으면서 살아야 될 것이야. 소쿠리 하나, 바구니 한 개씩이라도 시주님네들 찾아뵙고 갖다드리도록 하게. 신도님네들 은혜도 갚으면서 살아야 할 것 아니겠는가?"

　출가수행자가 신도들의 시주에 의지해 살아가는 걸 당연지사로만 여겼던 감무화상은 입이 떡 벌어질 수밖에 없었다.
　세상에 승려가 열심히 도를 닦아 중생을 구제하면 그게 보은이지, 웬 소쿠리며 바구니 같은 것들을 신도들에게 되돌려 보은을 하란 말인가.
　감무화상은 속으로 그런 생각을 하며 만암스님의 얼굴을 빤히 쳐다보았다. 만암스님은 그 감무화상의 속내를 진작부터 꿰뚫어본 듯 엄한 음성으로 꾸짖어주었다.
　"무릇 출가수행자는 시주님네들 은혜를 잊어서는 안 되는 게야. 내 말 아시겠는가?"
　"……예, 스님…… 잘 알겠습니다."
　만암스님은 이렇듯 대중들이 신심과 정성을 기울여 만든 소쿠리와 바구니들을 신도들에게 남김없이 나누어주도록 하였다.
　만암스님의 깊은 뜻은 그동안의 받는 불교에서 주는 불교로, 나아가서는 생산불교로 가풍을 쇄신하자는 데에 있었다.
　"여러 대중들도 다들 잘 알고 있겠지마는, 법당에 꿇어앉아 예불드리고 독경하는 것만이 공부가 아니요, 선방에 들어앉아 가부좌 틀고 화두를 참구하는 것만이 수행이 아니니 옛부터 조사님들이 이르시기를 행주좌와 어묵동정, 어느 것 하나도 수행이 아님이 없음이라……비록 칡넝쿨로 소쿠리를 만들고, 싸릿대로 채반을 엮고,

대나무를 쪼개어 바구니 하나를 만드는 것도 이것이 모두 다 출가 수행자를 길러내는 수행이요 공부인 것이니, 소쿠리 하나 바구니 하나에도 수행자의 신심과 정성이 가득가득 담겨져야 할 것이요……."

대중운력에 있어 신심과 정성을 그 첫째 가는 덕목으로 강조하는 만암스님의 설법에 대중들은 한결같이 머리를 숙였다.

"그동안 우리 출가수행자들은 시주님네들의 은혜로 먹고 입고 공부하고 수행을 해왔으니 비록 쌀 한 톨이라도, 그 쌀 한 톨이 우리 수행자들의 입에 들어오기까지에는 실로 여든 여덟 번 농부의 손길이 있었음을 잊지 말아야 할 것이니……시주님네들은 모두다 생활이 풍족하여, 먹고, 입고, 남아서 시주한 것이 아니요, 그분들이 먹지 아니하고, 입지 아니하고, 지극하신 신심으로 시주하신 것이니 어찌 그 은혜를 가볍다 하겠소? 오늘 우리가 소쿠리 하나, 바구니 하나로 어찌 그 막중한 시주의 은혜를 다 갚을 수 있으리오마는, 만분의 일, 아니 백만분의 일이라도 그 은혜를 갚겠다는 정성으로 임해야 할 것이니, 이 점 여러 대중들은 촌시도 잊어서는 아니될 것이오!"

주장자를 내리치는 소리와 아울러 만암스님의 설법이 끝나고 나면, 대중들은 뿔뿔이 흩어져 각기 선방으로 나아갔다. 낮 동안의 운력을 끝냈으니 이젠 참선수행을 할 차례인 것이다.

　한편, 만암스님을 비롯한 백양사 모든 대중들이 수행하는 틈틈이 신심과 정성으로 만들어 전해준 소쿠리와 바구니는 수많은 불자들의 마음 속에 잔잔한 감동과 더불어 깊은 신심을 심어주었다.
　해서, 날이 갈수록 신도가 늘어나기 시작한 것 또한 백양사에 활기를 불어넣어 주었다. 참배객이 늘어감에 따라 공양미도 부쩍 늘어 감무화상은 알게 모르게 희희낙락이었다.
　그도 그럴 것이 끼니 때마다 대중들 공양거리 걱정하던 것도 이젠 옛말이 되었고 조금씩이나마 비축할 여유마저 생겼던 것이다.
　만암스님은 그럴 때일수록 수행자들의 몸가짐, 마음가짐에 각별한 주의를 기울이는 것을 잊지 않았다.
　어느 날, 만암스님이 감무화상을 불러들여 물어보았다.
　"감무화상은 사찰이 해야 할 본분이 대체 무엇이라고 생각하는가?"
　"예, 사찰의 본분은 수행자들의 수행처인가 하옵니다, 스님."
　"틀린 말은 아니네만, 사찰이 수행자들의 수행처 노릇만 해가지고는 맡은 바 본분을 다한다고 할 수는 없는 게야."
　감무화상은 주지스님이 또 무슨 못마땅한 일을 보셨을까 싶은 심정으로 만암스님의 말이 이어지길 기다렸다.
　"사찰의 또 한 가지 본분은 중생들에게 귀의처가 돼주어야 하고, 신심을 복돋워주는 발심처가 되어야 하고, 중생들이 복을 짓는 복전이 돼주어야 하는 게야. 중생들이 사찰참배를 하면서 마음의 때를 씻어내고 밝은 마음, 맑은 마음, 착한 마음을 되찾아 돌아가면 바로 그것이 복을 짓게 하는 것이니 이 얼마나 좋은 일이겠는가?"

"예, 스님. 잘 알아 모시겠습니다."

"내가 무슨 까닭으로 이런 말을 새삼스럽게 하는고 하면, 철 따라 참배객이 많이 찾아오면 대중 가운데 참배객 많은 것을 싫어하는 사람이 있고, 참배객 대하는 데 있어 소홀히 하는 일이 있어서 하는 것이니, 앞으로는 어떤 참배객이던지 소홀히 맞아서는 안 되는 것이란 말일세."

만암스님은 잠시 말을 끊고 나서 다시 며칠 전에 목격한 한 가지 볼성 사나웠던 일에 관해 언급하였다.

"내 언젠가 절 마당을 거닐다보니, 삭두물도 채 마르지 아니한 수행자가 나이 많은 참배객의 물음에 반말지껄이로 함부로 대하는 꼴이 영 가관이었네. 사찰에 처음 찾아온 참배객들은 이 백양사에 관해 사소한 것 하나라도 더 알고 싶어하는 것이 당연하지 않겠는가? 그런데도 그 무례한 수행자는 제 듣기에 하찮은 것이라 하여 참배객에게 면박까지 주는 게 아닌가? 앞으로 다시는 이런 일이 없도록 감무화상은 유념토록 하시게."

만암스님은 이렇듯 백양사 대중들에게 늘 이르기를, 절에 찾아오는 사람들은 참배객이 되었건 유람객이 되었건 누구에게나 정성을

다해 대접할 것을 강조하였다.

참배객에 대한 예우를 깍듯이 하고자 하는 뜻도 있었지만, 그 이면에는 수행자들의 마음에 교만함이 깃들지 않도록 늘 경계하라는 뜻도 포함되어 있었다.

하루는 만암스님이 시자를 데리고 백양사 앞 개울가를 거닐다가 잠시 바위에 걸터앉아 쉬는 참이었다.

"어이구, 스님. 이 개울물 속에 물고기가 아주 많사옵니다요, 스님!"

나이 어린 시자는 물고기들이 노니는 모습이 사뭇 신기한 듯 열심히 물 속을 들여다보는 것이었다.

"그래? 어디……음, 과연 물고기가 아주 많이 올라왔구나……. 헌데 말이다, 너……."

만암스님은 잠시 물 속의 고기떼들에 정신이 팔려 있는 나이 어린 시자를 돌아보았다.

"저 물고기가 물 없이 살 수 있겠느냐, 없겠느냐?"

"아, 예……그야 살 수 없습지요, 스님……."

시자는 묻지 않아도 뻔한 것을 묻는 만암스님의 의중을 헤아려 보려는 듯 알쏭달쏭한 표정을 지었다.

만암스님은 마치 사십여 년 전, 은사스님이신 취운 도진선사가 열살 소년인 자기자신 즉, 지금의 만암스님에게 이르듯이 인자한 음성으로 설명하였다.
 "그래, 고기는 물 없이는 살 수가 없는 게야……. 그와 마찬가지로 우리 출가수행자들은 중생을 떠나서는 살 수 없는 게야."
 나이 어린 시자는 그 또한 당연한 일 아니겠냐는 듯이 촐싹거렸다.
 "아 그야 시주물을 갖다 주지 아니하면 출가수행자들이 먹고 살 수가 없는 것 아닙니까요?"
 "이런 못된 녀석! 넌 그저 먹는 것에만 그리 정신이 팔려 있더란 말이냐?"
 "아, 아니옵니다요, 스님……."
 "너 이 녀석, 아침 저녁 예불 때마다 무슨 서원을 다짐하고 있느냐?"
 "예, 그야 사홍서원입니다, 스님."
 어린나이답게 촐랑거리기는 해도 영특한 기질이 눈에 띄는 시자였다. 만암스님은 그 시자더러 사홍서원을 한 번 두루 읊어보도록 명하였다.
 "예, 사홍서원은 중생무변 서원도, 번뇌무진 서원단, 법문무량 서원학, 불도무상 서원성이옵니다."
 "그래, 사홍서원의 첫째가 중생무변 서원도이니, 〈한량없는 고해중생을 한 사람도 빠짐없이 다 건지오리다〉 하는 게 그 첫째니

라."

"예, 스님."

"이 세상에 중생이 없다면 제도해야 할 대상이 없으니 출가수행자는 소용이 없을 터……. 중생이 없으면 출가할 수행자도 필요 없다는 말이 그래서 나온 것이니라……."

"……예, 스님."

"중생을 위해서 살아야 출가수행자요, 저를 위해서 살면 수행자가 아니니, 내 이익, 내 욕심, 내 호사를 바라거든 차라리 미리 속퇴하는 게 좋을 것이니라."

"예, 스님……명심하겠습니다."

물 속의 고기떼들을 유심히 바라보던 시자의 눈망울에 맑은 기운이 감돌았다.

그러던 어느 해 여름이었다.

"아이구! 아이구, 아퍼! 아이구……!"

감무화상의 거처에서 들려오는 어린아이의 비명소리에 경내를 거닐던 만암스님의 발걸음이 멈추어졌다.

"허허, 그러니까 가만 좀 있으라니까 그래!"

안에선 감무화상이 아이를 얼르느라 곤혹을 치루는 기색이었다. 만암스님이 들어보니 나이 어린 시자의 비명소리였다.

"허어, 대체 무슨 일로 그리 소란스러운고?"
"아 예, 스님. 벌에 쏘였답니다요."
 황망히 방문을 열며 머리를 조아리는 감무화상 뒤에선 어린 시자가 방바닥을 구르며 엄살을 떨고 있었다.
"벌에 쏘였다면 된장을 좀 발라주지 그러는가?"
"예, 저 벌에 쏘여도 한 방만 쏘인 게 아니라 세 방이나 쏘였습니다요. 그래서 벌침을 빼주려고 그러는데 이리 엄살이지 뭐겠습니까요?"
 만암스님은 방바닥을 데굴데굴 구르며 엄살을 떨던 시자가 엉거주춤 일어나 예를 갖추는 양을 바라보며 빙그레 웃었다. 나이 어린 시자는 마치 할아버지 앞에서 떼를 쓰는 손자처럼 응석도 잦은 편이었다.
"아이구, 저기 저 산 속에 말씀입니다요, 스님! 벌집이 어찌나 많은지 나무하러도 못가겠습니다요, 스님."
"벌집이 그렇게나 많더란 말이냐?"
 이번엔 감무화상이 대신 나서서 대답을 해올렸다.
"예, 근년에 들어와서 벌들이 아주 번성하는가 보옵니다, 스님. 산에 갔던 학인들이 벌에 쏘이는 일이 요즘 아주 자주 일어나고 있습니다요."
"허, 그래?"

　많은 학인들이 벌에 쏘여 고생한다는 얘길 듣고도 만암스님의 표정은 태평하게만 보였다.
　감무화상이나 어린 시자가 느끼기엔 오히려 만암스님은 그런 사실을 매우 반기는 듯한 눈치까지 보이지 않는가. 아니나 다를까, 만암스님은 잠시후 그들이 생각지도 않았던 분부를 내리었다.
　"벌이 그렇게 번성을 한다니 산내 암자마다 토종벌을 치도록 해서 토종꿀을 생산하도록 하게. 그거 아주 좋은 일일세, 그려."
　"아니, 하오면 스님……?"
　두말할 것도 없이 만암스님의 분부는 토종벌을 키워서 생산불교를 실천하라는 지시였다.
　이렇게 해서 백양사 산내 암자에서는 심지어 비구니 암자에서도 대바구니를 만들고, 소쿠리를 짜고, 토종벌을 키워내게 되었다.
　뿐만 아니라 스님은 기왕에 생산불교를 실천하는 김에 보다 더 적극적인 실천방안을 모색하기에 여념이 없었으니, 백양사 경내에서 수확한 것이면 무엇이든 다 모두워 들이도록 지시하였다.
　"그동안 우리 백양사 경내에서 수확한 감은 어찌 처분했던고?"
　어느 날 만암스님은 감 수확할 때가 되었음을 알고 감무화상을 불렀다.
　"……예, 일부는 대중들 간식거리였고, 또 일부는 홍시를 만들어 노스님들 야참으로 드렸고, 또 일부는 그냥 땡감으로 모두 상인에게 넘겨주었습니다."

"여보시게, 감무화상!"

"예, 스님."

"감도 그렇게 함부로 처분할 것이 아니라 정성을 좀 들여야 겠네."

동절기의 대중들에겐 유일한 간식거리인 감도 모조리 곶감을 만들어 신도들에게 선물하라는 명을 받고 감무화상은 썩 좋은 얼굴이 아니었다.

"아니 스님, 뭐든 다 신도들에게 선물하시잔 말씀이십니까요?"

"토종꿀도 귀한 것이니 나누어 주면 좋을 것이요, 곶감도 귀한 것이니 얼마나 좋아들 하시겠나, 응? 허허허!"

만암스님은 무엇이 그리 좋은지 파안대소하며 껄껄 웃기만 하는 것이었다.

백양사의 가풍과 옛모습을 중흥시킨다 하여 시작된 반선반농의 생산불교를 통해 생산한 특산물을 그동안 시주해준 불자들 집에 모조리 나누어 주기를 고집하는 만암스님이었으니, 절 살림을 맡고 있는 감무화상으로선 여간 불만스럽지가 않았다.

"스님, 이건 아무리 생각해도 주지스님께서 너무하신다 싶습니다요."

이를 생각다 못한 감무화상은 어느 날 불쑥 만암스님에게 볼멘

소리를 하게 되었다.

"허허. 이 사람, 내가 뭘 너무한다고 그러시는가?"

감무화상의 속셈을 모르고 있을 만암스님이 아니었으나 짐짓 시치미를 떼며 넌즈시 그의 마음을 떠보는 것이었다.

"이 백양산 약수리 일대에서 생산되는 곶감은요, 깨끗하고 달기로 소문나서 한 접에 쌀 닷되 값이랍니다요, 스님."

"허허, 이 사람아. 산 속에 있는 중이 세속 곶감 값을 알아서 어디다 쓰자는 말이신가? 귀하고 좋은 것일수록 시주님네들 나눠주면 그 이상 값진 일이 어디 있다구?"

"아이구 참, 스님께서두…… 그럼 곶감은 그렇다 치구요, 스님! 토종꿀은 한됫병 하나면 쌀이 한 가마 값이랍니다요, 스님."

"허허 이 사람 이거 감무소임 몇 달 하더니만 계산속이 아주 훤하구만, 그래?"

"그야 스님, 감무 하는 일이 그 일 아닙니까요……."

"그래두 그렇지. 출가수행자가 너무 그렇게 계산에 밝고 셈이 빠르면 못쓰는 게야."

만암스님은 넌즈시 잇속을 차리려는 감무화상의 되바라진 마음씨를 타박해주고는 부드럽게 타일렀다.

"아 생각을 해보게나. 자네 말씀마따나 약수리 곶감이 하두 유명해서 곶감 한 접에 쌀이 몇 됫박이요, 토종꿀이 귀해서 한 단지에 쌀이 몇 가마라구 해서, 아니 그래 승복을 입은 우리가, 명색이 출가수행자인 자네나 내가 장터에 가서 곶감장수를 하고 있을 겐가? 아니면 꿀단지를 짊어지고 다니면서 '꿀 사려, 꿀!' 하고 외치고 다닐 겐가?"

"아이구, 스님! 그건 조금도 염려하지 마십시오. 세상에 감히 어찌 주지스님께 곶감장수, 꿀장수를 시키겠습니까?"

감무화상은 말만 들어도 송구스럽다는 듯이 펄쩍 뛰었다.

"우리는 그동안 불자님들에게 육바라밀 가운데서 보시바라밀을 첫째로 가르쳐 왔네. 그렇지 아니했던가?"

"예, 그야 그랬습지요."

"속가에 있는 불자들에게는 나누어 주어라, 베풀어 주어라, 뭐니 뭐니해도 보시바라밀이 제일이니라, 그렇게 가르쳐 오면서 정작 우리 출가수행자들은 나누어준 일도 별로 없고, 베풀어준 일도 별로 없었네. 이제는 우리 수행자들도 나누어줄 줄을 알아야 하고, 베풀어줄 줄도 알아야 할 것이야."

만암스님의 이야기가 이쯤 되고 보니 감무화상도 어찌할 도리가 없게 되었다. 깨끗하기로 으뜸이요, 달기로도 으뜸이라고 해서 예로부터 그 이름이 널리 알려진 약수리 곶감, 당시만 해도 전라도에서는 구경하기가 힘들었던 진짜 토종꿀들은 만암스님 분부대로 불자들에게 골고루 나누어 전해지게 되었다.

　산 속의 수행자들이 신심과 정성을 들여 마련한 이 귀한 선물을 받은 인근의 불자들은 과연 얼마나 마음이 흐뭇하였을지 짐작이 가고도 남는 일이다.
　시주를 받아 먹고 살아야 할 수행자들이 되려 신심을 기울여 불자들에게 시주를 보낸 일은 오늘날까지도 백양사의 미담으로 두고두고 전해지는 이야기이다.

10
백양사 중창불사에의 지극한 원력

　반선반농의 생산불교로 백양사 대중들의 정신적 기강을 바로잡아 나가는 한편으로, 만암스님은 백양사를 다시 대가람의 위용으로 일으켜 세우는 일에 전력을 기울였다.
　그러려면 맨먼저 시행해야 할 일이 재원확보였는데 만암스님은 이를 위하여 한 가지 묘안을 생각해내었다.
　즉, 그동안 거의 방치되어 오다시피한 사찰임야에 해마다 비자나무, 은행나무, 감나무 등 유실수를 심어서 소득을 늘이도록 했는가 하면, 한 해도 거르지 않고 단풍나무를 심어 백양사 인근을 빼어난 경관으로 가꾸어 나갔다.
　백양사 비자림은 오늘날에도 천연기념물로 지정되어 보호될만큼 그 가치가 높이 평가되고 있다.

비자열매는 안약의 원료로 쓰이는가 하면 옛부터 구충제의 특효약이라 하여 값을 높이 쳐주는 약재이다. 만암스님은 백양사 중창불사의 재원확보 방안으로 특히 이 비자림 관리에 만전을 기울이게 하였던 것이다.

임야말고는 뚜렷이 내세울 재산도 없었던 백양사의 여건을 십분 활용한 이 방안이 바로 만암스님만이 생각해낼 수 있는 묘안이었다.

그것은 원대한 계획을 세워나가는 데 있어 실천가능한 것부터 하나씩 차근히 살펴 행하는 만암스님의 현실적인 안목을 알 수 있는 대목이기도 하다.

더욱이 오늘날 백양사의 자랑거리가 되고 있는 단풍나무 숲의 아름다운 풍광 또한 만암스님의 업적이었으니, 후세 사람들이 스님을 두고 백양사 5대창주로 추앙하는 것은 지극히 당연하다 아니할 수 없는 일이다.

아무튼 극락전 한 채와 초가집 한 채뿐으로 황량하기 그지없었던 백양사 절터에 옛가람의 모습을 다시 일으켜 세우겠다는 큰 원력을 세운 만암스님은 마치 백양사 중창불사를 위해 태어나신 분 같았다고 해도 지나친 말이 아니었다.

만암스님은 직접 권선책을 들고 마을에 내려가 시주를 구해오는 등 그 일을 위해서라면 어떠한 일이든 발벗고 나섰다.

 "잘 생각하셨습니다, 스님! 안그래도 우리 백양사가 전에는 호남제일의 대가람이었다는데 지금은 너무도 볼품이 없어서 창피스럽기도 하고 그랬던 참인데……. 내 한 백 석 시주하면 되겠소이까?"
 마을에 밥술깨나 뜬다는 집 불자들은 만암스님이 권선책을 내놓기도 전에 선뜻 시주할 의사를 내비치기도 하였다.
 "백양사 스님들이 정성껏 만들어 보내주신 대바구니며 토종꿀 등속을 받기만 한 것이 늘 미안스러웠었는데 이참에 조금이나마 성의를 표시할테니 받아주십시오."
 신심 깊은 불자들은 이처럼 형편이 닿는대로 시주를 아끼지 않으며 백양사 스님들이 그동안 보내준 정성에 고마움을 표시하였다. 그러나 만암스님은 불자들이 내놓는 시주라 하여 무조건 다 받는 법이 없었으니, 눈으로 보아 살림이 궁한 것 같은 집에는 발걸음도 하지 않았거니와 설사 그쪽에서 자청해서 시주를 내놓아도 과분하지 않을 정도로만 받아들이는 것이었다.
 시주는 나날이 늘어갔다. 만암스님이 백양사 중창불사를 시작했다는 소문을 듣고 장성을 비롯한 광주, 나주, 광산은 물론 함평, 목포, 심지어는 멀리 서울에 살고 있는 불자들까지 너도 나도 중창불사에 동참하겠노라고 나서게 되었다.
 만암스님은 그렇게 모아진 돈으로 우선 병란에 소실된 대웅전부터 다시 일으켜 세울 요량이었다.

그런 다음에 천왕문도 세우고, 옛 전각이 있던 자리에 전각들을 다 일으켜 세우자면 백양사 스님들만의 노력으로는 아무래도 역부족이었다.

사정이 그러한 때에 불자들이라면 너나 없이 조금이나마 보탬이 되고자 자청하고 나섰으니 과연 스님의 덕화가 얼마나 크고 넓었는지를 짐작할 수 있는 일이었다.

"스님! 이 일이 대체 꿈인지 생시인지 분간을 못하겠사옵니다요."

권선책에 빼곡히 적혀진 시주자 명단들을 훑어보던 감무화상은 너무 기쁜 나머지 입이 함지박 만하게 벌어지는 것이었다.

"스님! 이 권선책을 좀 보십시요. 광주에 사시는 한약방 황거사께서는 기와불사를 전담하겠다고 하셨구요, 또……서울 낙원동 김보살께서는 쌀 삼십 가마니를 보내겠다 하셨구요……."

감무화상은 들뜬 음성으로 권선책에 적혀진 시주자 명단과 그 내역들을 줄줄이 읊어나갔다.

"이것 보시게, 감무화상! 권선책 그만 넘기시고 내 말을 들으시게."

"예, 스님. 분부 내리시지요."

"그대는 대웅전을 일으켜 세우는데 쌀 일이백 석으로 될 줄 아시

는가?"

"그, 그야 안 되겠습지요, 스님……."

감무화상은 권선책을 들여다보지도 않고 근엄한 표정으로 자신을 바라보는 주지스님을 대하곤 입가의 웃음기가 싹 가셔졌다. 그 표정은 지나치게 경망스럽게 굴었던 자신을 탓하는 듯하였다.

"백양사 중창불사는 목재만 있어도 아니될 것이요, 기와만 있어도 아니될 것이며, 돌만 있어도 아니될 것이야."

"……예, 스님."

"우리 백양사 중창불사는 이 백양사의 모든 대중들이 지극한 신심과 지극한 정성을 기울여야만 원만성취될 것인즉, 우리 모두가 부처님전에 일구월심으로 기도해야 할 것이네."

만암스님의 지엄한 분부에 머리를 조아리는 감무화상의 태도엔 극진한 깨우침의 염이 배어나오는 것만 같았다.

며칠 후, 만암스님은 도편수를 불러 대웅전을 짓는 데 필요한 시방서를 적어 올리도록 하였다.

도편수가 떼어온 시방서에 의하면 실로 엄청나게 많은 비용이 들었다.

"허허, 쌀 오천 석이라……. 아니, 그래 대웅전 한 채 짓는데 그렇게나 많이 들어간단 말씀이신가?"

도편수로부터 대웅전을 짓는 데 필요한 비용이 돈으로는 5만 원이요, 쌀로 치자면 오천 석이라는 기가 막힌 얘길 듣고 보니 만암스님으로선 낭패가 아닐 수 없었다.

그동안 줄지어 시주가 들어오긴 했으나 쌀 오천 석이 되려면 어림도 없는 형편이었다. 쌀 오천 석은 당시로선 일반 사람들이 상상조차 할 수 없는 대부호들이나 구경할 수 있는 것이었다.

몇몇 불자들이 큰마음 먹고 듬뿍 내어놓는 시주라야 겨우 쌀 몇백 석이었으며 그런 걸 다 합쳐보아도 오천 가마에는 턱없이 모자랄 뿐이었다.

불자들의 시주에 의지하는 것도 한계가 있었으니 더 이상은 뾰족한 수가 없었다. 그날 밤, 만암스님은 하는 수 없이 사하촌 약수리로 내려가서 막걸리 두 병을 사들고 청류암으로 올라갔다.

당시 청류암에는 금해노스님이 수행 중이었다.

금해노스님은 속가에서 물려받은 농토가 꽤 많은 것으로 알려진 부자였다. 헌데 이 노스님은 어찌나 근검절약하며 살았던지 그 농토에서 나오는 수입을 한 푼도 쓰지 않는 것으로 더 유명하였다.

곡차를 그렇게 좋아하면서도 남이 사주지 않으면 절대로 한 잔이나마 사서 마시지 않을 만큼 금해노스님은 철저한 구두쇠였다.

"허허, 이 밤중에 주지화상이 어쩐 일로 이 늙은 중을 찾아왔는고?"

"예, 노스님께 가르침을 받을 일이 있사와 이렇게 찾아뵈었습니다."

만암스님은 먼저 사가지고 간 막걸리부터 노스님 앞에 내어놓았다.

"보아하니 곡차 같기도 하고, 술 같기도 한데……? 이것이 곡차라면 모르려니와 술이라면 나 싫으이."

노스님은 막걸리 병을 짐짓 처음 보는 것인 양 이리저리 살펴보며 농을 던지는 것이었다.

만암스님 역시 노스님 듣기 좋은 말로 그 농을 받아넘기었다.

"그야 물론 곡차입니다요, 스님."

"허허허허! 아, 이 사람아, 곡차라면 어서 여기 한 사발 따르게. 안그래도 목이 아주 컬컬하던 참이야."

노스님은 곡차 한 사발을 맛갈지게 쭈욱 들이키고 나서 물었다.

"하아! 고놈의 곡차 맛 한 번 시원하구나! 헌데 주지화상은 대체 이 늙은 중한테 뭘 알아보려고 이렇게 곡차까지 대령했는고?"

"예, 다름이 아니오라……제가 아는 분 가운데 농토를 꽤 많이 가지고 계신 분이 계시옵니다요. 헌데 이 분은 부인도 없고 후손도 없는 분인지라 세상을 떠나실 때 그 농토를 어찌해야 하는지를 모르십니다요. 그래서 제가 대신 스님께 그것을 여쭙고자 이렇게 찾아뵈었습니다요."

"허허, 이 주지화상이 지금 무슨 농을 하시는 겐가? 아 사람이 세상을 떠날 때는 주머니도 없는 삼베옷 한 벌 입고 빈손으로 떠나는 게 정해진 이치거늘, 주지화상이 그걸 몰라서 나한테 묻는단 말이던가?"

"하오면 스님. 사람은 누구나 이 세상을 떠날 때 참으로 아무 것도 가지고 가지 못하는 게 정해진 이치라고 생각 하시옵니까?"

만암스님은 이렇듯 노스님 앞에서 능청을 떠는 것이었는데 정작 그 노스님은 한 술 더떠서 그 능청에 꼬박꼬박 응대를 해주는 것이었다.

"허허, 아 그거야 삼척동자도 다 아는 일이거늘, 어찌하여 새삼스럽게 그걸 묻는고?"

다른 스님들 같았으면 어디 농칠 사람이 없어서 늙은 중을 골리려 드느냐면서 벌써 불호령이 떨어졌을 터이다.

하지만 이 노스님은 무언가 마음에 짚이는 게 있는지 끝까지 만암스님의 그 당연한 얘기들을 들어주려는 기미가 느껴졌다. 만암스님은 이에 용기를 내어 이야기의 본론을 끄집어내었다.

"그런데 스님, 그분이 바로 노스님이시라면 과연 어찌 하겠습니까요?"

"이 사람 주지화상! 그러고 보니 그대가 이 늙은 중 들으라고 일부러 한 소리였구먼, 그래?"

　노스님이 행여 크게 역정이라도 내시는 게 아닐까 하여 마음 한 구석이 조마조마하기도 했던 만암스님은 몸가짐을 정중히 하여 노스님께 예를 표하였다.
　"죄송하옵니다, 스님……. 하오나."
　"가만, 여기 곡차부터 한 잔 더 따르시게!"
　"예, 스님."
　만암스님은 조심스럽게 노스님의 잔에 곡차를 따라 올렸다. 노스님은 그것을 또 맛있게 드신 연후에 잔을 내려놓고 만암스님을 다정하게 불렀다.
　"이 사람."
　"예, 스님."
　"내가 그대에게 비구계를 설했지?"
　만암스님이 비구계를 받을 당시에는 은사이신 취운 도진선사께서 열반하신 뒤였다. 그리하여 당시 백양사에 계시던 금해노스님께 비구계를 받았으니 만암스님이 어찌 그 일을 잊을 손가.
　"그대의 은사이셨던 취운 도진선사께서는 과연 그대에게 무엇을 유산으로 물려주셨던고?"
　뜻밖에도 노스님은 만암스님의 은사스님 얘기를 꺼내었다. 평소 노스님이 아껴 읽고 쓰시던 자경문 한 권과 붓 한 자루만이 만암스님이 은사스님에게서 소중한 유산으로 받아 간직하고 있는 물건이었다.
"……그래, 그 스님은 워낙 가진 게 없으셨던지라 그대에게 다혜진 책 한 권과, 그리고 당신이 쓰시던 붓 한 자루만을 그대에게 물려주셨을 것이야."
"하오나 은사스님께서는 저에게 길을 열어주셨사옵니다."
은사스님의 그 자애로운 보살핌과 가르침의 하해와 같은 은혜를 만암스님이 어찌 잊을 수 있겠는가.
스님은 벌써 몇 해 전에 열반하신 은사스님을 그리는 마음으로 잠시 숙연해졌다.
"그래, 길을 열어주셨지…… 헌데 말일세, 주지화상! 난 취운 도진스님과는 생각이 다르이."
금해노스님은 문득 열려진 장지문 사이로 밤하늘을 올려다보았다. 맑은 밤하늘에 유난히 초롱한 별들이 점점이 피어난 꽃들처럼 하얗게 반짝이고 있었다.
"내가 그동안 논밭을 가지고 있었던 것도, 거기서 나오는 소출을 불려온 것도 다 생각이 있어서였네. 속가에서 물려받은 재산이니 절 살림에는 한 푼도 내어놓은 일이 없었어."
"말씀 드리기 죄송하옵니다만, 스님……."
금해노스님은 대웅전 얘길 꺼내며 도움을 청하려는 만암스님의 말머리를 손짓으로 제어한 다음에 다시 말을 이었다.

 "그대가 오늘 밤 참 잘 와주었네. 대웅전을 새로 지으려면 큰 시주가 있어야 할 터인데, 그대가 나한테 왔을 적에는 권선책도 물론 가지고 왔겠지?"
 "……예, 스님."
 "추사선생이 지어주신 만암이라는 법호는 그대를 만나려고 이백년을 기다렸고, 내 농토 또한 그대를 만나게 하려고 오늘날까지 내가 간수하고 있었네."
 만암스님은 처음부터 자신의 속을 꿰뚫어 보았을 노스님의 혜안에 깊이 탄복하지 않을 수 없었다.
 게다가 노스님은 진작부터 준비해왔던 듯 그 자리에서 논문서며 땅문서 등속을 송두리째 내놓으시는 게 아닌가.
 "부처님께서 이르시기를 똑같은 물도 독사가 마시면 독이 되고, 소가 마시면 우유가 된다고 하셨으니, 똑같은 재물, 똑같은 농토라도 임자를 잘못 만나면 흔적도 없이 사라질 것이요, 그대에게 맡기면 법당이 될 걸세."
 "스님……."
 "저 허전한 백양사 빈터에 기어이 백양사 옛가람을 다시 일으켜 세우겠다는 그대의 원력에 내 어찌 감복하지 아니하겠는가?"
 알고보니 금해노스님은 진작부터 만암스님의 백양사 중창불사를 유심히 관망해오던 중, 이미 모든 재산을 내어놓기로 작정했던 터였다.
"고맙습니다, 스님! 정말 고맙습니다."
세상에 둘도 없는 구두쇠 소리를 들어가면서도 땡전 한 푼 쓸 줄 몰랐던 금해노스님이 그토록 아껴왔던 논밭을 모조리 희사하였으니 만암스님은 그야말로 용기백배하여 백양사 중창불사에 온 정성을 기울이게 되었다.

이렇게 해서 백양사에는 때 아닌 대공사가 시작되었다. 절 마당에서 날마다 인부들의 망치소리며 뚝딱거리며 일하는 소리들이 스님들에겐 마치 노랫가락처럼 흥겹게 들려오곤 하였다.
그러기를 무려 5년이라는 세월이 지나니 백양사 대웅전도 어엿한 제모습을 찾게 되었다.
대웅전의 중창불사를 회향하는 날, 경내 대중들의 감개무량함은 이루 말할 수가 없는 정도였다.
"스님! 이제야 우리 백양사가 절다운 절이 되었습니다요."
백양사의 스님들은 저마다 그 공을 부처님 가피와 주지 스님인 만암스님의 공덕으로 돌리고 경하해마지 않았다.
하지만 만암스님의 원력은 여기서 끝나지 않았다.
"아직도 빈터가 많이 남아 있어……. 모두들 이 백양사 옛터전에 있었던 전각들을 다 일으켜 세우기 전까진 너무 기뻐하지들 마시게

나……."

이 말을 듣고 감무화상이 매우 염려스러운 표정을 지었다.

"하오나, 스님! 대웅전 짓는 데만 장장 오 년이 걸렸고, 갚아야 할 돈이 또한 이만저만이 아닌데 무슨 수로 또 전각을 짓는다는 말씀이시옵니까?"

세월이 그렇게 흐르는 동안 예상외로 쓰임새가 많아지고 물가도 오르다보니 공사하느라 빚진 돈도 적지가 않았다. 하지만 거의 아무것도 없는 상태에서 대웅전 원상복구라는 엄청난 불사를 감행해 온 만암스님이 아니었던가.

"두고 보시게! 머지 않은 날에 백양사 경내에 옛 전각들을 빠짐없이 세우고 말 테니까……."

이렇듯 간절한 만암스님의 원력 앞에서는 감무화상을 비롯한 다른 대중들도 감복하지 않을 수 없었다.

"우리 스님은 흡사 백양사를 중창하시기 위해 이 세상에 오신 분 같다니까."

"참말이지 않구. 그러니 우리도 스님 뜻에 잘 따라서 뭐든 도움이 되어 드려야 되지 않겠는가?"

마침내 백양사 대중들은 만암스님이 출타중인 날을 택하여 대중공사를 열게 되었다.

"백양사 중창불사는 부처님과 조사님들이 우리 백양사 대중들에게 내리신 분부이니, 주지스님 한 분에게만 이 무거운 짐을 지시게 할 것이 아니라, 우리 모든 대중들이 떨쳐나서야 할 것이오!"

"옳소! 우리가 먹을 것을 줄이고, 또 저자에 나가 탁발도 해 와서 공사에 필요한 돈을 좀 모아드립시다!"

백양사 대중들은 우선 공양시에 반찬을 세 가지 이하로 줄이기로 결정하였다. 워낙 절밥이라는 것이 성찬은 아니었으되, 줄이기로 한다면야 그것 또한 만만치 않은 절약이 될 수 있었다.

그러나 진정으로 가상한 것은 백양사 대중들이 모두 합쳐서 성심껏 기왓장 한 장, 서까래 하나라도 보태고자 하는 마음이었다.

만암스님은 대중공사의 결정사항들을 허락해주십사 청하는 감무화상에게 몇 가지 조건을 달아주는 것을 잊지 않았다.

"……대중들의 뜻이 정 그러하다면 허락하겠네만, 미리 당부해 둘 것이 있네. 첫째, 어떠한 경우에도 조석예불과 예불 후의 참선수행을 걸러서는 아니될 것이요, 둘째, 탁발 나간 것을 기화로 계율을 어기는 일이 있어서는 용서치 않을 것이니, 이 점 모든 대중들에게 각별히 이르시게."

"예! 스님. 분부대로 각별히 이르겠사옵니다."

하루도 빠짐없이 권선책을 들고 다니며 멀고 가까운 데를 가리지 않고 시주를 얻으러 다니는 주지스님을 돕고자 나선 백양사 대중들의 신심 또한 갸륵하기 그지없는 것이었다.

만암스님은 그런 대중들의 정성을 칭찬하기에 앞서 엄한 당부를 내리었으니, 행여 그 일을 빌미로 제자들의 수행정진에 틈이라도 생길까 보아 저어하는 마음이 있었던 까닭이었다.

11
아무나 마시면 곡차가 되느냐

　만암스님이 그토록 엄히 당부를 했건만, 젊은 승려들 가운데에는 탁발을 나갔다가 돌아오는 길에 그만 탁발한 양식을 퍼주고 막걸리를 몇 잔 마시고 들어오는 이가 더러 있었다.
　하루종일 저잣거리를 돌아다니며 이집저집 시주를 얻어오자면 다리도 아프고 갈증이 나기도 하여 곡차삼아 마신다는 핑계로 슬금슬금 계율을 어기는 젊은 승려들의 객기를 만암스님이 모를 리가 없었다.
　어느 날 저녁, 만암스님은 지친 몸을 이끌고 탁발에서 돌아온 대중들을 모두 한자리에 모이게 하였다.
　"오늘 이중에 술냄새를 풍기는 자가 있으니 썩 앞으로 나서도록 해라!"

불시에 만암스님의 불호령을 듣게 된 대중들은 서로 수군거리며 상대방의 얼굴을 바라보기만 할 뿐, 아무도 앞에 나서는 이가 없었다.

"허어! 어서 썩 나서지 않으면 내가 끌어낼 것이니라!"

그제야 한 젊은 승려가 비틀거리는 몸짓으로 앞에 나섰다.

"예, 스님! 소승이 한잔하고 왔습니다."

그 젊은 승려는 채 취기가 가시지 않은 얼굴로 공손치 못하게 만용을 부렸다.

"너 이놈! 너는 대체 어디다 쓰겠다고 탁발을 했더냐?"

만암스님의 노발대발한 음성에 다른 대중들은 잔뜩 겁을 집어먹고 떠는데 그 젊은 승려는 도무지 반성의 기미가 보이지 않는 게 오히려 당당하기만 하였다.

"아이구, 주지스님! 곡차 몇 잔 마시고 왔기로서니 뭘 이렇게 노발대발이십니까요? 그대신 제가 내일은 탁발을 더 많이 해오겠……."

젊은 승려의 시건방진 말대꾸가 채 끝나기도 전에 만암스님의 주장자가 사정없이 내리쳐졌다.

"너 이놈! 백양사 중창불사에 쓸 기왓장과 서까래를 네 뱃속에 처넣고 오고도 네가 지은 죄를 모르더란 말이냐?"

이 무렵 우리 불교계는 왜색불교에 젖을 대로 젖어서 출가승려가

부인을 얻고 자식을 두는가 하면, 술 마시고 육식을 하는 등 청정계율이 날이 갈수록 무너져가고 있었다.

열 살의 어린 나이로 동진출가하여 청정계율을 목숨처럼 지켜오던 만암스님은 누구보다도 우리 불교의 왜색화 경향을 가슴 아프게 여겨오던 터였다.

그러한 때에 젊은 수행자가 벌써부터 술을 마시고 다니는 걸 보았으니 도저히 그냥 넘어갈 수가 없는 문제였다.

"너는 탁발을 나갈 적에 백양사 중창불사에 기왓장 한 장이라도 보태셌다고 다짐하고 나갔고, 탁발을 할 적에도 그것을 빌미로 했을 터인데 그 재물로 주막에서 술을 마시고 왔다. 이는 부처님을 속이고, 조사님들을 속이고, 대중들을 속이고, 시주님네까지 속인 죄를 지었느니라. 게다가 너는 승복을 입은 채 주막에서 술을 마셨으니 세상사람들에게 타락한 승려상을 보여 신심을 잃게 한 죄 또한 크도다. 그러니 너는 마땅히 이 산에서 나가야 할 것이다."

만암스님으로부터 추상 같은 꾸지람을 듣고도 그 젊은 승려는 자못 기세등등하게 나왔다.

"예, 나가라면 나가지요. 스님, 그런데 한 가지만 여쭙겠습니다요."

당돌하기가 그지없고 오만방자하기 이를 데 없는 젊은 승려의 태도에 그 자리에 있던 대중들이 술렁거렸다.

"제가 알기로는 말씀에요, 스님! 옛날에 원효대사께서도 곡차를 마시셨고, 진묵대사, 그리고 저 유명한 경허선사께서도 곡차를 마시셨다는데……."

"그런데 어찌하여 너라고 곡차를 마시면 안 된다는 말이더냐, 그걸 묻고 싶단 말이렷다!"

만암스님은 술 취한 젊은 승려가 지껄이는 대로 내버려두지 않고 즉각 그에게 물었다.

"그렇다면 내 너에게 묻겠다. 너는 그럼 원효대사처럼 교학에 통달했느냐?"

"……."

"너는 과연 원효대사처럼 걸인들을 구제하고 나병환자들을 구제하고 자비행을 실천했더냐?"

"……."

"너는 과연 원효대사처럼 생사의 도리를 깨닫고 불도를 이루었더냐?"

만암스님의 서릿발 같은 질문에 감히 아무런 대답도 하지 못하는 그 젊은 승려는 취기가 싹 가신 얼굴로 고개를 떨구는 것이었다.

"너는 물론이거니와 여기 있는 대중들은 다들 들어라!"

만암스님은 그 젊은 승려에게 다시 한 차례 따끔한 주장자를 내린 다음에 좌중을 휘둘러보았다.

"산문에 들어와 삭발출가한 수행자들 가운데 걸핏하면 계율을 어기고 취처 음주에 육식을 자행하면서 참회는커녕 원효대사도 곡차를 마셨으며 원효대사도 요석공주를 보았고 진묵대사, 경허선사도 곡차를 마셨다고 핑계삼는 이가 한둘이 아니다. 이는 어리석은 자들이 그림자만 보고 실체를 보지 못함이니 나는 절대로 용서치 않겠다! 교학도 제대로 배우지 못한 자, 깨달음의 근처에도 가보지 못한 자, 자비행은 흉내도 내지 못하는 자가 원효대사, 진묵대사, 경허선사 흉내만 내려면 당장 승복을 벗어놓고 속세로 나가야 할 것인즉, 그 경지를 넘어선 연후에는 내 곡차 마시는 것을 탓하지 않을 것이다! 다들 내 말을 알아들었느냐?"

만암스님의 표정은 얼음장같이 차갑고 그 음성은 비수처럼 예리하게 대중들의 느슨해진 불심을 찌르는 것이었으니, 술에 취했던 그 젊은 승려는 어느 결에 자취를 감춰버리고 말았다.

이튿날 새벽, 멀리서 도량석이 울려퍼지는 가운데 감무화상이 일찌감치 만암스님의 처소로 찾아왔.

"주지스님, 어젯밤 곡차 마시고 돌아온 그 학인 말씀이온데요……."

"그래, 그 자가 어찌 됐단 말이던고?"

감무화상은 만암스님의 눈치를 살펴가며 조심스럽게 말을 이어갔다.

"글쎄, 간밤에 산에서 내려간 줄 알았더니만요…… 그 학인이 밤새도록 법당에서 참회기도를 드리고 있었나보옵니다."

감무화상은 잠시 말을 중단하고 만암스님의 반응을 기다렸다. 하지만 스님은 무슨 생각엔가 깊이 잠겨서 아무 대답도 하지 않았다.

"지금도 그 학인이 법당에서 참회기도를 하고 있으니 어찌해야 좋겠습니까요, 스님?"

"……참회할 줄 아는 아이라면 그대가 잘 다독거려서 좋은 중을 만들도록 하시게……. 한 아이라도 제도해야지 버려서야 되겠는가?"

감무화상은 그제야 얼굴이 밝게 펴지며 서둘러 법당으로 나아갔다.

잠시 후, 전날 술에 취해 말썽을 일으켰던 그 젊은 승려가 만암스님 처소 앞에 무릎을 꿇고 앉았다.

"주지스님께 참회드리러 왔사옵니다."

"참회는 제대로 잘 되었느냐?"

만암스님은 방문을 열고 그 젊은 승려에게 물었다.

"그동안 잘못한 죄, 깊이깊이 참회드리오니 용서하여 주시옵소서."

전날 저녁에만 해도 무서운 불호령을 내렸던 만암스님은 언제 그

랬냐 싶게 자비로운 모습으로 돌아와 그 젊은 승려를 대해주는 것이었다.

"무릇 출가수행자는 계·정·혜 삼학을 세 가지 보물로 삼고 부처님의 가르침을 통달하여 불도를 성취하고, 그런 연후에는 널리 고해중생을 제도해야 하는 것이니, 바로 이것이 출가수행자의 본분이니라."

"예, 스님. 명심하겠사옵니다."

"그래, 이젠 되었느니라. 그만 가서 공부 열심히 하도록 해라."

젊은 승려의 눈에서 금새 참회의 눈물이 방울방울 떨어져 내렸다.

이러던 중, 만암스님이 전심전력 모든 정성을 다 바쳐서 해나가던 백양사 중창불사가 잠시 중단될 수밖에 없는 일이 생겨났다.

일제의 식민지 수탈정책이 극에 달해 있던 그 무렵, 엎친 데 덮친 격으로 흉년까지 들었던 것이다.

가난구제는 나라도 못 한다는 옛말도 있었으니 그런 상황에서는 백양사 중창불사도 훗날로 미룰 수밖에 없었다.

"금년 벼농사 추수할 때까지는 시주고 탁발이고 나가지 말도록 하시게."

어느 날 산 밑에 내려가 세상 돌아가는 형편을 직접 확인하게 된 만암스님은 감무화상을 불러 대중들의 탁발을 금하도록 하였다.
"그리고……우리 절에 양식이 얼마나 되던고?"
"예, 스님……. 가을까지는 그럭저럭 견딜만 합니다요."
만암스님은 그 양식으로 백양사 대중들이 죽을 쑤어 먹는다면 가을까지 얼마나 남겠는지를 물었다.
"쌀이 세 가마, 보릿쌀이 다섯 가마, 그리구 좁쌀두 두어 가마 됩니다요, 스님."
잠시 후, 곳간에 가 절 양식을 일일이 헤아려보고 온 감무화상이 그 내역들을 알려주었다.
"참으로 다행이구먼……. 그 양식들을 가마니에 잘 담아 묶어서 젊은 학인들에게 짊어지워 마을로 내려가세."
만암스님은 안도의 한숨을 내쉬며 마을로 내려갈 채비를 서두르는 것이었다.
"아니 그럼, 그 양식들을 내다 파시게요, 스님?"
"팔기는 이 사람아, 굶고 있는 마을 사람들에게 나눠 먹여야지! 어서 서두르시게!"
절간 양식도 넉넉지 않은 차에 밥대신 죽을 쑤어 먹기로 하고, 그만큼 절약한 양식을 마을사람들에게 나눠주려는 것이 만암스님의 뜻이었다.
감무화상이 그 갑작스런 지시에 뭐라 할말을 잊고 있는 사이, 만

암스님은 벌써 학인들을 시켜 양식들을 퍼담고 있는 중이었다.

12
중생이 굶주리면, 수행자도 굶주려야 하는 게야

온 나라가 흉년이 들어 기근에 허덕이고 있을 때였다. 당시는 풍년이 들어도 누구 하나 배불리 먹을 수 있는 시절이 아니었다. 그저 삼시 세끼 챙겨먹을 수 있다면, 그것만으로도 다행인 시절이었다.

그런데 설상가상으로 흉년이라도 들이닥치면 백성들의 삶은 하루하루 연명해 나가기에도 힘겨우리만치 비참해질 수밖에 없었다.

이러한 때에 만암스님은 백성들의 배고픈 실상을 측은히 여겨 사찰의 양식을 털어 나누어주었다. 그리고는 백양사 대중들로 하여금 겉보리를 맷돌에 갈아 죽을 쑤어 먹게 하고, 스님 자신도 대중들과 함께 똑같은 음식을 먹었다.

사찰의 살림도 백성들의 그것보다 그다지 나은 것이 못 되었기에 그곳 대중들은 만암스님의 이런 일을 내심 탐탁치 않게 생각하고 있었다. 사찰 식구들 먹기에도 빠듯한 식량을 쪼개 백성들에게 나눠주었으니 그런 푸념 섞인 원망의 소리도 나올 법하였다.
"아, 이 겉보리 흉년에 말씀야, 곡간에 있던 금싸라기 같은 곡식은 마을에 다 나눠주고 말씀야, 그 대신 우리만 배 곯으면서 맷돌질이나 하고 있으니……. 이것도 무슨 전생의 업보란 말씀이신지, 원."
한 젊은 학인이 맷돌을 돌리며 만암스님을 원망하듯 푸념을 늘어놓았다.
그러자 옆에 있던 또 다른 학인이 주위를 조심스럽게 두리번거리면서 젊은 학인에게 넌즈시 말하였다.
"이 사람, 그런 소리 함부로 하지 말어. 주지스님 들으시면 불호령이 떨어지실 게야."
학인은 이내 짜증스러운 표정을 지어 보이며 신경질적으로 내뱉았다.
"허구헌날 보릿가루죽만 먹어야 하니, 그래서 해본 소리네. 보릿가루죽 한 사발 마시고 돌아서면 금방 허기가 지는데, 이거 어디 살 수가 있나."
학인은 더 이상의 아무런 대꾸 없이 그저 고개를 끄덕이고 있을 뿐이었다. 오죽하면 저런 푸념을 늘어놓을까 하여 백분 이해할 수

있다는 눈치였다.

"아, 이 사람아 맷돌 천천히 돌려! 너무 빨리 돌리니까 통보리가 그대로 다시 나오잖아."

두 명의 학인은 하던 말을 멈추고 바닥에 떨어진 통보리를 조심스럽게 주워담아 맷돌 속으로 집어넣었다.

그 모습이 마치 보물을 다루듯 조심스럽고 신중해 보였다.

한편 만암스님 자신도 사찰 식솔들의 배고픈 삶을 충분히 헤아리고 있었다.

그러던 중 하루는 만암스님이 백양사의 대중들을 한데 모아놓고 말했다.

"여러 대중들은 내 말을 잘 들어야 할 것이야."

만암스님의 음성은 나직했지만, 그 음성에는 어떤 강하고도 엄한 분위기 같은 것이 담겨 있었다. 그의 시선은 머나먼 허공을 응시하고 있었다. 마치 이 세상의 모든 중생들에게 말하는 듯한 모습이었다.

"여러 대중들도 잘 알고 있겠지만, 원래 부처님은 부처님이 되시기 전에 인도 카필라왕국의 왕자님이셨어. 가만히만 계셔도 잘 잡숫고, 잘 입으시고 호의호식을 마음껏 하실 수 있는 일국의 왕자님이였지. 그리구 어디 호의호식뿐이었겠는가? 아무튼 세상에 부러울 게 아무것도 없으셨던 그런 분이셨어. 헌데 그런 분께서 무엇을 바라시고 월장출가해서 설산고행을 하셨겠는가!

 호의호식하려고 출가를 하셨던가? 출세를 하시려고? 그런 게 결코 아니라는 것을 대중 여러분은 잘 알고 있을 터인즉…….”

 만암스님의 음성은 점차 고조되어 가고 있었다. 그 음성에는 어떤 격앙된 기운과 함께 부처님과도 같은 대자대비의 그윽한 힘이 담겨 있는 듯했다.

 방 안에 모여 있던 대중들은 숨소리조차 죽여가며 스님의 말씀을 조용히 경청하고 있었다. 누구 하나 고개를 쳐들어 스님의 얼굴을 똑바로 쳐다보지도 못했다. 스님이 지금 무슨 연유에서 부처님의 자비하심을 새삼 일깨우고 있는지 그들은 서서히 깨달을 수 있었다.

 방 안의 분위기는 마치 깊은 바닷속처럼 조용하고도 숙연해졌. 만암스님은 다시금 말을 이었다.

 “부처님은 오직 한 가지, 생로병사 고해바다에서 고통받는 저 가없은 중생들을 제도하고자 출가를 하셨고, 고행을 하셨고, 깨달음을 얻으셨어. 부처님은 부처님 자신을 위해서 출가한 것이 아니요, 당신을 위해서 고행한 것이 아니요, 당신을 위해서 깨달은 것이 아니요, 당신을 위해서 설법하신 게 아니요, 그것은 순전히 중생들을 위해서였어.

 나나 여러 대중들이나 모두 그런 부처님께 귀의해서 부처님의 제

자가 된 출가수행자들이 아니던가?

 그런데 중생을 위해 살겠다고 삭발 출가한 우리 수행자들이 중생들이 굶고 있는 판에 어찌 감히 먹을 수 있을 것이며, 온전히 살기를 바랄 것인가? 지금 온 나라의 백성들이 주린 배를 움켜쥐고 죽어가고 있지 않은가?

 중생들이 배고프면 우리도 배고파야 하고, 중생들이 헐벗으면 우리도 헐벗어야 할 것이야. 그런 각오가 돼 있지 않다면 참다운 수행자라 할 수 없는 법. 배고픈 것도 수행으로 알고 참고 견뎌야 할 것이니. 내 말 다들 알아들으셨는가?"

 "예, 스님. 잘 알아들었습니다."

 대중들은 그제서야 고개를 들어 만암스님의 얼굴을 바라보았다. 만암스님은 부드러운 미소를 지어 보이며 대중들의 시선에 응답해 주었다. 스님의 눈빛에서는 그 어느 때보다 자비심 가득한 온기가 배어나왔다.

 그 해 초여름, 백성들의 굶주림은 극에 달해 있었다. 어느 해보다 지독한 흉년이었던지라 보릿고개를 넘기지도 못하고 죽어간 사람들이 부지기수였다.

 가난이 극에 달하면 사람의 심성마저 볼품없이 전락해버리고 마는 것이 어쩌면 당연한 일일 터이다. 제 한 입, 자기 식구 입에 풀

칠하기에도 어려운 상황에서 남을 돕는다는 일은 상상조차 하기 힘든 일이다. 가난하기 그지없는 중생의 입장에선 어쩌면 그것 또한 인지상정일 수밖에 없었으리라. 무릇 인정이란 것도 따지고 보면 가난을 극복한 자들이 베풀 수 있는 행위일 터였다.

그리하여 그 해의 인심은 비 한 방울 내리지 않는 삭막한 계절처럼 흉흉하기 그지없었다.

하루는 백양사가 있는 근처 마을의 대부호로 널리 알려진 지주 한 사람이 백양사를 찾아왔다.

그는 백양사의 이곳 저곳을 둘러보다가 절의 군데군데가 소실되어 있는 모습을 보고 이상한 생각이 들었다. 백양사는 그동안 병란과 민란에 소실되어 불완전한 모습을 하고 있었다. 절의 모습을 원래대로 복구하려고 중창불사를 일으켰지만, 근자에 흉년이 들어 시주가 전연 들어오지 않자 복구작업을 중단하지 않을 수 없었던 것이다.

만암스님에게 물어 저간의 사정을 전해 들은 지주는 자신과 이곳 백양사의 각별한 인연을 만암스님에게 말해주었다.

"내 소시적에 조모님께서 늘 이르시기를 조모님께서 이 백양사에 불공을 드려서 나를 얻게 되었다고 하셨소이다."

"아, 예. 인연이 아주 깊으십니다 그려."

만암스님은 죽로차를 손수 끓여 내놓으며 정중하게 대답했다.

　절을 찾아온 손님에게 달리 대접할 게 없었던 터여서 스님이 직접 죽로차를 끓여온 것이었다. 죽로차는 절주변의 대나무밭에서 채취하여 만든 백양사의 녹차였다.
　"차 향기가 아주 그윽하군요."
　지주는 찻잔을 내려놓으며 이렇게 말하곤 화제를 불쑥 다른 곳으로 돌렸다.
　"제 조모님 말씀도 있고 해서 하는 말인데, 제가 이 절에 시주를 할까 합니다."
　"시주요?"
　만암스님은 지주의 뜻하지 않은 제의에 자못 놀라지 않을 수 없었다. 또한 마음 한편에서는 반가운 생각마저 들었다. 그렇잖아도 가뜩이나 어려운 때인데 지주가 시주를 한다고 하니 반가운 일이 아닐 수 없었다.
　"백양사 중창불사를 하시다가 중단했다 하셨는데, 제가……."
　지주는 시주를 듬뿍 내놓을 것처럼 호기있게 말을 꺼내는 것이었다. 그러자 만암스님이 그의 말을 부드럽게 가로막으며 말했다.
　"예, 하지만 차차 시절 인연이 좋아지면 다시 시작하게 될 것이옵니다."
　"내 아까도 말씀드렸습니다만, 조모님께서는 그저 틈만 나시면 나한테 백양사 불공 이야기를 귀에 못이 박히도록 하셨소이다."

"아, 예. 그러셨겠지요. 옛 보살님들은 지극정성이셨으니까요."

죽로차가 다 식을 때까지 잔뜩 뜸을 들이던 지주는 마음을 정했다는 듯 만암스님에게 정색을 하고 말했다.

"그래서 말씀이오만, 대사님. 벼 삼백 섬을 시주할까 하는데 받아주십시오."

"아아니, 거사님께서 벼를 삼백 섬씩이나요?"

만암스님은 짐짓 놀라는 표정을 지어 보이며 지주의 얼굴을 쳐다보았다. 아무리 대지주라지만 이처럼 어려운 때에 벼 삼백 섬을 선뜻 내놓으리라곤 생각할 수도 없던 터였다.

만암스님의 놀란 표정을 보자 지주는 뭔가 흐뭇한 미소를 짓고 있었다.

그 미소는 자신이 선행을 베풀었다는 일종의 순수한 자기 기쁨이 물씬 풍겨져나오는 것이었다. 하지만 또 한편으로는 대부호 특유의 자만 섞인 자기만족감도 배어 있었다.

지주는 금세 득의만면하여 만암스님에게 말했다.

"쇠뿔도 단김에 뽑으랬다구, 권선책 이리 내놓으십시오, 대사님."

만암스님이 권선책을 지주 앞에 내놓자 지주는 호기있게 붓에다 먹물을 찍어 벼 삼백 섬을 써넣는 것이었다.

"그럼, 이 벼 삼백 섬은 어떻게……."

 만암스님은 권선책을 들여다보며 지주의 마음을 떠보았다. 권선책에 선뜻 벼 삼백섬을 써넣기는 했지만 지주의 마음이 언제 어떻게 변할지도 모를 일이기 때문이었다. 그만큼 벼 삼백 섬은 대지주도 쉽게 내놓을 수 없는 어마어마한 물량이었다.
 만암스님의 물음에 지주는 여전히 호기있게 미소지으며 대답했다.
 "아, 예. 대사님 분부대로 하겠소이다. 보내달라 하면 일꾼들을 시켜 보내드릴 것이요, 현찰로 내놓으라 하시면 미곡상에 지시를 해서……."
 "아, 아니옵니다. 그보다도 이렇게 해주시지요."
 그때 만암스님이 고개를 가로저으며 지주의 말을 가로막았다.
 "어떻게 말씀이시옵니까, 대사님?"
 만암스님은 먼저 시주를 해줘서 고맙노라는 말을 정중히 표한 다음 차근차근 자신의 제안을 펼쳐보였다.
 "거사님 마을 인근에 양식 떨어진 집이 많을 것이옵니다."
 "양식 떨어진 집이요?"
 지주는 스님의 말이 무언지 도통 모르겠다는 듯이 약간 언성을 높여 되물었다.
 "예, 인근 양식 없는 집에 벼 한 섬씩만 나누어주시면 삼백 집은 살리실 수 있을 것이옵니다."

그제서야 만암스님의 진의를 파악한 지주는 좀전보다 언성을 더 높여 되물었다.

"아니, 그러면 대사님은 제가 드릴 삼백 섬을 동네사람들에게 대신 나눠주란 말씀이십니까?"

"예, 그렇습니다. 그렇게 하시는 것이 바로 부처님께 시주하는 것입니다. 부처님은 저 가련한 중생들의 배고픔을 보시고 마음 아파 하실 것입니다. 거사님께서 이웃을 살리시는 것이 곧 부처님께 시주하는 것이요, 중창불사에 동참하시는 것입니다. 거사님께서 그렇게 해주신다면 우리 백양사에서는 거사님의 시주를 길이길이 기록해두고 그 은혜를 기릴 것이요, 댁내가 두루두루 평안하시도록 축원드릴 것입니다."

"아니, 대사님!"

지주는 여전히 놀란 표정을 감추지 못한 채 더 이상 말끝을 잇지 못하고 만암스님의 얼굴만을 멍하니 쳐다볼 뿐이었다.

잠시 후 지주의 얼굴에선 득의만면했던 표정이 서서히 걷혀지고 있었다. 그리고 그는 이내 만암스님 앞에 고개를 힘없이 떨구었다.

"……과연 대사님이십니다. 분부하신 대로 굶는 백성들에게 시주하도록 하겠습니다."

지주는 다시 한번 만암스님께 고개 숙여 예를 갖춘 뒤 자리에서 일어났다.

13
자비가 보시를 낳고

   가난한 백성들이 보릿고개를 넘는 것은 목숨을 건 생존 투쟁이라고 해도 과언이 아니었다.
   풍년은 고사하고 흉년이라도 들라치면 너나 할 것 없이 굶주림의 사선(死線)을 수십 번씩 넘나들어야 했다. 그리하여 아사 직전의 백성들이 하루하루 연명해가는 세속의 삶터는 말 그대로 기아선상의 아비규환이었다.
   어려운 생활 속에서도 이웃간에 조촐한 인정을 나눌 수 있었던 그 최소한의 미풍양속도 가난과 배고픔의 그림자에 가려져 세상 인심은 하루가 다르게 흉흉해지기만 하였다.
   백성들이 이렇듯 처절한 삶을 꾸려나가고 있을 때, 만암스님을 비롯한 백양사 대중들의 삶 역시 별로 나을 게 없었다.

일찍이 만암스님의 지시에 따라 백양사의 곳간을 백성들에게 터놓다시피 하였던 터라, 백양사 식솔들은 겉보리를 맷돌에 갈아 죽을 쑤어 먹는 것만으로도 감지덕지해야만 했다.
 만암스님은 백성들의 삶을 불쌍히 여겼던 만큼 백양사 대중들의 삶 역시 불쌍히 생각하지 않을 수 없었다.
 피골이 상접한 젊은 승려들이 헛간 한켠에서 맷돌 돌리는 모습이라도 볼라치면 그러한 측은지심이 더욱 깊어만 갔다.
 야윈 손아귀의 힘에 의지해 느릿느릿 돌아가는 백양사의 맷돌, 그것은 암담한 삶의 질곡을 절룩거리며 헤쳐나가는 힘겨운 생존의 모습에 다름아니었다.
 하지만 만암스님이 생각하기에 백양사 대중들의 생활형편도 백성들의 그것에 비하면 차라리 복에 겨운 것이었다.
 만암스님은 그동안 백양사로부터 원근간의 여러 곳을 돌아보았는데, 그때마다 처절한 삶의 실상을 목격해야만 했다.
 백성들이 초근목피로 하루하루 연명하는 것이 다반사였고, 그것도 부족하여 별의별 것을 다 음식으로 대용(代用)하는 일도 비일비재하였다.
 그런가하면 목포에서는 굶주린 백성들이 음식을 잘못 먹어 집단으로 변을 당한 일이 있었다.
 선창가에서 상한 복어를 내다 버렸는데 허기진 백성들이 그것을

주워 끓여 먹고 변을 당한 것이었다. 그렇게 죽어간 사람들이 헤아릴 수 없이 많았다.

그 해 늦여름, 수많은 목숨을 앗아간 보릿고개가 끝났을 무렵이었다.

만암스님이 예불을 드리고 마악 법당을 나서는데, 감무화상이 허겁지겁 달려오고 있었다.

"스님, 스님, 주지스님!"

감무화상은 무슨 큰일이라도 당한 사람마냥 얼굴이 붉게 달아올라 있었다. 그는 숨소리마저 헐떡거리며 호들갑을 떨었다.

"대체 무슨 일인데 그리 허겁지겁이시란 말인가!"

만암스님이 감무화상을 꾸짖으며 그 연유를 물었다.

감무화상은 그제서야 호흡을 가다듬으며 입을 열었다.

"아 예, 주지스님, 지금 마을사람들 수십 명이 우리 백양사로 올라오고 있습니다."

"대체 무슨 일로 마을사람들이 떼지어 온단 말인가!"

"사람마다 등에 등에 보릿가마를 짊어지고 오고 있습니다, 스님."

"보릿가마를 짊어지고 오다니?"

도대체 이게 무슨 말인가 싶어 만암스님은 의아한 표정을 지으며 되물었다.

'굶주린 백성들이 보릿가마를 짊어지고 이곳을 찾아오다니?'
 만암스님은 감무화상의 이야기를 선뜻 이해할 수가 없었다. 그들이 짊어지고 온 보릿가마가 이곳 백양사에 전하려는 시주라고는 추호도 생각지 않았다.
 백성들의 생활형편을 제 손금 보듯이 훤히 알고 있는 데다, 흉년이 겹친 지난 몇 년간은 백양사의 독실한 신도들조차 시주 한번 못하지 않았던가.
 만암스님은 영문을 몰라 감무화상의 얼굴을 잠시 응시하고만 있었다.
 그러자 감무화상이 만암스님을 납득시키려는 듯, 그 연유를 천천히 설명하였다.
 "예, 스님. 지난 봄 보릿고개 때 스님께서 베풀어주신 은혜 덕분에 살아났다 하여 농민들이 그 은혜를 갚아야 한다며 보릿가마를 등에 지고 올라온다 하옵니다."
 만암스님은 그제서야 고개를 끄덕이며 가볍게 미소지었다. 하지만 스님의 그 미소는 감무화상이 보기에도 뭔가 예사롭지 않은 데가 있었다.
 무릇 미소란 것은 사람의 기쁜 마음을 나타내는 가장 순수한 표정일진대 만암스님의 미소는 그렇게 단순한 표정이 아니었던 것이었다.

이윽고 만암스님의 미소에는 측은지심의 옅은 그림자가 드리워지고 있었다.

만암스님은 이내 고개를 가로저으며 혼잣말처럼 말했다.

"허허, 이거 내가 큰 잘못을 저질렀구먼."

"잘못이라뇨, 스님?"

감무화상이 의아로운 얼굴로 되묻자 만암스님은 깊은 한숨을 몰아쉬었다.

"양식을 나눠준 게 되받자고 한 노릇이 아니었는데, 이 일을 대체 어찌하면 좋더란 말인고?"

"왜 그러십니까, 스님? 지금 농민들은 지난번 보릿고개 때 입은 은혜를 갚겠다고들 하는 것인데 그거야말로 가상한 일이 아닙니까요, 스님?"

"그래도 그게 아닐세!"

만암스님은 감무화상을 나무래듯 가로막으며 두 눈을 지그시 감았다.

일찍이 부처님께서는 보시를 할 적에는 무주상보시를 해야 한다고 가르치셨거늘, 지금 농민들이 가져다주는 보릿가마를 받아들인다면 그것은 부처님의 그 깊으신 뜻을 어기는 일에 다름아닐 터였다.

보시는 부처님의 가르침에 따라 불쌍한 중생들에게 베푸는 선행인 것이다. 즉 부처님을 대신해서 중생들에게 사랑을 베푸는 것이 보시인 것이다.

　그런데 어떤 대가를 바라는 보시나 선행은 공허한 이기심에 다름 아닐 것이다. 설혹 어떤 대가를 바라지 않았다 하더라도 타의에 의해 그 대가가 주어졌다면 그것 역시 진정한 보시가 될 수는 없을 것이다.

　그러므로 농민들의 보답이 제 아무리 순수한 것이라 할지라도 승려된 신분으로선 그 순수한 보답의 물질마저도 철저히 거부해야 하는 것이다. 그렇게 하는 것만이 부처님의 뜻을 올곧게 이어가는 것이리라.

　만암스님이 이렇게 숙연한 생각에 잠겨 있느라 잠시 감았던 눈을 다시 뜨는 순간 감무화상이 기다렸다는 듯이 한마디 했다.

　"주지스님, 농민들이 은혜에 보답하겠다고 하는데, 이 얼마나 대견스럽고 반가운 일이겠습니까?"

　만암스님은 감무화상의 말에는 아무런 대꾸도 하지 않고 단 한 마디의 말로 일축해버렸다.

　"돌려보내게!"

　"돌려보내다니요?"

　감무화상은 두 눈을 휘둥그래 뜨며 만암스님의 얼굴을 조심스럽게 살펴보았다. 감무화상으로선 만암스님의 반응이 쉽게 납득이 가

지 않았다.

"부처님께서는 보시한다는 그 생각도 없이 보시를 해야 그것이 참다운 보시라고 이르셨거늘, 이건 마치 우리 백양사에서 되돌려받기를 바라고 양식을 꾸어준 꼴이 되지를 아니하겠는가?"

"이건 그런 경우가 아니옵니다. 농민들이 자발적으로 짊어지고 온다는데, 그걸 또 어찌 되돌려보낼 수 있겠사옵니까, 스님?"

감무화상은 만암스님을 설득해보려 했다. 하지만 만암스님은 감무화상의 간청을 한마디로 묵살하는 것이었다.

"여러 소리 하지 말고, 어서 가서 되돌려보내시게! 지난번 보릿고개 적에는 양식을 나누어 먹은 것이지 결코 꾸어준 것이 아니란 말일세!"

만암스님의 지시가 그 어느 때보다도 엄했으므로 감무화상은 더 이상 말대꾸할 용기가 나지 않았다.

감무화상은 하는 수 없이 만암스님의 분부대로 산중턱까지 내려가 백양사로 올라오는 일단의 농민들을 다시금 되돌려보내려 하였다.

감무화상은 간곡한 어조로 농민들을 설득해 마을로 내려가줄 것을 부탁하였다. 그럼에도 농민들의 고집은 도저히 꺾을 수 없었다.

"아니! 우리가 은혜에 보답하려 하는데, 그걸 어찌하여 막는 겁니까!"

농민들은 막무가내로 감무화상과 젊은 승려들을 밀어젖히며 백양사로 올라가려 하였다.
이윽고 백양사에 당도한 농민들은 가져온 보릿가마를 백양사 곳간 앞에 가지런히 쌓아놓았다.
"허허, 이 사람 감무화상! 이러면 아니 된다고 일렀거늘 이게 대체 어찌 된 일이란 말인가?"
백양사 앞뜰에 농민들이 무리지어 서 있는 모습을 본 만암스님이 감무화상을 꾸짖으며 물었다.
"아무리 말려도 소용없었습니다, 주지스님."
"허허, 이 일을 어찌해야 한단 말인고?"
만암스님은 곳간 앞에 수북히 쌓인 보릿가마를 보곤 더욱 난감해지지 않을 수 없었다. 사태가 이 지경이 되고 보니 만암스님으로서도 곤혹스러운 심경을 어찌할 수 없게 되었다.
"아이구, 주지스님, 편안하셨습니까?"
만암스님이 보릿가마를 앞에 두고 어찌할 바를 모르고 있는데, 농민들이 스님에게 우르르 달려가 이구동성으로 안부인사를 올렸다.
만암스님은 여전히 난감한 안색을 숨기지 못한 채 농민들에게 일일이 합장배례를 하였다. 그러자 농민들도 두 손을 모아 예를 표하며 재차 인사를 하였다.

농민들의 굵고 거친 손마디를 본 만암스님은 가슴속 깊이 아려오는 아픔을 느껴야 했다.

오랜 세월, 가난과 굶주림에 맞서 싸워온 그 고통스런 삶의 역사가 그들의 손마디에 그대로 각인되어 있었던 것이다.

"아이구, 이거 힘한 산길 올라오시느라구 고생들 하셨소이다마는, 이러시면 아니 되는 일이니 어서들 도로 가지고 내려가시도록 하십시오."

백양사까지 짊어지고 온 보릿가마를 다시 가져가라는 만암스님의 부탁에 농민들은 일제히 언성을 높여 따져물었다. 자기네들의 성의를 받아들여주지 않는 만암스님이 자못 섭섭하다는 투이기도 했다.

"원참! 주지스님두, 대체 무슨 말씀이십니까요? 감무스님도 그러십디다만 짊어지고 온 곡식을 도로 짊어지고 가라니요, 스님?"

"고생들 하셨습니다. 그 정성들이야 내 모르는 바 아니오만, 이건 경우에 맞는 일이 아닙니다."

"경우에 맞는 일이 아니라니요, 스님? 지난 보릿고개 때 스님 은혜로 살아났으니 그 신세를 갚자는 것인데요, 스님."

"글쎄 지난번 그 양식은 우리 모두 나눠먹고 고비를 함께 넘기자는 것이었습니다. 그런데 여러분께서 이렇게 이자까지 붙여서 되갚으시면 어떡합니까?"

"원참, 주지스님도 너무하십니다요. 우리들이 아무리 무식하고 가난한 논무지렝이들이지만 사람이 사람도리를 하려고 여기까지 짊어지고 왔는데 도로 짊어지고 내려가라니요, 스님?"
"그, 글쎄 그 정성이야 어찌 이 늙은 중이 모르겠습니까? 허나……."
"원참 스님, 너무하십니다요. 우리 같은 논무지렝이들은 은혜도, 도리도 모르고 그렇게 살란 말씀이시옵니까요?"
"내 결코 다른 뜻은 없으니 섭하게 여기지는 마십시오."
백양사의 곳간 앞에선 보릿가마를 사이에 두고 뜻하지 않은 실랑이가 벌어지고 있었다. 주겠다는 쪽과 받을 수 없다는 쪽이 팽팽히 맞서고 있는 것이었다.
만암스님이 부처님의 가르침대로 무주상보시의 원칙을 고수하고 있다면, 농민들은 미풍양속의 가르침대로 사람의 도리를 내세우고 있는 셈이었다.
말하자면 승속(僧俗)간의 선의의 맞섬이었다고나 할까.
만암스님이 수십 명의 농민들과 보릿가마를 사이에 두고 본의아닌 실랑이를 벌이고 있을 때 백양사의 대중들은 이러지도 저러지도 못한 채 그저 구경만 하고 있어야 했다.
농민들이 손수 가져온 양식을 굳이 마다하려는 만암스님의 깊은 뜻을 충분히 깨달을 수 있었지만, 한편으론 농민들의 투박하지만

순수한 세속적 인정 역시 쉽사리 거부할 순 없는 노릇일 터였다.

"……주지스님이 아니었다면 우리들은 영락없이 굶어죽었을 것입니다요. 밀기울로 연명을 하다가 그것도 떨어져서 풀뿌리를 캐다가 씹고 있던 판이었는데……스님께서 양식을 가지고 내려오셔서 나눠주셨을 적에 우리는 참말로 지옥에서 부처님을 만난 것 같았습니다요, 스님."

"원, 무슨 그런 말씀을…… 양식이란 원래 나눠먹어야 하는 것 아니겠습니까?"

만암스님의 완강한 태도가 계속 이어지자, 갑자기 농민 한 명이 만암스님 앞으로 나와 무릎을 꿇으며 간곡히 사정하였다.

"오늘 우리가 지고 온 이까짓 보리로 스님의 은혜, 어찌 다 갚을 수 있겠습니까만은, 부처님께 바치는 시주로 아시고 부디 받아주십시오. 스님, 우리가 짊어지고 온 이 보리는 부처님께 올리는 시주이옵니다."

만암스님이 꿇어앉은 농민을 일으켜세우려는 순간, 수십 명의 농민들이 서로 약속이나 한 듯 일제히 무릎을 땅에 맞대며 사정하는 것이었다.

"그렇습니다, 스님. 제발 받아주십시오."

농민들이 마음을 모아 간청하는 소리가 백양사의 절 마당 안에 가득 울려퍼졌다. 그 소리에 놀란 듯 나뭇가지 위에 앉아 무심하게 지저귀던 새들이 후드득후드득 허공으로 날아올랐다.
 새들이 박차고 날아간 나뭇가지로부터 잎사귀 몇 점이 떨어졌고, 백양사 뒤편의 머언 산 속에서는 뻐꾸기 울음소리가 아련하게 들려오고 있었다.
 '오! 저렇듯 어여쁜 중생들! 어질고 착한 중생들이여!'
 만암스님은 다시 한번 마음속의 부처님을 향해 합장배례하며 드높은 하늘을 우러러보았다. 초여름의 청명한 하늘이 그의 두 눈으로 쏟아져 들어오고 있었다. 눈이 부시도록 찬란한 태양이 하늘 한가운데 자리잡고 있었다.

14
바다보다 깊은 연못

　만암스님은 가난한 농민들이 가져온 양식을 더 이상 거절할 수가 없었다. 농민들의 정성이 갸륵하고 대견스럽기도 했거니와, 부처님께 시주하는 양식이라며 억지로 떠맡기는 것을 도저히 외면할 수가 없었던 것이었다.
　무주상보시의 엄격한 원칙도 농부들의 순수한 인정 앞에서는 별다른 힘을 발휘하지 못했던 것일까?
　이때부터 만암스님은 한 가지 크게 생각한 바가 있어 다음 보릿고개 때부터는 다른 방법으로 가난한 농민들을 도울 작정을 하고 있었다.
　그 다음 해 봄, 백성들의 생활형편은 예년에 비해 더 나아진 게 하나도 없었다. 오히려 지난 해보다도 어려운 형편이었다. 이상하게도 날이 가고 세월이 갈수록 더 어려워지는 게 백성들의 삶이었다.

가진 게 없는 농민들은 해마다 봄만 되면 굶기를 밥먹듯하고, 그것을 견디다 못해 얼마 안 되는 논뙈기·밭뙈기를 팔아넘기기가 일쑤였다. 목전의 삶이 얼마나 절실했기에 그 알량한 삶의 터전이나마 팔아넘겨야 했던 것일까.

가난한 농민들은 논밭을 팔아 당분간은 이럭저럭 입에 풀칠을 하면서 서서히 죽음의 영역 안으로 이끌리어가는 자신들의 운명을 예감하는 것이었다.

그리하여 양식이 떨어지면, 그들은 결국 소작인 신세가 되어 종살이를 해야 했다.

종살이의 삶으로 전락해버리는 농민들의 수효가 늘어나는 가운데 대지주와 일본인 농장주인들의 재산은 눈덩이 불어나듯이 늘어만 갔다.

눈앞의 가난을 견디다 못해 팔려고 내놓은 논밭을 대지주나 일본인들이 마구 사들였기 때문이었다.

부자는 갈수록 더 부자가 되고, 가난한 자는 갈수록 더 가난해지게 될 수밖에 없었다.

농민들은 결국 자신들의 옛농토에서 소작인 노릇을 하게 되고, 대지주들은 농민들로부터 헐값에 사들인 그 땅으로부터 막대한 이

득을 챙기게 되었다. 더군다나 그 막대한 이득은 순진한 농민들이 허리가 휘도록 일해준 대가로 생겨난 것이었다.

　부자는 더 부유해지고, 빈자(貧者)는 더더욱 가난해지는 세상에서 소작민들의 삶은 종살이와 다를 게 없었다. 그래도 옛날의 종살이는 먹을 것 입을 것 걱정은 안 했는데, 작금의 소작인이라는 종살이는 뼈빠지게 일만 하고 제대로 먹지도 입지도 못하는 실정이었다.

　백성들의 삶이 이렇듯 철저히 소외되고 있을 때, 나라에서는 백성들의 삶을 구제해주기는커녕 오히려 백성들로 하여금 그 가난을 엄연한 운명으로 받아들이게끔 하지 않았던가.

　'가난은 팔자소관이다'

　'가난은 게으른 탓이다'

　'가난은 나라님도 구제하지 못한다' 하는 등의 일방적인 억지논리를 선량한 백성들에게 적용했던 이들도 결국 위정자들이었다.

　그 해 봄, 어느 날 만암스님은 감무화상을 불러 넌즈시 물었다.

　"여보게 감무화상, 우리 백양사 곳간에 양식은 좀 여유가 있는가?"

　"예, 작년보다는 좀더 여유가 있사옵니다."

　감무화상이 조심스럽게 대답했다.

　만암스님은 두 눈을 지그시 감고 염주알을 하나하나 어루만지듯

굴리고 있었다. 그의 염주알은 손때가 잔뜩 묻어 흑진주와도 같은 검은빛이 났다. 그것은 마치 구도자의 고색창연한 마음의 빛깔과도 같았다. 저마다 깊은 심연의 마음들이 알알이 꿰어진 큰스님의 염주. 그 염주알 하나하나에는 구도의 삶으로 점철된 그의 지난 삶의 역사가 그대로 배어 있는 듯하였다.

만암스님은 산 아래 마을들을 굽어보며 감무화상에게 말했다.

"내일부터 우리 백양사 대중들은 다시 보릿가루죽을 먹도록 하고, 나머지 양식을 따로 떼어놓도록 하시게."

"하오면 이번 봄에도 또 마을로 내려가서 나누어주시게요?"

감무화상이 만암스님의 얼굴을 살피며 조심스럽게 물었다.

"아, 아닐세. 그냥 나누어줄 게 아니라 일을 시키고 품삯 대신 양식을 주도록 하세."

"아니 스님, 우리 절에 시킬 일이 어디 있다고 그러시옵니까?"

"무슨 일이든 시키면 될 것이니 양식 떨어진 사람들을 불러모아 데려오도록 하시게."

"분부대로 하겠사옵니다, 스님."

감무화상은 만암스님의 마음속을 알 길이 없었지만, 일단 시키는 대로 마을로 내려가 일할 농민들을 불러모았다. 감무화상은 산을 내려와 농민들을 불러모으면서도 만암스님의 계획을 조금치도 알아차릴 수 없었다. 아무리 생각해도 백양사에서 농부들이 일할 것

이라곤 하나도 없을 터였다.

　굳이 있다면 채소밭 가꾸는 일밖에 없을 텐데, 그것은 이미 오래 전부터 백양사 대중들이 맡아온 일이었다. 그 외에 백양사에는 아무리 찾아보아도 마을사람들이 일할 것이 없었다.

　그런데 만암스님은 참으로 엉뚱한 일을 계획하고 있었다.

　백양사 뒤편에는 백학봉이라는 산봉우리가 있는데, 그 백학봉을 가운데 두고 좌우 양쪽에서 흘러내리는 물이 백양사 앞에서 만나 냇물을 이루고 있었다.

　두 골짜기에서 흘러내린 물이 만난다고 해서 예전에 그곳에는 쌍계루라는 누각이 세워져 있었다.

　만암스님의 계획은 그 개천에 보를 막아 물을 가둬두는 일을 농민들에게 시키고, 그 품삯으로 농민들에게 양식을 나눠주려는 것이었다.

　그 당시 만암스님이 맨 처음 막아놓은 보는 지금도 백양사 입구 쌍계루 앞에 그대로 남아 맑은 물을 담고 있어 아름다운 경치와 자비로운 스님의 마음을 후세 사람들에게까지 전해주고 있다.

　하지만 그 당시 다른 스님들은 만암스님이 어째서 보를 막았는지 그 깊은 뜻을 미처 헤아리지 못하고 있었다.

　하루는 감무화상이 만암스님에게 그 일에 대해 여쭤보았다.

　"스님, 기왕에 양식 떨어진 농가에 양식을 나누어주실 생각이시라면 차라리 일을 시키지 마시고 그냥 나누어주심이 좋지 않을런지요……."
 만암스님은 감무화상의 물음을 한마디로 일축해버렸다. 감무화상은 자못 의아스러운 표정으로 만암스님의 다음 말에 귀기울였다.
 "아닐세…… 저 가난한 중생들은 본래부터 성품이 어질고 착하니 따로 선근(善根)을 심어줄 필요가 없는 것이야. 헌데 내가 양식을 거저 나눠줌으로 해서 농민들로 하여금 얻어먹고 사는 신세가 되었다는 서글픈 마음이 들게 했고, 결국은 스스로를 업신여기는 처량한 생각이 들게 했으니 그 또한 큰 잘못이었어……."
 "하오나, 스님께서는 마땅히 농민들에게 베푸신 일이 아닌지요?"
 감무화상은 만암스님의 진의를 그제껏 알지 못하고 이렇게 반문하였다. 그러나 만암스님은 고개를 가로저었다.
 "아니지…… 일을 시키고 품삯을 주게 되면 일을 해서 벌었다는 생각으로 당당하게 살게 될 것이니 갚아야 할 부담도 없어지고 마음 편히 먹을 수 있을 것이야. 그러니 내 다시 한번 이르거니와 품삯은 좀 후하게 주도록 하시게."
 "예, 스님. 잘 알았사옵니다."
 감무화상은 그제서야 만암스님의 깊은 뜻을 헤아리곤 고개를 떨구었다.

　만암스님의 덕과 도가 이처럼 크고 높았으니, 백양사에는 도인스님 한 분이 계시다는 소문이 널리 퍼져나가게 되었다. 그 소문을 듣고 인근 이삼백 리 안팎에 살고 있던 선비와 벼슬아치, 부자들이 수없이 백양사를 찾아왔다.
　하루는 글줄깨나 읽었다는 한 선비가 만암스님을 찾아왔다.
　그는 만암스님을 만나자마자 대뜸 이렇게 물어왔다.
　"대체 불교라고 하는 교는 백성들에게 무엇을 가르치는 교이던가요?"
　선비의 물음은 너무나 성급하고 직선적인 나머지 듣기에 따라서는 오만방자한 데가 있었다. 하지만 만암스님은 선비의 방자함마저도 가련히 여겨 자상하게 설명해주는 것이었다.
　"예, 옛부터 그렇게 물으시는 분이 많았던 모양입니다만은, 그럴 적마다 옛스님들은 이렇게 대답을 해 올렸지요."
　"뭐라고 말씀입니까?"
　선비는 자신만만한 표정으로 다그치듯 되물었다.
　"예, 나쁜 짓을 하지 말고 좋은 일을 많이 해라, 불교는 그것을 가르치는 것이지요."
　"허허, 아니 그거야 세 살 먹은 어린아이도 다 아는 것인데, 불교가 겨우 그것을 가르친단 말입니까?"
　"그렇게 말씀하실 줄 알았습니다. 허면 이번에는 제가 한 가지 여쭤도 되겠습니까?"
"말씀하시지요."
 소위 글줄깨나 읽었다는 선비는 너털웃음까지 웃으며 자신만만하게 응수했다.
 만암스님이 선비의 호기스런 낯빛을 그윽하게 바라보며 물었다.
"벼슬을 하려면 어찌해야 하겠습니까?"
"아, 그거야 나라에서 시행하는 과거에 급제를 하면 되지요."
 선비는 만암스님의 물음이 끝나는 것과 거의 동시에 대답했다. 선비로선 노스님의 그런 질문이 전혀 쓸데없는 물음에 불과한 것이라 우스꽝스럽게 여겨질 뿐이었다.
 이번에는 만암스님이 너털웃음을 웃으며 응수했다.
"허허, 일구월심 글공부를 열심히 해서 장원급제 한다는 것은 세 살 먹은 어린아이도 다 아는 것 아니겠습니까?"
"그, 그야 그렇기는 하오만……대체 무슨 말씀을 하시려는 게요?"
 의기양양했던 선비의 얼굴표정이 어느덧 조금씩 굳어져갔다. 그는 아무런 대꾸 없이 만암스님의 다음 말을 기다렸다.
"나쁜 짓 하지 말고 좋은 일 많이 하라는 것이나, 일구월심 글공부를 열심히 해야 장원급제를 할 수 있다는 것이나, 이는 세 살 먹은 어린아이도 다 아는 일. 허나 여든 살 먹은 노인도 그것을 실천

하고 행하기는 어려운 것이니, 그래서 우리 불가에서는 실행하라는 뜻에서 그렇게 가르치고 있는 것이지요."

　부처님의 가르침이야말로 이 세상에서 가장 쉽고도 어려운 일일 터이다. 그 가르침 자체는 너무나 명징한 것이어서 결국 극도로 단순한 결론에 이른다. 즉 좋은 일을 많이 하자는 가르침의 결론이다. 세상에 이보다 더 간단하고 쉬운 가르침의 말씀이 어디 있겠는가? 그러나 여기에는 우리들이 간과하기 쉬운 엄청난 함정이 놓여 있다. 그 가르침을 다만 머리로써만 이해하려 한다면 우리들은 함정에 빠져들고 만다. 다시 말해, 그렇듯 알아듣기 쉬운 가르침도 실천하고 행할 수 없다면, 그것은 진실로 깨달음을 얻지 못했다는 사실이다. 그러므로 부처님의 가르침은 자신의 모든 이기주의적 자아(自我)를 벗어던지고 선행을 실천할 수 있을 때에야만 진실로 이해할 수 있는 것이다. 불교의 어려움이 또한 여기에 있는 것이다. 결국 불교는 '쉬움' 안에 '어려움'을 내포하며, '어려움' 안에 '쉬움'을 내포하고 있는 단순명쾌하면서도 오묘한 종교인 것이다.

　"아, 아이구……대사님은 과연 소문에 듣던 대로 도인스님이십니다. 몰라뵙고 큰 실례를 범했으니 용서하십시오."

　선비는 머리를 조아리고 무릎을 꿇으며 만암스님에게 큰절을 올렸다.

　만암스님의 덕망과 명성이 많은 사람들의 입에 오르내리자 백양사에는 만암스님을 직접 보러 오는 사람들의 발길이 끊이지 않았다.

만암스님은 본의 아니게 별의별 방문객들을 일일이 맞이하게 되었다.

어떤 사람은 시험삼아 묻기도 하고, 또 어떤 사람은 자기의 학문과 실력을 자랑하려고 이상한 물음을 던지기도 하는 것이었다.

하루는 신학문을 배웠다는 젊은이가 만암스님을 찾아와 물었다.

"제가 만난 스님들은 말씀예요. 걸핏하면 극락세계, 극락세계 하시던데 말씀예요. 도대체 극락세계라는 게 있는 것이옵니까?"

"그야 있다고 믿는 사람에게는 있는 것이요, 없다고 믿는 사람에게는 없겠지요."

만암스님은 예의 넉넉한 미소로 답해주었다. 만암스님의 말이 미심쩍게 여겨졌는지 젊은이가 재차 물었다.

"그럼, 스님께서는 있다고 생각하십니까, 없다고 생각하십니까?"

"그야 물론, 있다고 믿고 있소이다."

"그러면 저에게 한번 보여주실 수 있으십니까?"

젊은이가 손바닥을 펴 보이며 되물었다. 자기 손바닥 위에 당장이라도 극락세계를 내놓지 않으면 스님의 말을 믿을 수 없다는 투였다.

이번에는 만암스님이 젊은이의 손을 내려다보며 물었다.
"이것 보시오 젊은이, 지금 저 뻐꾸기 소리를 듣고 있소이까?"
"예, 듣고 있습니다."
"그럼 저 뻐꾸기 소리를 있다고 믿소이까, 없다고 믿소이까?"
"그야 분명히 있습지요."
"허면 저 뻐꾸기 소리를 나한테 보여줄 수 있겠소이까?"
젊은이는 만암스님의 물음에 다소 당황한 듯 말을 더듬기 시작했다.
"그, 그야 보여줄 수는 없습니다만……."
"허면, 그대는 마음이라는 것을 있다고 믿소이까, 없다고 믿소이까?"
"그, 그야 마음이야 있습지요."
"허면, 어디 그 마음을 내 앞에 한번 내보여줄 수 있겠소이까?"
만암스님은 젊은이에게 살며시 한 손을 내밀며 부드럽게 재촉하였다.
젊은이는 할말을 잃은 듯 의기양양하게 내밀었던 두 손을 슬그머니 다리 밑으로 가져갔다.
"이것 보시게, 젊은이. 그대는 대체 어디로 갈 것인고?"
"예? 예, 서울로 갈 것입니다."
"서울 간 뒤에는 또 어디로 갈 것인가?"

"거기서 살 것입니다."
"다 산 뒤에는 어디로 갈 것인고?"
"그, 그건, 잘 모르겠습니다……."
 젊은이는 더 이상의 대답할 말이 떠오르지 않자 어린아이 같은 표정을 지은 채 만암스님의 염주알에 무작정 시선을 고정시켜놓고 있었다.
 청년의 그런 모습이 가련하게 여겨져 만암스님은 한바탕 웃음으로 청년의 무례한 언행을 꾸짖어주었다.
"허허허허! 산길을 내려가면서 그것을 잘 알아보게."

15
고무줄 법문

　이 년 동안 연이어 닥쳐왔던 흉년이 끝나고 그 다음 해에는 풍년이 들었다. 오곡백과가 무르익는 들판 가운데 서서 참새떼들을 쫓느라 분주한 허수아비조차도 즐거운 비명을 지르는 듯하였다.
　사람들 표정에도 저마다 생기가 돌았다. 만나는 사람마다 서로 한마디씩 덕담을 주고받으며 지나치는 게 인사가 되었다.
　벼가 누렇게 익어가는 황금들판에서는 바야흐로 곡식들이 춤을 추듯이 너울거리고 있었다. 참으로 길고 고단한 세월이 지나고나니 사람들은 이제 그 가난했던 시절을 간간이 얘깃거리로 떠올리며 풍작의 기쁨을 맛보는 것이었다.
　만암스님은 다시 평화로운 세상이 돌아왔으니 백양사 중창불사를 계속 이어나가기로 결심하였다.

그리하여 어느 날은 전라도 담양 땅에 있는 국씨 집성촌으로 떠나게 되었다. 국씨 문중들이 한 촌락을 이루어 살고 있는 그곳 국씨촌에는 그전부터 백양사와 깊은 인연을 맺어왔던 만석꾼 국참봉네 집이 있었다.
"자, 자, 어서 앉으십시오, 스님. 내 그렇잖아도 일간 날을 잡아 대사님을 한번 찾아뵈려던 참이었소이다."
국참봉은 대뜸 반색을 하며 만암스님을 맞이하였다.
"이제 나이를 먹어서 그런지, 앉아도 불편하고 서도 불편하고……. 이거 매우 심기가 불편해져서 늘 마음이 뒤숭숭하니 통 갈피를 잡을 수가 없소이다 그려."
흉년이 들었을 땐 곳간 문을 활짝 열고 양식을 풀어내어 인근의 가난한 이웃들에게 나눠주었을 만큼 후덕한 인품을 소유한 국참봉이 그동안 좌불안석이었노라 털어놓으니 이상한 일이었다.
"내 그래서 대사를 찾아가려 했던 것이니 한 말씀 해주시지요. 그래, 대체 부처님께서는 재물 많은 사람을 어떻게 제도하셨소이까?"
그 말에 만암스님은 빙그레 웃으며 부처님의 말씀을 전해주었다.
"재물이 많은 사람은 자나깨나 근심걱정이 떠날 날 없다고 하셨으니, 흉년이 들면 가난한 사람이 떼거리로 몰려와서 창고를 털어갈까 그것이 걱정이요, 비가 많이 오면 재물이 물에 떠내려갈까 그

게 걱정이요, 밤이 되면 도적이 들어와서 훔쳐갈까 그게 걱정이요, 불씨만 보아도 재물이 타버리지 않을까 그것이 또 걱정이요, 벼슬아치만 보아도 재물을 빼앗아갈까 그것이 걱정이요, 나이가 들면 이 아까운 재산 어떻게 놔두고 갈까 그것이 걱정이니, 그래서 재물 많은 사람은 자나깨나 앉으나서나 근심걱정이 떠나지 않는다 그러셨소이다."

국참봉은 만암스님의 얘기가 끝나기 무섭게 자기 무릎을 탁 소리나게 치며 한탄을 하였다.

"허허, 이거 대사님 말씀을 듣고보니, 부처님이 내 심사를 두고 이르신 말씀 같구려, 그래."

국참봉은 말을 마치고 나서 땅이 꺼져라 한숨을 내쉬는 것이었다.

"내 그래도 인심 하나는 잃지 않고 살려고 그동안 어지간히 나눠주면서 살아왔소이다마는……. 대체 어찌하면 마음이 편안해질지 알 수가 없소이다."

만암스님이 자세히 살펴보니 국참봉 안색이며 몰골이 전보다 훨씬 수척해진 것 같았다.

"참봉어른, 소승 법문 한자락 들으시렵니까?"

"아 그야 듣다마다겠습니까? 어서 말씀을 해주시지요."

만암스님은 다과상이 들어오자 차 한 모금을 천천히 들이마신 연후에 입을 열었다.
 "장터에서 방물장수가 팔고 다니는 고무줄을 보셨소이까?"
 "고무줄이라니, 늘어났다 줄어들었다 하는 그 고무줄 말씀이오?"
 "예, 그 고무줄이 늘어나기만 하고 줄어들지를 아니하면 소용이 있겠소이까?"
 "그, 그야 소용이 없겠습지요."
 만암스님은 난데없는 고무줄 얘기에 어리둥절한 표정을 지으며 대답하는 국참봉에게 계속 물었다.
 "허면, 줄아들기만 하고 늘어나지는 아니하면요?"
 "그, 그것도 소용이 없겠습지요……. 아니 헌데 왜 그걸 나한테 묻는 게요?"
 "세상만사 이치와 도리가 다 고무줄과 같은 것입니다."
 도대체 선문답과도 같은 만암스님의 어려운 이야기를 국참봉이 알아들을 리 없었다. 그러나 그 이야기는 사실 조금도 어려운 이야기가 아니었다.
 "재물이란, 모으기만 하고 쓰지 않으면 고무줄이 늘어날 줄만 알았지 줄아들지를 아니하는 격이요, 또 재물을 쓰기만 하고 벌어들이지 아니하면 고무줄이 늘어날 줄을 모르는 것과 같다는 말씀이지요."

국참봉은 비로소 말귀를 알아듣고 활짝 웃는 낯이 되었다.
"아, 알겠소이다. 허나, 나도 그동안 자린고비처럼 재물을 모으기만 한 것은 결코 아니외다, 대사."
"그야 잘 알고 있습지요. 아 그동안 그만큼 적선공덕을 쌓으셨으니 가문이 이만큼 번족하시고 복을 누리시는 게 아니시겠습니까? 기왕에 좋은 마음으로 쓰실 적에는 아깝다는 생각없이 베푸시면 더욱 큰복을 누리실 것이다, 그런 말씀이지요."
국참봉은 만암스님의 얘기가 다 끝난 뒤에도 한동안 말이 없었다. 만암스님은 찻잔을 천천히 마저 비우고 나서 일어나 길 떠날 채비를 하였다.
"알겠소이다……. 오늘 대사께서 들려주신 법문, 그 법문을 듣고 나니 내 생각되는 바가 한두 가지가 아니올시다, 대사! 참으로 고맙소이다."
대문간까지 배웅을 나온 국참봉은 짧은 시간 동안 꽤 많은 생각을 했던 사람처럼 얼굴이 많이 달라져 있었다.
이런 일이 있고부터 그 유명한 만석꾼 참봉은 더더욱 후덕한 인심을 베풀어 칭송이 자자하게 되었다. 물론 그전처럼 남에게 베풀면서도 마음을 온전히 비우지 못하고 아깝다는 생각 같은 건 하지 않았다.
그랬더니 늘 좌불안석이었던 마음의 병도 깨끗이 고쳐진 국참봉은 다음 해 봄에 백양사를 다시 찾아왔다.

"에이, 여보시오 대사! 세상에 원 이런 법이 어디 있단 말이시오, 그래?"

"허허, 무슨 일로 이리 역정부터 내시옵니까?"

담양에서 귀한 손님이 왔다는 감무화상의 전갈을 받고 전각을 짓는 공사장에서 걸어나오던 만암스님은 마침 그곳에서 국참봉과 맞닥뜨렸다.

국참봉은 대뜸 백양사 중창불사 소식을 자신에게 알리지 않았음을 못내 서운해 하는 소리를 하였던 것이다.

"허허, 난 또 무슨 말씀이시라구요. 아 백양사 중창불사야 지난번 대웅전 지을 적에도 크게 도와주시지 않으셨습니까요. 노여움 그만 푸시고 자, 자, 우선 안으로 좀 드십시다요."

일단 만암스님의 안내를 받아 법당참배부터 마친 국참봉은 만암스님에게 따지듯이 묻는 것이었다.

"이것 보시오, 대사! 대체 무슨 연유로 지난번 우리집에 들렀을 적에는 일언반구 말씀조차 없으셨소?"

"무슨……말씀이신지요?"

"아 지난 가을에 말씀이외다. 게까지 오셨을 땐 할 말씀이 있으셨을 게 아니오?"

"아, 예. 그때야 거사님 만나뵙고 큰시주 한 번 하십사 말씀을 드

릴려고 가긴 갔었는데 그만두었지요."

"어찌 된 연유로 그때 말씀을 아니 했었단 말씀이시오?"

"아 그때야 거사께서 자나깨나 앉으시나서나 좌불안석이라시는데 나중에 말씀드려도 늦지 않을 일이라 그냥 돌아왔습지요. 심기가 편해진 연후에 말입니다."

그동안 마음이 편했던 탓인지 신수가 부쩍 훤해진 국참봉이 만암스님의 얘기를 다 듣고 나서 호기있게 말하였다.

"기왕에 좋은 인연 맺은 절이 바로 이 백양사이니 이번 중창불사 히는 데 나도 한 몫 단단히 내놓을 것이니 그리 아시오, 대사!"

이런저런 시주며 도움으로 백양사의 옛 전각 터에는 천왕문이며 향락전, 조사전, 칠성각, 명부전, 우화루, 벽암당 등이 하나씩 제 모습을 갖춰나갔다.

가히 십여 년에 걸친 중창불사를 통해 백양사의 위용을 제대로 갖춰놓고보니 불자들에겐 실로 감개가 무량한 대역사의 완성이었다.

그 무렵, 백양사 운문암에는 백용성선사가 머무는 중이었는데 하루는 시자를 시켜 만암스님을 보자고 하였다.

당대의 대 선지식이 만나기를 청하였으니 만암스님은 지체없이 백운암으로 올라갔다.

"그동안 세월이 하 수상해서 대중들 먹여살리기도 힘겨운 노릇이었는데 주지화상께서 그 어려운 중창불사를 보란 듯이 회향했으니 참으로 장하고 장한 일이오······."

"아, 아니옵니다······ 과찬의 말씀이시옵니다."

노스님의 칭송에 몸둘 바를 모르며 송구스러워하는 만암스님 앞에 용성선사는 소중하게 싸고 또 쌌던 깨끗한 백지를 조심스럽게 펼쳐 보였다.

"자, 보시오······. 그동안 내가 소중하게 모셔오던 부처님 진신사리요······."

"아니, 스님!"

그순간, 만암스님은 얼어붙은 듯 숨을 멈추었다. 정결한 종이 위에 영롱하게 빛이 나는 부처님 진신사리, 그것은 모든 불제자들이 한번쯤 가까이서 뵙고 싶어하는 부처님의 거룩한 보배 구슬이었다.

만암스님은 어느 순간에 화들짝 정신을 차리고는 합장한 채 부처님 사리를 향해 수없이 예를 올리었다.

"그만 되었으니 거기 앉도록 하시오."

용성스님도 합장한 손을 거두고 만암스님과 마주앉았다.

"내 이 진신사리를 어느 절에다 모셔야 할까 이곳 저곳 눈여겨보아오면서 아직 그 자리를 정하지 못했더니, 오늘에야 스님을 만나 모실 곳을 정하게 되었소······."

"……무슨…… 말씀이시온지요, 스님?"

"백양사 중창불사를 회향한 스님의 정성을 보니 이 부처님 진신사리는 스님의 손을 빌어 백양사에 모시는 게 도리인 것 같소. 이제야 내가 큰 짐을 벗게 되었소이다."

"아니, 스님……이 부처님 진신사리를 참으로 저에게…… 이 배, 백양사에 모시라 하시옵니까?"

만암스님은 자신의 귀를 의심할 정도로 커다란 감격을 맛보았다. 세상에 귀하디귀한 부처님 진신사리를 백양사에 모시게 되었으니 그 기쁨이란 이루 다 형언할 수가 없는 지경이었다.

용성스님은 만암스님의 벅찬 감동을 확인이라도 시켜주듯이 그윽한 미소를 지으며 고개를 끄덕여주었다.

만암스님은 지체없이 그 거룩한 진신사리를 봉안할 사리탑 건립에 착수하였다.

"우리 중생들은 8정도를 닦으면 누구나 다 부처가 된다고 세존께서 이르셨으니 백양사 사리탑은 8층석탑으로 설계하시게."

대개 석탑은 3층, 5층, 7층, 9층 등의 홀수층 석탑이던 것이 일반적이었는데 만암스님은 특별히 8층석탑을 조성하도록 석공에게 일렀다.

그것은 부처님 진신사리를 모신 8층석탑을 보고 이 세상 모든 중생들이 8정도를 닦아 부처가 되라는 만암스님의 간곡한 서원이었다.

  이렇게 해서 독특한 양식으로 조성된 백양사 부처님 진신사리 8층석탑은 백양사 대웅전 뒤 백학봉을 한눈에 바라보는 자리에 우뚝 솟아 오늘날에도 많은 중생들에게 살아 있는 부처님의 말씀을 전하고 있는 것이다.

16
학산스님이 숨겨온 땅문서

　만암스님은 크고 작은 일을 함에 있어 당신 혼자 독단적으로 결정하는 법이 없이 항상 대중공사에 붙이곤 하였다.
　오죽하면 당시 스님들 사이에선 '구암사에 가서 글자랑 말고, 백양사에 가서 대중공사 자랑하지 말라'는 유행어가 떠돌 정도였겠는가.
　영호당 박한영스님이 기거하던 구암사에는 그만큼 경학(經學)에 밝은 스님들이 많았고, 백양사에서는 또 무슨 일이든지 대중공사에 붙여 처리하는 게 불문율로 되어 있었다.
　만암스님은 경내에 연못 하나 파는 일에서부터 석축을 쌓는 일, 가난한 백성들에게 일거리를 만들어주기 위하여 산에 나무를 심게 하는 일에까지 백양사에서 펼치는 각종 대소사는 모두 대중공사에 부치었다. 대중공사라 함은 요즘 말로 대중회의 같은 것이다.

성미가 불 같아서 호랑이스님이라는 별호로 통했던 백학산스님의 공덕비를 세우기 위한 대중공사는 지금껏 백양사 대중공사의 유명한 일화로 남아 있다.

백학산스님은 만암스님의 사숙이기도 했었다. 워낙 성미가 까다롭고 괴팍한 데가 있었던 백학산 스님은 생전에 상좌를 두어도 사흘을 못 채우고 달아나버릴 만큼 유별난 분이었다.

그런데 오직 한 사람, 종순이라 불리우는 사미만이 백학산스님 시봉을 들며 열반하는 날까지 정성껏 받들어 모셨다.

만암스님은 사숙을 그처럼 극진히 모셔주는 종순사미를 각별히 아껴오던 터였다.

1928년 음력 4월 초엿새, 그러니까 4월 초파일을 이틀 앞둔 날이었다.

종순사미가 헐레벌떡 뛰어오며 만암스님을 다급하게 불러대었다.

"주지스님! 큰일났사옵니다요. 저희 노스님께서 몹시 위급하십니다요!"

종순사미는 거의 울상을 짓고 있었다.

"허허 이것 참 큰일 아닙니까요, 스님. 내일 모레가 초파일인데 오늘 내일 돌아가시기라도 하면……, 원참 지지리도 복이 없는 스

님이시지, 하필 이럴 때 위급하시니, 쯧쯧."

만암스님은 종순사미의 얘기만 듣고 입바른 소리를 해대는 감무화상을 점잖게 타일렀다.

"쓸데없는 소리 하지두 마시게! 학산노스님은 생불이신데 설마하니 내일 모레가 부처님 오신 날이라는 걸 모르시기야 하겠는가?"

그러나 만암스님을 모시러 온 종순사미는 고개를 절레절레 흔드는 것이었다.

"아, 아닙니다요 스님! 우리 노스님은 지금 숨도 제대로 못 쉬십니다요."

아닌 게 아니라 만암스님이 가보니 학산스님은 금방이라도 숨이 넘어갈 듯 위급한 지경이었다. 헌데 참으로 신통하게도 만암스님의 장담처럼 학산스님은 그로부터 사흘 뒤인 4월 초아흐렛날 열반에 들었던 것이다.

"이것 보아라, 종순아!"

만암스님은 노스님의 열반을 당하여 애처롭게 흐느껴 우는 종순사미를 다정한 눈빛으로 바라보았다.

"과연 네 스님은 생불이셨느니라. 이제 세상과의 인연이 다해 육신의 옷을 벗으신 것이니 슬퍼할 일이 아니니라."

"……하오나 스님."

"다른 상좌들은 사흘을 견디지 못하고 다들 떠났거니와 종순이 너는 끝까지 스님을 잘 모셨으니 그 인욕바라밀이 장하다 할 것이니라."

만암스님은 종순사미의 덕행을 치하한 후에 감무화상에게 이르길, 학산스님의 다비식을 장중하게 모시도록 하였다.

'학산스님 공덕비를 세워드려야 할 터인데…….'

다비식이 거의 끝나갈 무렵, 만암스님은 골똘한 생각에 잠기었다. 학산스님이 백양사에 바친 정성으로 보나 그 업적으로 보아서는 마땅히 공덕비를 세워주는 게 옳은 도리였다.

그때까지 만암스님은 학산스님과의 약조가 있어서 백양사 중창불사에 그분이 얼마나 큰 공덕을 세웠는지를 밝히지 않았었다.

헌데 사실은 학산스님의 큰 도움이 없었던들 백양사 중창불사는 완공을 보기 어려웠을 터이다.

대중들 앞에선 한평생 성미가 괴팍한 호랑이스님으로 군림했으며 행세 또한 유명한 자린고비였으니 학산스님은 열반한 뒤에도 그 평판이 썩 좋은 편은 아니었다.

만암스님이 공덕비 문제를 대중공사에 붙이기에 앞서 고민하는 것도 바로 이러한 학산스님의 평판 때문이었다.

누구보다도 불심이 깊고 깊었던 학산스님이었건만 생전에 후덕한 인상을 남기지 못했던 만큼 대중공사에선 이론이 분분할 게 뻔한 일이었다.

 그런 일이 생기지 않게 하려면 애초에 학산스님과 했던 약조를 어길 수밖에 없었다.
 '내가 사실을 말하는 것만이 이 백양사와 열반하신 노스님을 위해 도리를 다하는 일이거늘…….'
 만암스님은 이런저런 궁리를 해가면서 문득 십여 년 전, 백양사 중창불사를 시작한 지 얼마 되지 않았던 당시를 떠올려보았다.
 그즈음 만암스님은 공사를 시작하고도 돈이 떨어져서 무척 낙담하고 있을 때였다.
 그러던 중 하루는 저녁에 학산스님의 부름을 받게 되었다.
 "여보게, 만암! 그대가 참으로 백양사 중창불사를 기어이 이룩할 각오이신가?"
 "예, 스님. 이 생에 마치지 못하면 다음 생에라도 기어이 마치겠습니다."
 "참으로 그대가 그런 각오이신가?"
 학산스님은 몇 번이고 그렇게 다짐을 받은 연후에 이윽고 결심이 선 듯 만암스님이 깜짝 놀랄 만한 얘기들을 꺼내놓는 것이었다.
 "참으로 그런 각오라면 돈 걱정은 마시게! 그동안 내가 숨겨온 땅문서를 모조리 내놓겠네."
 "아니, 스님…….."
 천하에 자린고비 스님으로 소문났던 학산스님에게 숨겨놓은 땅문서가 있으리라고는 가까이 지내던 만암스님조차도 상상조차 하지 않았었다.
　그런데 이게 웬일인가.
　학산스님 얘기로는 백양사 인근 약수리, 수성리 일대의 반 이상이 모두 학산스님 땅이라는 것이었다.
　"그대신 내가 땅을 내놓았다는 소리는 어느 누구에게도 알리지 말게나."
　학산스님은 철썩 같은 약조를 받아내고서야 그 땅을 모조리 중창불사 시주로 희사했던 터이다.
　'그때 스님은 당신의 덕행이 여러 사람에게 알려지는 걸 꺼리셨지만 이젠 밝혀둘 때가 되었어……'
　만암스님은 생각끝에 학산스님의 올곧은 불심을 여러 사람에게 알려야 겠다는 결심을 하게 되었다.
　"내가 백학산 큰 스님의 공덕비를 세우고자 하는데 여러 대중들 의견을 묻고 싶노라."
　예상했던 대로 대중들 틈에선 웅성거리며 반대하는 소리가 들려왔다.
　만암스님은 주장자를 힘껏 내리친 연후에 대중들이 조용해진 틈을 타서 말을 이어갔다.
　"여러 대중들 가운데 백학산큰스님 공덕비 세우는 일을 탐탁치

않게 여기는 이들도 있는 것 같은데 내 오늘은 그대들에게 소상히 밝힐 것이 있어."

만암스님은 여러 대중들에게 바로 십여 년 전의 그날 밤에 있었던 일들을 빼놓지 않고 말해주었다.

"……여러 대중들, 이제야 아시겠는가? 이 백양사 중창불사를 금해스님도 도와주셨고, 담양의 국참봉, 이참봉도 화주가 되어주셨고, 수많은 처사, 보살, 그리고 청양원 암자에 살던 노보살도 화주가 되어 정성을 보태주셨지만, 학산스님이 아니셨더라면 어림도 없었을 것이야. 어찌들 생각하시는가? 학산스님 공덕비를 세움이 옳겠는가, 세우지 아니함이 옳겠는가?"

만암스님의 물음을 받은 대중들은 저마다 이구동성으로 찬성의 뜻을 전하였다.

이렇게 하여 세워진 백학산스님의 공덕비는 오늘날에도 백양사 경내 진입로 오른쪽 부도탑 옆에 잘 모셔져 있어 백양사 중창비화를 전해주고 있는 것이다.

그리하여 만암선사는 학산당의 영정을 이렇게 찬하여 읊었다.

천년의 구름속 학
한번 날면 돌산을 움직인다
신령한 새 신령한 짐승이

기수의 그늘중에 왕래하네.

(千歲雲中鶴
一飛動石山
祥禽同瑞獸
祇樹覆陰間)

만암스님은 이처럼 크고 작은 일을 막론하고 안건을 대중공사에 붙여 결정하는 분이었던 바, 오늘날로 치자면 지극히 민주적이고 합리적인 사고방식으로 대중을 이끌어나갔다.

그러므로 지금도 호남근방에서 전해오는 말이 백양사에서 공사 아는 척 말고, 구암사에서 글 아는 척 말라고 한다.

만암스님의 행장에 관해서는 그동안 기록이 빈약해서 잘 알려지지 않았으나 스님의 맏상좌이신 서옹큰스님을 비롯, 손상좌이신 백양사 주지 학능스님, 임제선원 원장 종성스님, 나주 불회사 정연스님, 포교원장을 지내신 암도스님 등 여러분의 증언과 전언에 힘입어 널리 알려지게 되었다.

근자에 와서 혹자는 불교를 일컬어 자비와 보시를 강조하면서도 사회봉사활동이 미약한 것 같다는 지적을 해오기도 한다.

그러나 만암스님만큼 빈민구제활동을 통하여 사회봉사와 자비행

을 몸소 실천하신 분도 드물 터이다.

17
사람이나 짐승이나 똑같은 게야

　백양사 개천에 보를 쌓게 하고, 연못을 파게 하고, 석축을 쌓게 하고, 심지어는 산에 나무를 심게 하는 등 가난한 사람들에게 품삯을 줄 수 있는 일거리를 만들어 제공했던 것은 만암스님만이 할 수 있는 자비행이었다.
　그런데 만암스님의 자비보살행은 인간에게만 국한된 것이 아니었다.
　스님은 공양을 들기 전에 헌식할 몫을 따로 듬뿍 떼어두었다가 공양이 끝나고 나면 그 음식을 들고 명부전 뒤에 있는 다람쥐들에게도 나누어 먹였다.
　"허허, 밀치지 말고 서로 공평히 나눠먹어라, 이 녀석들아. 병든 녀석 있거든 더 먹이구, 다친 녀석 있거든 미리 먹이구……. 그래,

그래야 이 녀석들아, 다람쥐 몸을 벗구 성불하는 게야, 응? 허허허 ……."

 만암스님은 다람쥐들을 보살펴줌은 물론 친히 법문까지 들려주었다.

 일개 미물에 불과한 다람쥐들도 만암스님의 자비로운 마음을 알았는지, 만암스님이 불쑥 나타나도 도망가기는커녕 오히려 그의 주변으로 몰려드는 것이었다.

 하루는 시자가 이 광경을 우연히 목격하게 되었다.

 무릇 산짐승들은 사람의 발자국소리만 듣고도 화들짝 놀라 달아나는 법인데, 지금 만암스님과 다람쥐는 친구처럼 정답게 대하고 있는 게 아닌가.

 시자는 그 모습이 하도 놀랍고 신기해서 스님을 향해 불쑥 나갔다. 그 바람에 다람쥐들이 놀라 달아나버렸다.

 "저어, 스님."

 "으음? 허허, 이 녀석아, 네가 그렇게 불쑥 나타난 바람에 다람쥐들이 달아나지 않았느냐?"

 만암스님 곁에는 다람쥐들이 미처 다 먹지 못한 곡식 알갱이들이 몇 개씩 흩어져 있었다.

 시자는 만암스님의 꾸중을 듣고 무척이나 민망한 표정을 지으며 물었다.

"죄, 죄송하옵니다, 스님. 하온데, 무슨 까닭으로 다람쥐들이 스님 앞에서는 도망가지 아니하고 모여드는지 그게 몹시 이상하고 신기합니다."

만암스님은 주변의 곡식 알갱이들을 주워모으며 시자의 얼굴을 빙그레 바라보았다.

"원 그 녀석, 별걸 다 신기해 하는구나. 너두 요다음에 수행을 잘 해서 마음자리가 맑디맑아지면 다람쥐도 새들도 모여들게 될 것이니라."

'마음자리가 맑디맑아지면 도망가지 않는다니?'

시자는 만암스님의 말씀을 마음속에 곰곰이 새겨보았다. 시자로선 산짐승들과도 정답게 상대할 수 있는 만암스님이 신기하게 여겨질 뿐, 그 말씀을 선뜻 이해할 수가 없었다.

"다람쥐가 다람쥐로 보이지 아니하고 네 친구로 보이면 그땐 다람쥐가 너를 보고도 도망치지 않을 것이다. 그러니 다람쥐가 네 친구로 보일 때까지 공부를 열심히 해야 할 것이야. 내 말 알아들었느냐?"

"예, 스님. 잘 알아들었습니다."

이 일이 있은 뒤에도 시자는 만암스님과 다람쥐들이 정답게 노는 것을 여러 차례 구경할 수 있었다. 그때마다 그것이 하도 신기해서 스님 앞으로 나가곤 했는데, 그러면 다람쥐들이 여지없이 달아나버리는 것이었다. 시자 쪽에서는 다람쥐를 친구로 생각하고 그리한 것인데, 번번이 다람쥐가 도망가자 나중엔 섭섭한 생각마저 들었다. 다람쥐와 친구가 될 수 있는 참선수행의 경지란 대체 어떤 것일까. 그것이 시자에게는 까마득한 산봉우리처럼만 느껴졌다.

만암스님은 다람쥐 뿐만 아니라 모든 짐승들을 사랑하고 보살펴 주었다. 만암스님이 백양사 앞마당에 모습을 나타내면 하늘을 날던 까치와 새들도 그의 발치로 내려와 앉곤 하였다.

만암스님은 까치나 그 밖의 여러 새들에게도 먹을 것을 주었다. 특히 겨울철이 되어 온 산천에 흰눈이 내려 쌓이면 절 마당 한쪽 눈을 쓸어내고 그 자리에 새들이 먹을 모이를 듬뿍 뿌려놓는 것이었다.

하루는 만암스님이 새들을 불러모으려 하늘을 올려다보고 있는데, 감무화상이 만암스님에게 다가왔다.

"아니 스님, 무얼 그리 바라보고 계시옵니까?"

"대중공양을 시키고 있는 중일세."

만암스님이 사람 하나 없는 마당에서 대중공양을 한다고 하니 감무화상이 이상스레 생각되어 되물었다.

"대중공양이라니요, 스님?"

"아, 저 새떼들 말일세. 어찌나 맛있게들 먹어주는지. 대중공양은 이래서 좋은 거야."

　만암스님은 산새들이 모이를 먹으며 즐거워한다는 것까지 읽을 수 있었다. 미물들도 대중공양의 깊은 뜻을 아는지 먹을것을 즐거이 먹어준다는 게 만암스님으로선 여간 기쁜 일이지 않을 수 없었다.
　"아 예, 스님. 저는 또 무슨 대중공양인가 했습니다요."
　"아, 사람인 우리들도 대중공양에 별식이 나오면 얼마나 맛있게 먹던가? 저 새들도 풀씨나 겨우겨우 주워먹고 연명을 하다가 잘 여문 좁쌀이며 보리쌀을 별식으로 차려주니 저리들 좋아한단 말인세."
　"아, 예, 스님, 하온데……."
　"그래, 무슨 말씀이시던가?"
　감무화상은 망설이며 얼른 말문을 열지 못하고 있었다. 만암스님에게 말하기가 곤란한 무슨 일인가가 있는 눈치였다.
　"이거, 주지스님껜 말씀을 올리지 않으려다가 하두 불길한 일이라 말씀을 드리옵니다만……."
　"불길한 일이라니, 대체 무슨 일이란 말이신가?"
　그 날, 백양사에선 전에 없이 심상찮은 사건 하나가 벌어졌다. 새벽녘에 학승 하나가 도량석을 돌다가 괴짐승 한 마리를 보았고 마침 백양사 뒤켠에선 다람쥐 시체가 발견된 것이었다.
　"뭣이라구? 아니 그럼 우리 절 근처에 살쾡이라도 내려온단 말인가?"

"아마도 그런 모양입니다. 오늘 아침에 그 짐승을 보았다는 학인 말로는 그게 살쾡이 같기도 하고 호랑이 새끼 같기도 하답니다."

"허허 이거, 범상한 일이 아니로구먼, 대중들 단단히 조심들 시키도록 하시게. 밤에는 외출을 삼가도록 하구!"

"예, 스님 분부대로 하겠습니다."

백양사 경내에 밤이면 사나운 산짐승이 내려오는 것 같다는 소문이 퍼지자 백양사 대중들은 밤만 되면 바깥 출입을 삼가해야 했다.

그러던 어느 날 밤이었다.

그 날 밤은 겨울바람이 유난히도 거세게 불어닥쳐 백양사의 풍경소리가 요란하게 울어댔다. 멀리서는 음험하고도 섬뜩한 늑대 울음소리가 들려오고 있었다.

시자는 늑대 울음소리에 신경을 바짝 곤두세운 채 잠을 이루지 못하고 있었다. 간신히 잠이 들라치면, 그때마다 강풍이 문풍지에 부딪쳐 기분나쁜 휘파람소리를 내곤 하는 것이었다.

밤새 이부자리에서 몸을 뒤척이던 시자는 어느 순간에 아주 가까이에서 들려오는 짐승 우는 소리를 들었다.

시자는 이부자리에서 꼼짝도 하지 않고 방 문 쪽으로 귀를 기울였다. 가까이에서 간헐적으로 들려오는 짐승의 울음소리는 바람소리와 멀리서 들려오는 늑대 울음소리에 섞여 더욱 괴상하게 들려오

고 있었다.

이윽고 시자는 만암스님의 방으로 살금살금 들어갔다. 만암스님을 깨울 참이었다.

"스님, 스님, 주무십니까요, 스님?"

"왜 그러느냐?"

시자가 떨리는 목소리로 만암스님을 조심스레 깨웠다.

"왜 그러느냐?"

만암스님이 마악 잠에서 깨어난 무심한 음성으로 물었다.

"저기 극락전 근처에서 산짐승 우는 소리가 들립니다요, 스님."

"그래? 그럼 내가 한번 가보아야겠구나."

만암스님이 자리에서 일어나 바깥으로 나서려 하자, 시자가 깜짝 놀라며 만암스님을 만류하려 하였다.

"어이구 스님, 이 캄캄한 밤중에 어쩔려구 나가십니까요?"

"등잔에 불부터 켜고, 저기 걸린 주장자나 이리 다오."

만암스님은 시자가 말리는 것에 아랑곳하지 않고 밖으로 나설 채비를 하였다. 시자가 만암스님을 말리며 대중들을 깨우겠다고 했으나, 만암스님은 그것을 허락하지 않았다.

만암스님으로선 산짐승 하나 때문에 대중들을 깨워 소란을 피울 필요까진 없을 터였다.

이윽고 만암스님은 주장자를 들고 밖으로 나섰다. 시자도 하는 수없이 만암스님 뒤를 바짝 붙어서서 따라나섰다.

"어이구 스님, 이러시다가 정말로 호, 호랑이라도 덤벼들면 어쩌시려구 이러십니까요?"

"호랑이는 이 녀석아! 자고로 자비문중인 사찰 경내에는 사나운 산짐승도 범접을 아니하는 법."

며칠 전 일 때문에 백양사 대중들을 조심시키도록 하기는 했으나, 만암스님은 백양사에 산짐승이 들어왔을 리는 없으리라 생각하였다. 학승 하나가 도량석을 돌다가 목격한 것도 필시 헛것을 본 것이 분명할 터였다.

만암스님과 시자가 극락전으로 가보니 뭔가 부스럭거리는 소리가 들려왔다. 이와 함께 아기 울음소리와 비슷한 짐승의 울음소리가 불쑥 튀어나왔다.

"으악!"

시자는 화들짝 놀라 들고 있던 등잔불을 떨어뜨리고 만암스님 뒤로 숨었다.

"허허 이런! 지금 우리 앞에 버티고 서 있는 시커먼 짐승, 너 이놈! 자비도량에 함부로 들어와서 소란을 피우고 다니는 네놈은 과연 어떤 짐승이더란 말이냐?"

만암스님은 극락전 앞에 버티고 있는 정체불명의 짐승을 향해 꾸짖듯 물었다. 그 짐승이 덤벼든다면 들고 있던 주장자로 내리쳐 혼

을 내줄 작정이었다.

그때 '야옹'하는 울음소리가 다시 한번 들려왔다.

"거 원 고양이 한 마리를 가지고 호랑이니 살쾡이니 소란을 피웠구나."

만암스님은 힘껏 움켜쥐었던 주장자를 슬며시 내려 잡았다.

"아, 아니옵니다, 스님. 살쾡이 소리이옵니다, 스님."

시자는 여전히 겁에 질려 만암스님 뒤에 숨어 있었다.

"아니래두, 그러는구나. 너 이놈 고양이가 분명하렸다?"

만암스님의 물호령 같은 물음에 대답이나 하듯 다시 한번 '야옹'하는 울음소리가 들려왔다. 그것은 만암스님의 얘기대로 분명히 고양이의 울음소리였다.

"그래, 그래. 이제 네가 고양이인 줄 알았으니 어서 그만 물러가도록 해라. 이 주장자로 내려치진 않을 것이니."

만암스님이 이렇게 말하자 고양이는 짧은 울음소리를 한번 더 내더니 이내 어디론가 사라져버리는 것이었다. 이렇게 해서 백양사의 살쾡이 소동은 일단락되었다.

그런데 참으로 이상한 일이 있었다.

사람 사는 마을에서나 살고 있어야 할 도둑고양이가 깊고 깊은 산속의 백양사에 나타난 것만 해도 이상한 일이려니와 그 문제의 도둑고양이가 다음날부터는 아예 나보란 듯이 대낮에도 경내를 돌아다니는 것이었다. 이 때문에 백양사에선 젊은 스님들이 도둑고양이를 잡으려고 소리치며 쫓아다니는 등 또다시 소동이 일어나게 되었다.

그 소식을 들은 만암스님은 이윽고 감무화상을 불러들여 저간의 사정을 얘기토록 하였다.

감무화상은 도둑고양이가 이곳 저곳을 휘젓고 다니는 바람에 경내가 온통 시끄러운데다가 대중들의 참선수행에 방해를 받는 것이 이만저만이 아니라고 아뢰었다.

감무화상은 만암스님이 분명 고양이를 절 밖으로 멀리 쫓아내라는 분부를 내릴 줄로 알고 있었다. 이제 만암스님의 지시만 떨어지면 대중들을 한꺼번에 동원해서라도 도둑고양이를 잡아 쫓아낼 터였다.

그런데 만암스님의 지시는 전혀 엉뚱한 것이었다.

"그 도둑고양이, 붙잡을 생각도 하지 말고, 내쫓을 생각도 말고, 먹을 것이나 넉넉히 주라고 그러시게."

"예? 아니, 하오면 저 도둑고양이를 우리 백양사에서 살게 내버려두자는 말씀이시옵니까?"

감무화상은 고양이를 내쫓기는커녕 오히려 먹을것을 주라고 하는 만암스님의 뜻을 도무지 알 수가 없었다.

"아무리 도둑고양이라도 원래 산속에서는 살지 않는 법인데, 저

녀석이 우리 백양사까지 찾아온 것을 보면 비린 음식이 어지간히 싫었던 모양이야."

감무화상은 퍼뜩 며칠 전 일을 떠올렸다. 그 도둑고양이가 비린 음식을 싫어한다면 어째서 다람쥐를 잡아먹었겠는가 하는 의심도 들었다.

"예에? 아니 다람쥐를 잡아먹은 게 바로 저 도둑고양이인데요, 스님? 말씀드리기 죄송하옵니다만, 다른 짐승은 모르려니와 고양이는 원래 살생을 업으로 삼는 짐승이라 절에서 살게 할 수는 없는 줄로 아옵니다, 스님."

감무화상이 전에 없이 완곡한 반대의사를 보이자 만암스님은 자못 자상한 어조로 설명해주었다.

"그거야 꼭 저 녀석이 그랬다고 어찌 단정할 수 있겠는가? 보아하니 전생에 절에서 살던 중생 같으니 저 살고 싶을 때까지 절밥 먹고 살도록 내버려두게. 풀만 뜯어먹고 사는 토끼나 양은 그 천성이 착하고 순하니 따로 살생하지 말라 타이를 필요도 없는 법, 업장이 두꺼워서 살생을 업으로 삼고 있는 저런 사나운 짐승은 살생하지 못하도록 제도를 해야 함이 아니던가? 사람이나 짐승이나 그렇단 말일세!

어서 가서 먹을 것이나 넉넉히 주시게!"

18
고양이에게 법문을 설하다

　만암스님의 분부가 있은 다음부터 도둑고양이는 백양사 경내를 자유로이 돌아다닐 수 있게 되었다.
　스님들은 고양이를 더이상 잡거나 쫓으려 하지도 않았고, 매일같이 먹을것을 가져다주기까지 하였다.
　고양이는 백양사 대중들이 아직도 두려운 듯 음식을 갖다줄라치면 지레 겁을 집어먹고 꽁무니를 빼곤 하였다. 그러나 젊은 스님들이 날마다 음식을 가져다주자 어느덧 스님들과 정이 들어 곧잘 따르며 스스럼없이 굴게 되었다.
　나중에는 만암스님의 방 안에까지 들어와 만암스님 무릎 앞에 앉기까지 하는 것이었다.
　하루는 이를 괘씸하게 생각한 시자가 고양이를 혼내주려 하였다.

"아니, 저 고양이놈이 어디서 버릇없이…… 주장자로 한방 치기 전에 냉큼 안 나가?"

시자가 고양이를 쫓아내려 하자 고양이는 방 한구석으로 도망을 쳤다.

"내버려두어라. 보아하니 이 고양이 녀석, 너희들 하고 함께 앉아서 법문도 듣고 참선수행도 하고 싶은 게로구나."

고양이가 참선을 한다고 하니 방 안에 있던 젊은 스님들이 일제히 웃음을 터뜨렸다.

"고양이, 네 뜻이 정녕 그러하렷다?"

만암스님이 마치 사람 대하듯 고양이에게 묻자 공교롭게도 고양이가 '야옹'하고 소리를 냈다. 흡사 만암스님의 물음에 대답이라도 하는 듯하였다.

"고양이가 스님께 대답을 했습니다요, 스님."

"허허, 그러면 고양이도 결국 여기 있는 너희 수좌들 도반이라 할 것이니라. 허면, 고양이 너는 지금부터 내 법문을 들려줄 테니 명심해야 할 것이니라."

젊은 스님들은 만암스님의 물음에 때맞춰 소리내는 고양이가 재미있어 어깨를 들썩거리며 웃었다.

고양이에게 들려주는 만암스님 법문이 시작되었다.

"고양이 너는 똑똑히 알아야 할 것이다. 우리 백양사는 자비를

첫째로 삼는 부처님 도량이니, 전생의 업장이 아무리 두텁다 해도 이 자비도량에서는 쥐를 잡아먹거나, 다람쥐를 잡아먹거나, 새를 해치는 살생을 해서는 안 될 것이요, 청정자비도량에서 주는 음식만을 먹어야 할 것이며, 결코 비린 음식을 밖에 나가 먹어서도 아니될 것이니라!"

만암스님의 말씀이 끝나자마자 고양이는 또다시 '야옹'하고 소리를 내었고, 좌중들도 또다시 웃음을 터뜨렸다.

"스님, 고양이가 스님 분부를 받들겠다 하옵니다요."

그런데 이 고양이는 참으로 신통하게도 그후로는 단 한번도 살생을 하는 일이 없었다. 쥐나 다람쥐를 잡아먹지도 않았으며, 새를 해치거나 다치게 하는 일도 없었다.

뿐만 아니라 고양이는 만암스님 곁을 한시도 떠나지 않았고, 만암스님이 출타중일 적에는 만암스님 자리를 지키고 있는 것이었다.

그러던 중 어느 해 여름, 새벽녘이었다.

만암스님 방에서 고양이의 앙칼진 울음소리가 새어나왔다. 고양이는 백양사의 식구가 된 이후 성질이 양처럼 순해져 여간해선 전처럼 울부짖는 법이 없었는데, 새벽녘에 느닷없이 괴성을 질러대니 참으로 이상한 노릇이기도 하였다.

고양이가 전에 없이 법석을 떠는데도 만암스님은 깊이 잠들어 그 소리를 전혀 들을 수 없었다.

때마침 옆방의 젊은 스님이 그 소리에 잠이 깨어 만암스님의 방으로 건너갔다.

"아이구, 이놈의 고양이 땜에 잠 한숨 제대로 못자겠네 그려."

젊은 스님은 기분이 몹시 상해 있었다. 절간의 수행자들에겐 새벽잠 한숨이 보약일 터인데, 난데없는 고양이 울음소리에 잠을 설치게 되었기 때문이었다.

젊은 스님은 고양이가 오줌을 누지 못해 그러려니 하고 방문을 열어주었다.

"자 이제, 문을 열어주었으니 어서 가서 볼일이나 봐라!"

문을 열어주었는데도 고양이는 방을 나가지 않았다. 대신, 여전히 제자리에 선 채 앙칼지게 울어댈 뿐이었다.

"너 정말 왜 이러는 거야, 응?"

젊은 스님은 고양이 울음을 그치게 할 양으로 고양이에게 다가갔다. 그런데 고양이에게 다가간 젊은 스님은 그 자리에서 소스라치게 놀라고 말았다. 한 뼘 크기도 더 되는 커다란 지네를 고양이가 앞발로 꿈쩍 못하게끔 누르고 있는 것이 아닌가.

"스님, 스님, 그만 일어나십시요. 스님 큰일날 뻔했습니다요."

"아니 이거 웬 소란이냐?"

만암스님은 그제서야 자리에서 일어나 젊은 승려와 고양이를 번갈아 쳐다보았다.

"이것 보십시오, 스님. 고양이가 지네를, 지네를 누르고 있지 않습니까요?"

"무엇이라고? 고양이가 지네를?"

고양이는 지네를 죽이지는 않고 꼼짝못하게 누르고만 있었다. 지네는 고양이 발밑을 빠져나오지 못해 그 기다란 몸통을 연신 꿈틀거렸다.

만암스님이 그 광경을 보고 쯧쯧 혀를 찼다.

"허허, 이 지네가 길을 잘못들어 내 이불 속으로 들어가려다가 고양이한테 들켰구먼, 그래."

"아이구 스님, 정말이지 이 고양이가 아니었더라면 큰일날 뻔했습니다요."

"그래, 너 고양이 참으로 수고했다. 이젠 됐으니 그 지네는 그만 나가도록 놔주어라."

만암스님이 고양이를 쓰다듬어주자 고양이는 재롱을 부리듯 조그맣게 '야옹' 소리를 내었다.

고양이가 만암스님의 말씀대로 지네를 놓아주자 지네는 방 문 쪽으로 기어갔다.

"아이구, 스님. 저 지네를 저대로 살려보내면 어쩝니까요? 잡아야지요."

"길을 잘못 들었던 모양이니 밖으로 나가면 내버려두어라."

"아, 그래두 그렇지요, 스님."

젊은 스님은 지네가 또다시 방 안으로 들어올까봐 두려웠던지 탐탁치 않아 하는 눈치였다.

"미물에 짐승인 고양이도 살생을 아니했거늘 하물며 수행자인 네가 살생을 하겠다는 말이더냐? 살생을 아니하겠다, 거짓말을 아니하겠다, 도둑질을 아니하겠다, 계를 받고 맹세를 하고, 말로는 다짐하기가 쉬운 법. 허나 단 한 가지도 참으로 실천하기는 어려운 법이니, 수행자는 모름지기 실천하는 일에 전심전력해야 할 것이니라. 내 말 알아들었느냐?"

"…… 예 스님. 깊이깊이 새기겠습니다."

젊은 스님은 만암스님의 꾸짖음에 얼굴이 붉게 달아올랐다.

한낱 미물에 불과한 고양이도 부처님의 가르침대로 살생을 하지 않았건만, 수행자인 자신은 오히려 그 미물의 방생을 막으려 하지 않았던가.

19
향 싼 종이, 생선 싼 종이

어느 해 양력으로 정월 초하룻날이었다.
"내 오늘은 급히 군청에 좀 다녀와야 할 터이니 행장을 꾸려주시게."
"아니 스님…… 오늘은 군청이 노는 날입니다요."
만암스님은 감무화상의 말에 문득 그날이 무슨 날인가를 따져보았다.
"공휴일도 아닐 터인데 군청직원들이 어찌하여 일을 하지 않는다던고?"
"예, 저……. 오늘이 왜놈들 설날이랍니다요."
"이런 고얀 놈들! 왜놈들 명절에 이 나라 군청이 왜 문을 닫아야 된다더냐?"

만암스님은 엄연히 이 나라에도 명절이 있는데 일본인들의 풍습에 맞추어 서양 설을 지내야 하는 이 나라 백성들의 딱한 처지를 생각하며 몹시 언짢은 심정이 되었다.
　그러나 때는 일본이 우리나라의 주권을 쥐고 흔들던 일제강점기 아니었던가. 만암스님은 군청행을 포기하고 대신 학인들을 거처로 불러 법담을 나누고자 하였다.
　"자, 차들 드시게. 내 오늘은 여러 대중들과 법담이나 나누고 싶으니 뭐든 묻고 싶은 것이나, 알고 싶은 것이 있으면 말해 보시게."
　죽로차를 한 잔씩 받쳐들고 모여 앉은 학인들 가운데 한 사람이 뭔가 할말이 있는 듯하였다.
　"저, 스님. 한 가지 여쭈어도 되겠는지요?"
　"그래, 무엇이든 말해보아라."
　"스님께서는 항상 저희들이나 재가불자들에게 이르시기를, 인연을 소중히 하라 말씀하셨사온데 대저 인연이란 무엇이옵니까?"
　만암스님은 그 학인의 물음에 답하기 전에 하얀 종이 한 장을 가져오도록 일렀다.
　"여기 종이가 한 장 있느니라. 비유하자면 이 종이는 인(因)이요, 씨앗에도 비유할 수 있는 것이다. 허면 연(緣)이란 무엇이냐? 그것은 물, 흙, 햇빛에도 비유될 수 있는 것이니라."
　그날따라 만암스님은 마치 자식을 앞에 앉혀두고 이야기하는 아

버지처럼 말씀이 유난히 인자하고 부드러웠다.

　빼앗긴 나라의 민족성을 지키고 이 나라 불교계의 정통성을 지켜나가기 위하여 일찍이 한일합방 직후에 청류암에다 광성의숙을 설립하였던 만암스님.

　그후로는 1922년 중국 상해에서 대장경 2백2십책을 구입, 백양사 운문선원을 개설하여 학인과 수좌를 양성하고 있는 중이었다.

　그 당시만 해도 백양사는 물론 대개의 절에 재가불자와 청정비구가 섞여 있었다.

　그것은 일본이 이 나라를 지배하면서 생겨난 풍습이었는데 많은 스님들이 이를 못마땅하게 여기었다. 하지만 만암스님은 그 제도를 못마땅하게 여길지언정 재가불자들을 미워하지는 않았다.

　그보다는 수행자들의 마음자세가 흐트러지지 않도록 늘 경계하는 것이 스님으로선 일종의 정신교육인 셈이었다.

　그러기 위하여 만암스님은 한 사찰 안에서 만난 대중들의 인연이 소중함을 강조하였다.

　뿐만 아니라 같은 도반끼리 행여 사소한 틈이라도 벌어져 서로 반목질시할 것을 염려하는 마음에서도 늘 인연의 소중함을 강조하던 터에 그날 학인의 질문을 받게 되었다.

　만암스님이 유독 인연의 소중함에 관하여 법문을 펼치게 된 데에는 이렇듯 속깊은 배려가 자리잡고 있었다.

만암스님의 말씀이 계속 이어졌다.
"이 인이란 종이는 향을 쌀 수도 있고 생선을 쌀 수도 있는 것이다. 종이가 향을 만나면 그것이 연이 될 것이요, 종이가 생선을 만나면 그것 또한 연이 되는 것이니라."
스님은 맨처음 인연에 관해 물어왔던 학인에게 다시 물었다.
"이 종이가 향을 만나면 무슨 냄새가 나겠느냐?"
"예, 향냄새가 날것입니다."
"허면, 생선을 만나면?"
"예…… 그야, 생선 비린내가 날것입니다요."
학인은 너무도 쉬운 질문에 속으로는 꽤 싱겁게 느껴졌던 모양이었다. 그뿐만 아니라 다른 학인들도 스님이 당연한 얘기만 묻는 것이 어리둥절하다는 표정으로 서로의 얼굴을 바라보고 있었다.
"다들 잘 들어라."
대중들의 그런 반응과는 달리 스님의 어조는 사뭇 근엄하기만 하였다.
"같은 종이라도 좋은 연을 만나면 향내가 나고, 나쁜 연을 만나면 비린내가 나는 것이다. 세상 모든 이치가 다 이러하니, 제 아무리 좋은 씨앗이라도 바위에 떨어지면 싹을 틔울 수가 없는 법이니라…… 알아듣겠느냐?"
그제야 대중들은 스님의 깊은 뜻이 담긴 비유를 알아듣고는 한결

같이 머리를 조아리는 것이었다.
"예, 스님. 감로법문 명심하겠사옵니다."
"여기 있는 대중들은 다같은 부처님 제자들이니 인도 좋고 연도 좋은 것이니라. 하루하루 새날처럼 여기고 일구월심하여 극락정토를 이루리라!"

만암스님은 이밖에도 하늘과 땅, 그리고 만물이 나와 더불어 한 몸임을 강조하는 법문을 학인들에게 들려주었다.
그것이 저 유명한 낙초자비〈落草慈悲 ; 낙초자비란 말은 선사가 하근기를 위하여 방편을 낮추어 쉬운 법문을 베푸는 것. 즉 풀밭에 비가 내리듯 알기쉬운 자비의 말씀이라는 뜻〉, 동근일체〈同根一體〉의 법문이다.
"하늘과 내가 둘이 아니요, 땅과 내가 둘이 아니니, 만물이 나와 더불어 한몸이니라. 땅이 병들면 곡식이며 채소들이 병들고 사람도 병드는 것이니라. 또한 아내와 남편도 둘이 아니니, 인간은 모두가 한몸인즉, 부모와 자식이 둘이 아닌 것처럼 너와 나 또한 둘이 아닌 것이니라."
만물이 나와 더불어 한몸이니 풀 한 포기, 벌레 한 마리도 함부로 밟거나 죽이지 말라 설하였던 만암스님의 법문. 이즈음 들어 절실해진 공해문제니 자연보호니 하는 얘길 접하다보면 스님 말씀이 어찌나 절실하고 부처님 말씀이 그 얼마나 큰 진리인지를 깨닫게 되는 것이다.

불가에 불이문(不二門)이라는 것이 있으니 곧 이 세상 모든 만물이 둘이 아님을 뜻하는 문이다.

지혜의 눈으로 보면 이 세상이 모두 나와 한몸인 것을 알게 되고 일체중생이며 만물을 미워하지 않고, 해치지 않는다는 것이니 이 얼마나 넓고 깊은 부처님의 말씀이런가.

"부처님도 그렇게 이르셨고 옛 조사님들도 그렇게 이르셨으니 두두물물이 다 부처요, 화화초초가 다 부처이시니 이 세상 만물을 다 부처로 보아야 할 것이니라."

대중들은 이 세상 만물과 내가 둘이 아니듯이 부처님과 만물이 또한 둘이 아님을 깨우쳐주는 만암스님의 말씀을 노랫가락처럼 외우고 다니며 그 뜻을 마음에 깊이 새기었다.

눈을 들어 돌아보니
두두물물 화화초초
모두가 부처님일세!

이렇듯 백양사의 모든 식구들이 한마음이 되어 이 세상 만물과 중생을 아끼고 사랑하는 마음을 키워나가고 있는 중에, 만암스님이

크게 노하실 일이 생겨났다.
 "이것 보아라, 저 소리가 대체 무슨 소리더냐?"
 어느날, 만암스님은 멀리 산속에서 들려오는 총소리를 듣고 시자에게 물었다.
 "예, 왜놈 포수들이 사냥질하면서 쏘는 총소리입니다요."
 시자는 진작부터 알고 있었던지 하얗게 겁질린 얼굴로 대답하였다. 만암스님은 워낙 어지간한 일로는 화를 내지 않는 분으로 정평이 나 있었다.
 하지만 이날만은 불같이 역정을 내며 냉큼 감무화상을 불러오도록 하였다.
 "이것 보시게 감무화상! 백양사 대중들을 모조리 다 풀어서라도 저 못된 사냥꾼을 붙잡아 오시게!"
 "하오나 스님…… 저들은 세도가 당당한 왜놈들인데다가 경찰서장이나 헌병대장이나 그런 자들을 배경삼고 있는 터라……."
 감무화상은 사냥꾼 쫓으려다가 오히려 백양사에 화라도 미칠까 저어하는 기색이었다.
 "허허 이 사람 지금 무슨 소리를 하고 있는 겐가? 경찰서장 헌병대장이 배경이 아니라 그런 자들이 직접 사냥질을 했더라도 냉큼 잡아오란 말일세!"
 만암스님이 전에 없이 크게 화를 내며 다그치는 데에는 감무화상도 분부를 따를 수밖에 없었다.

"자, 자! 어서 가서 저 사냥꾼을 붙잡아오자구! 주지스님이 불호령 내리시기 전에 빨리!"

감무화상은 백양사 대중들을 죄다 이끌고 나가서는 기어이 일본인 사냥꾼 한 사람을 붙잡아들이게 되었다.

"너 이놈! 네가 분명히 이 백양사 경내에서 사냥질을 했으렸다?"

백양사 대중들이 우르르 몰려 서 있는 앞에서 무릎을 꿇린 일본인 사냥꾼은 잔뜩 주눅이 들어 있었다.

"예, 사, 사 사냥을 해서 노루를 한 마리 잡긴 했지만서두…… 절 안에서 잡은 것이 아니고 저기 저 산속에서 잡았는데요."

"너 이놈! 이 백양산 일대는 모두가 사찰림이요, 이산 저산 처처에 암자가 들어앉아 있은즉, 이 일대가 죄다 백양사 경내라는 걸 몰랐단 말이더냐?"

"그, 그러면 저 큰산 전체가 다 백양산 경내란 말입니까?"

제 아무리 권세등등한 일본인이라 해도 남의 산에 들어와 사냥을 한 잘못은 아는지 만암스님 앞에선 설설 기다시피하고 있었다.

더구나 그 사냥꾼이 잡혀온 곳은 바로 수십 명의 대중들이 한데 모여 있는 백양사 경내가 아니었던가.

만암스님은 그 일본인에게 추상 같은 호령과 함께 물었다.

"너는 불살생을 계율로 삼고 있는 부처님 자비도량 경내에 들어와서 무자비한 살생을 자행했으니, 대체 너는 살기를 바라느냐, 죽기를 바라느냐?"

"그, 그야 사, 살기를 바랍니다요."

일본인 사냥꾼은 기가 질려 기어들어가는 소리로 말했다.

"그러면, 저 산속에 있는 짐승이나 새들은 죽기를 바라겠느냐, 살기를 바라겠느냐?"

일본인 사냥꾼은 말문이 막히는 듯 고개를 떨구었다.

"허면, 너는 사냥질이 직업이더냐?"

만암스님의 지엄한 호통에 사냥꾼은 더욱 기어들어가는 음성이 되었다.

"아, 아닙니다……. 그냥 취미루다가……."

"너 이놈! 더구나 취미로 살생을 해? 대체 너는 자식을 몇이나 두었더냐?"

"자, 자식은 다섯입니다요."

"그렇게 함부로 살생을 하면 죽어서는 반드시 지옥에 떨어질 것이요, 자식들은 반드시 단명할 것인즉, 자식들이 일찍 죽기를 바라느냐?"

자식 이야기가 나오자 사냥꾼은 금새 안색이 창백해지며 싹싹 잘못을 빌어대는 것이었다.

그날 밤, 그 일본인 사냥꾼은 그 벌로써 법당에서 밤새도록 참회 기도를 드리고는 이튿날 새벽이 되어서야 줄행랑을 쳤다.

그런 일이 있은 지 얼마 안되었을 때 일제의 패망을 알려오는 소식과 함께 우리나라가 광복을 되찾게 되었다.

20
눈밭에서의 알몸 담판

　백양사 주지스님으로서 만암스님이 했던 일 가운데 빼놓을 수 없는 것이 바로 조사님들을 극진한 효성으로 받들어 모신 일이다.
　중창불사로 조사전을 다시 일으켜 세운 연후에 만암스님은 맨 처음 백양사를 지었던 여환선사로부터 은사이신 취운스님에 이르기까지 모두 스물여섯 분의 조사스님 영정을 봉안하였다.
　뿐만 아니라 조사스님들 영정 앞에 만암스님이 직접 지어 올린 영찬(影讚)은 그분들의 덕적과 불심을 기려 빛내주는 명문장으로 지금껏 백양문중의 자랑이 되고 있는 것이다.

　　덕 쓰임을 누가 헤아릴까
　　낯낯이 봄빛을 띠었구나

솔바람은 장광설을 펴고
마음마음은 흰구름을 능멸하네
(德用誰禾甬量
　箇箇帶長春
　松風展廣舌
　心心凌白雲)

〈덕송스님 영찬〉

연기 사라지고 구름 걷힌 뒤에
밝은 달 밤은 깊고도 깊어
붉고 푸른 빛이 대체 무슨 빛이던고
탄연한 옛 부처 말씀이로세
(煙消雲去後
　明月夜深深
　丹碧何曾色
　坦然古佛心)

〈취운스님 영찬〉

학의 모양 높은 석장
붉은 가사 입고 면벽하여

어느해 조사가풍 떨쳤던고
한생각 성성하여 자취 끊기고
구름 걷히어 비 개인 곳에
밝은 달이 떴네
(鶴形卓錫着紅衣
　向壁何年振祖風
　一念惺惺絶痕跡
　雲收雨霽月明中)

〈경운스님 영찬〉

천년 구름 속에 한 마리 학
한결같이 날면 돌산을 움직이네
신령스런 새, 신령스런 짐승들이
보리수 그늘 아래 오고마네
(千歲雲中鶴
　一飛動石山
　祥禽同瑞獸
　祗樹覆陰間)

〈학산스님 영찬〉

이와 같은 영찬에서도 잘 나타나듯이 조사님들 모시기를 극진히 했던 만암스님에게서나 가능했던 명승부가 있었으니, 바로 조사님 영정 모셔오기 한판 대결의 일화이다.

어느 날, 만암스님은 백양사 문중의 조사이신 연담선사의 영정이 엉뚱한 절에 모셔져 있다는 것을 알게 되었다.
연유야 알 수 없으되 마땅히 백양사에 봉안되어야 할 연담선사의 영정이 산넘어 다른 절에 모셔져 있다면 만암스님이 가만히 있을 리가 만무하였다.
때는 찬바람이 매섭게 몰아치는 한겨울이었다.
"다시 한번 말씀을 드리거니와 이 절에 모셔져 있는 연담스님의 영정은 연담스님의 문손들이 법맥을 이어가고 있는 우리 백양사에 모시는 것이 도리일 터이니, 저 진영(眞影)을 나에게 내어주십시오."
산넘어 절에 찾아간 만암스님은 그곳 주지스님을 만나서 연담스님의 영정을 되돌려달라고 부탁하는 것이었으나 순순히 해결될 문제가 아니었다.
"아니 될 말씀이십니다. 저 연담스님의 진영으로 말씀드릴 것 같으면, 벌써 이백여 년 전부터 이 절에 모셔졌던 것이니 사정이야 어쨌든 어렵겠소이다."

처음엔 정중히 예의를 갖추어 거절하던 그곳 주지스님도 시간이 갈수록 언사가 퉁명스러워지는 것이었다.

그도 그럴 것이 생판 기별도 없이 들이닥친 스님이 다짜고짜 이백여 년이나 모셔오던 연담스님 영정을 내어놓으라 하니 짜증스럽기도 할 터였다.

그렇다고 해서 물러설 만암스님은 더더욱 아니었다.

"하지만 연담스님의 법맥을 이어가고 있는 우리 백양사 문손들이 모셔가는 것이 당연한 일 아니겠소이까? 내 기어이 이번 기회에 우리 조사님 영정을 모셔가야 겠소이다."

"허허, 아니 될 말씀! 나는 절대로 못 내어주겠소!"

마침내 그곳 주지스님은 안색이 붉으락푸르락해지며 언성을 드높이게 되었다. 만암스님은 더이상의 입씨름을 포기하는 대신에 한 가지 안을 내었다.

"허면, 우리 이렇게 담판을 하기로 하십시다."

"담판이라니?"

"조상을 모시는데는 그 정성이 으뜸이니, 과연 어느 쪽 정성이 지극한지, 우리 옷을 벗고 저 눈 속에 앉아서 정성을 겨뤄보면 어떻겠소이까?"

조사님에 대한 정성을 겨루어 가부를 결정하자는 만암스님의 제안은 참으로 기상천외한 것이었다.

옷을 입고 방안에 들어앉아 있어도 턱이 덜덜 떨리는 그 엄동설한에, 알몸으로 눈 속에 앉아 오래 견디는 쪽이 이기는 승부였으니 그곳 주지스님은 약간 겁에 질린 표정을 지었다.

하지만 다른 것도 아니고 조사님에 대한 정성을 겨뤄보자는 시합이었으므로 그곳 주지스님도 싫다고 할 수는 없는 노릇이었다.

"좋소이다! 그럼 우리 한번 겨뤄봅시다."

이윽고 두 스님은 옷을 벗어 부친 채 한 길이나 쌓여 있는 눈 구덩이로 들어가 앉게 되었다.

매서운 겨울바람이 두 스님의 온몸을 찌를 듯이 훑고 지나갔다.

그러기를 한 시간이 지나고 두 시간이 지났다.

이윽고 세 시간째…….

연신 저쪽 눈구덩이에서 미동도 않고 앉아 있는 만암스님의 동정만을 초조하게 살피던 그 주지스님은 온몸을 와들와들 떨기 시작하였다.

하필 그때 갑작스러운 눈보라까지 몰아치는 통에 그 주지스님은 온몸을 더욱 움츠리며 마구 재채기를 해대는 중이었다.

"이것 보시오, 만암스님! 대체 스님은 떨리고 춥지도 않으시우?"

그 주지스님은 연거푸 재채기를 해대며 만암스님 쪽을 돌아다보았다. 그런데 이게 어찌 된 일인가. 주지스님은 자신의 귀와 눈을

의심할 수밖에 없었다.

"바람소리 시원하고 춥지도 덥지도 않거늘, 어찌해서 몸이 떨린단 말이오?"

만암스님은 아주 태연한 음성으로 대답하였다.

주지스님이 자세히 살펴보니 만암스님은 마치 따뜻한 선방에서 참선삼매에 빠진 듯 가부좌를 튼 모습이었다.

"엣취! 엣취! 정말이지 스님은 지독도 하십니다요……. 엣취!"

정신 없이 재채기를 해대던 그 주지 스님은 세 시간 동안을 그렇게 있다가 마침내는 항복을 하고 말았다.

"내 만암스님 왕고집에는 두 손을 들었으니 저 진영 모시고 어서 돌아가도록 하시오!"

그 주지스님은 허겁지겁 옷을 챙겨 입고는 내빼듯이 절간 쪽으로 뛰어가는 것이었다.

"내 정성을 알아주시니 참으로 고맙소이다. 난 그럼 이 진영을 모셔갈 터이니 몸조심이나 잘 하도록 하시오."

안에서는 연신 재채기며 기침소리가 터져나왔다. 만암스님은 연담스님의 영정을 보물 다루듯이 소중하게 들고 나오며 그 주지스님에게 한마디 충고까지 해주었다.

"고뿔기침에는 오적산(五積散)이 좋을 것이오!"

이렇게 눈 속의 담판을 통해 기어이 연담스님의 진영을 되찾은 만암스님은 그 진영을 백양사 조사전에 모셔 오늘날까지 전해준 효성불심의 장본인이기도 하다.

21
법당을 불태우려거든 나도 함께 태우시오

만암스님이 이 나라 불교계의 인재양성에 기울인 노력과 정성은 진실로 각별한 것이었다.

재단법인 조선불교 중앙교무원에서 오늘날 동국대학교의 전신인 중앙불교 전문학교를 설립하였을 때, 만암스님을 교장에 추대한 것은 매우 당연한 일이었다.

만암스님은 중앙불교 전문학교에서 4년간에 걸쳐 이 나라 불교계의 버팀목이 된 후학들을 양성하는 데 진력하던 중 박한영스님의 뒤를 이어 조선불교 교정에 추대되었다.

조국광복과 더불어서는 우리 불교의 면모를 일신하고자 실질적인 불교정화운동을 시작했던 분이 또한 만암스님이었다.

해방이 된 후에 만암스님이 최초로 시도한 일은 정법중과 호법중을 가르는 일이었다.

열 살의 어린나이에 동진출가해서 평생토록 목숨처럼 청정계율을 지켜온 만암스님이었다. 그런 만큼 출가한 승려들이 계를 어기고 가정을 이루는 것을 안타까워하고 애석하게 여긴 반면, 결코 그들을 배척하지는 않았다.

"스님! 이제 해방도 되고 했으니 저들 취처 육식 음주하는 사람들은 절에서 내보내는 게 마땅한 일 아니겠습니까?"

어느 날 감무화상이 만암스님에게 은근히 재가불자들을 내쳐야 한다는 주장을 내비쳤다.

"그건 나도 알고 있네. 대처, 육식, 음주는 부처님 법에 없으니까……. 허나 저들이 오늘날 이지경이 된 것을 어찌 저들만의 허물이라고 볼 수 있겠는가. 하루아침에 저들을 쫓아낸다는 것은 온당한 일이 아니야."

그런 연후에 만암스님은 대중들을 한자리에 불러모았다.

"여기 모인 백양사 대중들은 오늘을 당하여 부처님께 참회하고 새롭게 태어난 각오로 정진해야 할 것이다……. 그동안 우리나라가 왜구들의 발 밑에 깔려 캄캄한 암흑지세월을 보냈더니 그런 가운데 우리 불교도 청정계율을 파하고 승풍이 문란하여 오늘의 부끄러운 지경에 이르고 말았어. 허나 언제까지 이렇게 부지하세월로 방치할 수는 없는 법!"

　만암스님은 그 자리에서 대중들을 두 편으로 갈라 앉도록 명하였다. 즉, 그동안 가정을 이룬 승려는 호법중이라 하여 한쪽으로 가게 하고, 청정계율을 끝까지 지킨 승려는 정법중이라 하여 또 다른 한쪽으로 갈라놓은 것이다.
　대중들 사이에 한바탕 미묘한 소란이 일어났다.
　각기 상대방의 눈치를 보아가며 공론이 분분한 대중들 때문에 장내는 시장바닥 만큼이나 시끌시끌해지는 것이었다. 만암스님은 주장자를 힘껏 내리쳐서 그 소란을 가라앉힌 연후에 말을 이어갔다.
　"정법중 호법중을 따로 가른다고 해서 파를 나누고 반목하라는 말이 아니야! 정법중은 부처님 청정계율을 목숨처럼 받들어 지키며 수행에 전념해서 확철대오, 부처님 도를 깨달아야 할 것이요, 호법중은 사리사욕을 끊어내고 가람수호와 정법중 외호에 결단코 철저를 기해서 이판과 사판, 사판과 이판의 본분에 각각 매진해야 할 것이야!"
　이리하여 만암스님은 일단 불가에 들어와서 가정을 이룬 재가불자들을 호법중으로 대우해서 부처님 제자의 소임을 더욱 정성껏 다 하도록 길을 열어주었다.
　호법중들에게는 백양사에서 운영하는 강원등의 학교를 운영하고 포교와 사무를 맡도록 하는 소임을 내리었다.
　그 무렵 만암스님은 부처님 성도일을 맞이하여 호남고불총림을 결성하고 승풍을 진작시키는 한편, 선교(禪教) 겸수의 총림을 설립하였다. 그런가하면 신식학교를 설립하는 데에도 원력을 기울였다.

이를 위하여 백양사, 송광사, 선암사, 대흥사, 화엄사 등 전라남도 5개본사의 힘을 모아 전남 광산군 송정읍에 정광중고등학교를 세우는 것으로 뜻을 굳히긴 했는데 막상 일이 쉽지가 않았다.

당시 형편으로는 절에서 세속학교를 설립한다는 게 여러 모로 힘에 부치던 때였다. 5개본사가 힘을 모은다고는 해도 재정형편이 그만그만 했으므로 선뜻 학교 세울 자금을 보태주기도 어려운 절이 대부분이었다.

"아니, 스님. 사찰에 무슨 돈이 있다고 학교를 세운다 하십니까요?"

만암스님이 틈나는 대로 이절 저절 돌아다니며 도움을 청하려 다녔는데 만나는 주지스님마다 난색을 표하는 것이었다.

"이 사람아, 서양종교에서는 선교사들을 시켜서 서울에만 해도 학교를 여러 개 세웠고, 팔도강산 곳곳에 학교를 세우고 있지 않은가? 그들은 장차 우리나라 아이들을 자기네 교인으로 만들자고 학교를 세운단 말일세."

만암스님이 아무리 신식학교의 필요성을 힘주어 얘기해도 주지스님들의 반응이 썩 좋은 것은 아니었다.

"그래도 그렇지요, 스님……. 아 신식학교야 나라에서 세워야 할 일이 아닙니까요?"

"무슨 일이든 나라에서 해야 한다, 나라에서 해줘야 한다, 그저 나라에만 미루고들 있는데 아 지금 우리나라가 무슨 힘이 있고 무슨 돈이 얼마나 있어서 하나에서 백까지 다해준단 말이던가?"

"그, 그야 그렇지요."

"여러 소리 할 것 없네. 학교를 세워 인재를 양성해야 우리 불교도 바로 서게 될 것이요, 신학문에 통달한 인재를 길러내야 나라도 부강해질 것이니 어서 이 학교설립 서류에 도장이나 찍으시게."

얘기가 여기까지 나오면 웬만한 주지스님들은 형편상 마지못해 하면서도 도장을 찍어주었다.

그러나 영 형편이 안 되는 사찰도 더러 있었으니 그런 곳은 누가 보더라도 옹색한 사정이 눈에 띄는 절이었다.

"하오나 스님. 우리 절 산하 암자는 비가 새는 곳이 한두 곳이 아니요, 끼니를 굶는 대중이 하나 둘이 아닙니다. 학교를 세우더라도 차차 세우도록 하시면 어떻습니까요, 스님?"

이렇듯 완곡하게 사정을 설명하면서까지 어려움을 호소하는 주지스님들도 만암스님의 고집을 꺾을 수는 없었다.

"이것 보시게. 부귀영화 부모형제 다 버리고 출가한 대중들이 비 맞으며 수행하는 것은 당연한 일이요, 굶기를 각오하는 것은 옛부터 내려오는 가풍이 아니던가? 학교 세우는 일이 아무리 어렵더라도 5개본사가 힘을 합치면 반드시 성사될 터이니 자넨 아무 염려 말고 도장부터 찍으시게."

"……예, 스님. 그럼 분부대로 하겠습니다."

그 누구도 엄두를 낼 수 없었던 백양사 중창불사를 십여 년 공사 끝에 회향한 만암스님에겐 불가능이 없었다.

이리하여 1947년, 만암스님의 예언처럼 정광고등학교는 세워졌고 스님은 그 학교의 교장으로 취임하게 되었다.

또한 이듬해에는 조선불교 교정에 취임하였으니 바야흐로 만암스님이 승풍정화와 시대적 교육정신을 수행하고자 적극적으로 임하게 된 때였다.

그런데 곧이어 6·25동란이 터졌으니 이 나라는 또다시 동족상잔이라는 엄청난 시련 속에 파묻히게 되고 말았다.

만암스님은 젊은 승려들을 피신하라 이르고는 가장 아끼던 제자 석호(石虎), 서옹(西翁)스님만을 데리고 영광 불갑사, 고창 문수사, 내소사, 선운사 등지로 다니며 참선수행에 들어갔다.

동란의 와중엔 온 겨레가 위기일발의 지경에 처해 있었으니 만암스님도 예외는 아니었다. 스님은 여러 차례 인민군과 빨치산들에게 곤욕을 치를 위기에 처했었는데 그때마다 농민들의 진정으로 화를

면하게 되었다.

"흉년 때마다 가난한 백성들을 구제한 스님이니 부디 저 훌륭한 스님을 살려주십시오."

이렇듯 훌륭한 스님을 두고 탄원하는 농민들의 진정엔 공산당들도 어쩔 수가 없었던 것이 인지상정일 터이다.

만암스님은 백양사를 떠나 다른 사찰에서 참선수행을 계속하던 중 국군이 서울을 수복했다는 소식을 듣고 다시 백양사로 돌아왔다.

그런데 바로 그해 겨울이었다.

"이 절에 있는 사람은 모조리 다 마당으로 나오시오!"

총소리와 함께 웬 군인들이 우르르 절간으로 뛰어들었다. 그 당시 밤에는 인민군 패잔병과 빨치산들이 수시로 출몰하던 시절이었다.

총소리에 놀란 스님들이 모조리 마당으로 나왔다. 그곳에 국군복장을 한 군인들이 휘발유 통을 들고 서 있었다.

"이 절을 이대로 두면 빨치산들이 은거지로 삼을 것이니, 그전에 불태워버리라는 상부의 지시를 받고 왔소. 스님들은 한 사람도 빠짐없이 곧바로 마을로 내려가시오!"

"아니, 여보시게, 이 백양사를 불태운다니, 그게 대체 무슨 소리란 말인가?"

만암스님의 귀엔 그 군인이 백양사를 불태우러 왔다는 말밖엔 들리지 않았다.

어떻게 지은 절이고, 어떻게 지켜온 절인데 불태운단 말인가. 참으로 기가 막히는 일이었다. 대중들은 충격으로 벌어진 입을 다물지도 못한 채 바들바들 떨고만 있을 뿐이었다.

그러자 장교복장을 한 젊은 군인이 앞으로 나서며 재차 같은 말로 설명을 하였다.

"안 되네, 이 사람아! 그동안 우리 백양사는 왜적들에 의해서 여러번 소실되었거니와 이 법당들을 일으켜 세우는데 삼십 년도 더 걸렸어! 그런데 이 법당들을 불태운다니……. 이게 대체 말이나 되는 소린가?!"

만암스님의 음성은 거의 외침에 가깝게 들렸다. 그러나 그 장교는 무표정한 얼굴로 부하들을 뒤돌아보며 딱딱한 어조로 말하는 것이었다.

"작전상 어쩔 수 없단 말입니다. 다들 준비 됐는가?"

"예! 휘발유만 끼얹고 불만 지르면 됩니다, 소대장님!"

그 소대장이라는 사내는 눈짓으로 무언가 지시를 하며 슬그머니 스님들의 시선을 외면해버렸다.

바로 그때에 만암스님이 이제껏과는 달리 매우 결연한 어조로 소대장에게 말하였다.

"여보게, 이 사람! 저 법당에 불을 지르려거든 나도 저 법당과 함께 태워 죽이시게."

말을 마치고 곧바로 법당으로 걸어들어간 만암스님은 두 눈을 지그시 감은 채 가부좌를 틀고 앉는 것이었다.

그 모습은 당장 뜨거운 불길이 닥쳐도 꿈쩍도 하지 않겠노라는 만암스님의 결연한 의지, 바로 그것이었다.

죽음도 불사하고 법당을 지켜내려는 만암스님의 의지에 압도당했던 것인지 그 소대장은 차마 법당에는 불을 지르지 못하였다. 대신 향적전에 불을 지르고 하산했던 것인데, 바로 그 옆에 파놓은 연못의 물을 대중들이 퍼다가 끼얹어 불을 끌 수 있었다.

이렇게 해서 백양사의 법당과 전각들은 6·25동란 속에서도 살아남을 수가 있었던 것이다. 십여 년도 더 지난 그 흉년기근에 만암스님이 가난한 백성들 양식거리를 대주기 위하여 만들었던 그 연못이 결국 백양사 전각을 살리게 되었으니, 이것이 바로 덕적의 결과라고 할 수 있지 않은가.

그러나 가슴 아픈 것은 그것말고도 6·25 때 백양사 앞 쌍계루가 불탔고, 청류암, 천진암, 운문암, 약사암, 청량원, 묘연암 등 여러 암자들이 불에 타는 화를 입었다는 안타까운 사실이었다.

22
앉아서 조는 듯 열반에 들다

1954년 6월 20일.

당시 교정(요즘의 종정)직을 맡아 한국불교계를 이끌어오던 만암스님 주도 하에 제13차 정기중앙교무회의가 열렸다.

이때에 만암스님은 이 나라 전체 불교교단에 네 가지 유시를 내리었으니, 이것이 곧 본격적인 한국불교정화운동이었다.

또한 이 13차 중앙교무회의에서 만암스님의 지시로 교헌이 종헌으로 바뀌고, 교정을 종정으로 개칭하게 되었는데 만암스님은 회의 결과 만장일치로 대한불교조계종 종정으로 추대되었다.

만암 종정스님이 주도가 되어 벌인 불교정화운동의 그 첫번째는 이판과 사판승 동조병행의 미풍을 현양하라는 것이었다.

둘째로는 중앙교단의 재정을 확립해야 할 것이며 총무원을 세워

육성시키라는 것이었으며, 셋째가 교풍정화, 넷째로는 사부대중의 화합이었다.

그런데 이 네 가지 유시 중 바로 첫번째 사항인 이판과 사판승 동조병행령을 놓고 이나라 교단은 강경론과 온건론으로 크게 엇갈리게 되었다.

불교정화운동의 시행에 앞서 강경한 입장을 고수하고 있던 한쪽에서는 왜색 불교의 산물인 재가불자들을 인정하려 들지 않았던 것이다.

"기왕에 불교정화운동을 벌이려면 왜색승려는 모조리 절 밖으로 몰아내야 합니다. 그래야만 불교정화가 제대로 될 것이오!"

이러한 강경론자들의 주장은 해방 후부터 주욱 논의되어오던 것인 바, 언젠가는 짚고 넘어가야 할 이 나라 불교계의 큰 과제였다.

사판승이란, 절에서 사무나 경리 등의 일을 맡아 처리하는 승려들을 가리키는 말이었으니, 만암스님은 한때 계율을 어기고 재가불자가 된 이들을 잘 제도하여 사판승으로 활용하고자 하였다.

이것은 참으로 한 사람의 낙오된 불자라도 버리지 않고 구제하려는 만암스님, 효봉스님 등 온건파들의 어진 관용이었다.

"일제치하의 그 어지러운 세태의 희생물이기도 한 재가불자들을 당대에 한하여 승려자격을 인정해주고자 함은 저들 또한 부처님의 제자이기 때문인 것이오. 저들에게도 불교중흥에 기여할 수 있는

기회를 주는 한편 점진적으로 독신비구, 비구니 승단을 만들어나가야 합니다. 이는 수행승과 교화승이 화합해서 승풍을 진작시키고 선풍을 드날리며 또 한편으로는 교단을 합리적으로 운영해나가자는 말이오!"

한 사람의 불제자라도 잘 제도하여 전날의 과오를 참회할 기회를 주고자 재가불자들을 옹호하는 입장에 섰던 만암스님의 뜻은 갈수록 강경파들의 반발을 사게 되었다. 이런 양상은 급기야 종파분규라는 엄청난 국면으로 치닫게 되었으니, 강경파 쪽에서 느닷없이 종조를 바꿔버린 것이었다.

그동안 우리나라 불교는 태고 보우스님을 종조로 모셔왔던 바, 강경파 스님들이 어느날 갑자기 지눌 보조스님으로 종조를 바꾸겠다 선언해버렸다.

불교정화운동을 둘러싸고 벌어진 이 갑작스런 사태에 접한 만암스님의 상심은 이만저만이 아니었다.

"허어……. 세상에 원 이런 괴이한 일이 있을 수 있단 말이더냐? 종조를 바꾸는 것은 환부역조(換父易祖)이니, 아버지를 바꾸고 조상을 거역하는 망발이거늘……."

백양사 주지스님 시절부터 조사님들 모시기를 극진한 효성으로 받들었던 만암스님이었으니, 근 8백 년을 모셔온 종조를 바꾼다는 것은 도저히 용납할 수 없는 일이었다.

"내 이런 천하에 고약한 종단에서 함께 있을 수 없다! 허허, 고얀지고……."

"진정하십시오, 스님……."

종정스님의 대노하시는 모습을 접한 제자들은 몸둘 바를 몰라했으나 이미 스님의 뜻은 굳어질 대로 굳어진 뒤였다.

"소용없는 소리! 종정이고 뭐고 다 때려치우고 내려갈 것이니 어서 행장이나 꾸려라! 에이……. 천하에 고약한 것들! 세상에 원 환부역조를 하다니 이게 말이나 되는가!"

종정으로 취임한 뒤 불교 교적부를 승적부로 바꾸고 곧바로 불교정화운동을 펼쳐나가고자 했던 만암스님의 뜻은 이리하여 중도에서 무산될 수밖에 없었다.

강경파들이 종조를 바꾼 데에 크게 진노하신 만암스님은 그길로 종정자리를 미련없이 내버린 채 백양사로 돌아가버린 것이다.

이때가 1955년 8월.

백양사로 돌아온 만암스님은 이후로 종단 일에는 일체 관여하지 않은 채 후학지도에만 전념하게 되었다.

멀리서 뻐꾸기 우는 소리가 아련하게 울려퍼지고 경내의 은은한 범종소리가 대중들의 경 읽는 소리와 어우러져 사방의 평화로움이 거룩함마저 띠게 되는 어느 봄날이었다.

만암스님은 손상좌 한 사람을 조용히 거처로 불러들였다.
"나는 열 살에 이 백양사에 들어와서 여기서 철이 들고 여기서 늙었느니라."
"예, 스님……."
세속 나이 여든 살을 넘기신 노스님 만암은 잠시 지나온 세월을 더듬어보듯 먼데 허공을 응시하고 있는 것이었다.
만암스님의 손상좌가 듣기에 그날따라 스님의 음성은 꿈꾸듯이 아련한 어조를 띠고 있었다.
"……내 은사스님이 열반하실 적에 나한테 물려주신 것은 쓰시던 붓 한 자루, 그리고 손때 묻은 자경문 한 권이었다."
"……예, 스님."
"그후 재산 많은 노스님들이 논 일곱 마지기를 물려줄 테니 내 상좌해라, 논 열 마지기를 물려줄 테니 내 상좌하자 그러셨지만, 나는 결코 스승을 바꾸지 아니하였다. 아버지가 비록 가난하고 못났더라도 아버지를 바꾸고 조상을 바꾸는 것은 사람의 도리가 아니기 때문이다."
"예, 스님."
만암스님은 손상좌에게 이렇듯 뜻깊은 가르침을 내리고는 더이상 아무 얘기도 않은 채 묵묵히 염주알만 굴리는 것이었다.
단아한 체구에 맑디맑은 눈빛만이 청정비구 노스님의 주변을 가

일층 거룩한 기운으로 감돌게 하는 것만 같았다.

 봄날이 가고 여름 가을이 지나 그해 겨울이 되었다. 만암스님은 어느날 문도들을 불러 큰방에 모이게 하였다.
 "나, 사흘 후에는 옷을 벗어야겠다."
 "아니 스님, 무슨 말씀이시옵니까? 아직도 정정하신데요."
 문도들 가운데 만상좌 석호·서옹스님이 황망히 머리를 조아리며 적이 민망한 표정을 지었다.
 옷을 벗는다 함은 만암스님이 이제 곧 열반에 들 채비를 한다는 뜻이었으니 제자로서 당연히 그러할 수밖에 없었다.
 만암스님 비록 세속 나이 팔십을 넘기었으나 특별한 병세가 없다는 건 모든 제자들도 알고 있던 터였다. 하지만 만암스님의 음성은 이미 이승의 모든 것을 초월한 듯한 어조를 띠고 있었다.
 "이것 봐, 석호! 사람은 누구나 옷 벗을 때가 되면 벗어야 되는 게야. 나 죽거든 간단하게 화장을 해."
 석호·서옹스님은 그제야 그 자리가 만암스님의 유언을 남기려는 자리인 줄을 깨닫게 되었다.
 "하오시면 스님······. 행여라도 못다 하고 가시는 일은 없으신지요?"
 "우리 불교가 수행승 종단으로 가야 하는 건 틀림없으나, 분규가

있어서 자칫하면 손해가 클 것이야……. 그것이 아쉽고 걱정이구면."

그러하신 후 만암스님께서는 그 사법제자인 서옹(西翁)스님〈그때는 석호(石虎)스님〉께 이러한 전법게를 내리시었다.

백암산 위 한 사나운 범이
한밤중에 돌아다니며 사람을 다물어 죽인다
삽히 맑은 바람을 일으키며 날아 울부짖으니
가을하늘에 밝은 달빛은 서릿발처럼 차가웁다
(白岩山上一猛虎
 深夜橫行咬殺人
 颯颯淸風飛哮吼
 秋天皎月冷霜輪)

석호(石虎)라는 제자의 법명이 어울리는 이와같은 게송을 서옹스님에게 주시고 말후사를 정녕히 부촉하시었다. 만암스님께서는 서옹스님을 회중의 보물처럼 일상 애중히 여겼다. 그리하여 백양사에서는 석호스님하면 도속간에 백양사의 상징으로 숭앙의 대상이 되었다. 한말로 하여 만암스님의 만상좌 서옹스님은 명실상부 지금 조계종단에서 임제조사선(臨濟祖師禪)의 최고봉이기도 하다.

"저희들에게 분부하실 말씀은 없으시옵니까, 스님?"
이에 만암스님은 좌중의 문도들을 한 사람씩 차례로 자애롭게 바라본 연후에 그들에게 남길 마지막 말씀을 내리었다.
"……수행을 근본으로 삼고 각자 맡은 바 소임을 착실히 하면, 바로 그것이 내 뜻을 따르는 게야."
"예, 스님…… 명심하여 받들겠사옵니다."

다음날 만암스님은 시봉을 맡고 있던 손상좌 학렴스님을 다시 거처로 불렀다.
"나 좀 부축해서 여기 이 골방 문 좀 열어라."
"……예, 스님."
만암스님은 골방에 들어가서 학렴스님에게 궤 속에 든 물건들을 하나하나 다 꺼내놓도록 하였다.
그곳엔 만암스님이 일생을 두고 쓰던 지필묵이며 경책, 그리고 낡은 옷가지들 몇 점이 들어 있을 뿐이었다.
"……이건 서옹한테 주고, 이건 월하한테 전하고…… 또 이건 정열이, 영옥이, 그리고 이건 원주 주고, 가만, 그래 이것은 공양주한테 전하고……."
만암스님은 이렇듯 물건을 죄다 꺼내어 그것들의 임자를 정해주는 것이었다.

"왜 이렇게 물건들을 죄다 나누어 주십니까요, 스님?"
"인석아, 마지막 입는 옷에는 주머니가 없어. 담아가지고 가려고 해도 소용없는 일인 게야……."
스님은 물건을 정리하시다가 문득 손상좌의 얼굴을 쳐다보았다.
"가만, 학렴이 너는 무엇이 갖고 싶으냐?"
"아, 아니옵니다. 스님. 저한테는 아무것도 안 주셔도 괜찮습니다요."
그러나 만암스님은 방바닥에 펼쳐진 물건들을 이리저리 헤쳐가며 손상좌에게 줄 마땅한 선물을 고르던 중, 문득 한 가지를 집어들었다.
"아, 여기 추사병풍과 염주가 있구나. 학렴이 너는 이게 좋을 것이다. 자, 어서 받어 인석아."
"…… 예, 스님. 고맙습니다."
만암스님은 어디 좋은 데 여행이라도 떠나는 것처럼 평온하기 그지없는 얼굴이었다. 눈물을 떨구며 은사스님의 유품을 받아든 제자 석호·서옹스님과 손상좌들의 마음 한 구석은 그러나 못내 복받쳐 오르는 슬픔을 감당해낼 수 없는 지경이었다.

"밖에 아마도 눈이 오는 것 같구나. 어디 문을 좀 열어보아라."
다음날 아침, 제자는 만암스님이 이르는 대로 문을 열어드렸다.

과연 밖에는 함박눈이 펑펑 복스럽게 내리고 있었다.
"저렇게 눈이 오면 명년 농사가 풍년 들겠구나……."
만암스님은 수북이 내려쌓이는 눈발을 내다보며 이내 흡족한 미소를 지었다. 바로 그때에 어디선가 디딜방아 찧는 소리가 들려왔다.
"헌데 저건 디딜방아 찧는 소리 아니냐?"
만암스님은 후손들을 돌아다보며 물었다.
"그래, 눈 오는 날 무슨 방아를 찧는다더냐?"
"예, 스님. 대중들이 찹쌀가루를 찧어서 튀김하려고 그런답니다."
"찹쌀가루 튀김……. 거 아주 맛있겠구나. 이것들 보아라……너희들……."
"예, 스님."
"나 손발 씻고 옷 갈아입어야 겠다."
그날 저녁 만암스님은 손발을 깨끗이 씻고 가사장삼을 새로 갈아입은 연후에 많은 제자들과 함께 죽로차를 마셨다.
"……과연 우리 백양사 죽로차 맛이 제일이구나……지금이 몇 시더냐?"
이윽고 제자들이 지켜앉은 가운데 죽로차 한 잔을 맛있게 들고 난 만암스님은 그윽한 눈매로 대중들을 둘러보았다.

시간은 어느덧 밤 열한 시 반이었다. 제자 서옹스님이 시간을 알려주었더니 만암스님은 조용히 눈을 감으며 나직한 음성으로 말하는 것이었다.

"그래…… 그러면 갈 때가 되었구나……."

대중들이 지켜보는 가운데 앉아서 조는 듯 눈을 감은 만암스님은 그대로 열반에 들었다.

"스님! 스님……."

제자들이 아무리 간절하게 외쳐도 만암스님의 감겨진 두 눈은 다시 떠지지 않았다. 밖에는 함박눈만 소리없이 내려 만암스님이 생전에 그토록 위하고 보살펴주었던 가난한 농민대중에게 돌아올 풍년을 예고하고 있을 뿐이었다.

이날이 음력 섣달 열나흗 날이었으니 스님의 세수 81이요, 법랍은 71세였다.

속가의 어머니로부터 무병장수의 원을 받들어 잇고자 불가에 들어온 지 어언 칠십 년의 세월이 흘러 만암스님은 마침내 영겁의 세월을 사는 길로 들어섰으니, 백양사 대중들에 의해 장중한 의식(儀式)으로 모셔졌다.

만암스님을 흠모하는 수많은 대중들과 제자들의 흐느낌 속에 다

비장에서 다비식을 마치니 영롱한 사리 8과가 나왔다.

스님의 한생애처럼 맑고 영롱한 8과의 사리는 백양사와 제주도 사라봉 보림사 두 곳에 사리탑을 세우고 봉안되었다.

만암스님의 문하에는 이제껏 종정을 지낸 바 있는 사법제자 서옹스님을 비롯하여 주봉스님 등 유수한 제자들이 많이 배출되었고 기라성 같은 손상좌들이 그 찬란한 백양사의 법맥을 이어가고 있다.

동진출가의 청정비구로 불가에 들어와 계율 지키기를 목숨보다 귀하게 여겼던 만암스님의 드맑은 수행족적은 오늘날에도 여러 수행자들의 귀감이 되어 내려오고 있다.

그렇다. 만암스님의 유훈처럼, 사람이 이 세상을 떠날때, 마지막으로 입는 옷, 수의(壽衣)에는 주머니가 없다. 사랑도, 돈도, 땅도, 집도, 명예도, 감투도 담아가지고 갈 수가 없다. 아아, 그런데도 우리 어리석은 중생들은 오늘도 탐욕의 불길에 싸여 있구나.

꾸밈도 보탬도 없는 위대한 삶
― 만암대종사 전기소설 해제 ―

　도량이 뛰어난 견성 도인이 근기가 하열한 중생의 현실을 잘 살펴 제도의 방편을 훨씬 낮추어 쓰는 것을 낙초자비(落草慈悲)라고 한다.
　윤청광 선생이 만암대종사의 이 전기체의 글을 쓸 때에 만암대종사의 일생 이렇게 베푸신 낙초자비 방편의 위대한 행리(行履 : 행적)에 대하여 위아래 없이 아래로는 저 국민학교 초년생까지라도 알게 하기 위하여 쉽디쉽게 쓴다고 몇 번이고 말한 것이 이 전기소설이다. 물론 쉽게 쓴다는 것은 같은 내용을 누구나 알아듣기 쉽고 이해하기 쉽게 쓴다는 것이지 내용을 대강 소략하고 옅게 취급한다는 말이 아니다. 그도 그럴 것이 우리 불교가 지금 법말(法末)의 시기에 당하여 차츰 위축되어 가고 있는 상황에서 온갖 이단사

설이 횡행하고 실속없는 명자(名字) 도인들이 판을 치는 이 시기에 만암대종사의 이 실다운 행리에 대하여 한 사람이라도 더 알게 하여 불교를 넓히고 새로 일으켜야 한다는 생각은 참으로 뜻깊은 일이 아닐 수 없다.

만암대종사의 일생 행리에 대하여는 백양사의 측근에서 구구히 듣는 것도 좋지만 그의 사리탑비문(舍利塔碑文)을 보면 일목요연하게 누구나 잘 알 수 있다. 이러한 큰 비문들을 볼 때에 예나 지금이나 허장성세로, 없는 조상의 행적을 꾸며 남의 이목을 도호하는 폐단이 없지 않으니 윗대의 정안종사(正眼宗師)의 어록이나 유문을 볼 때에 이러한 폐단을 지적한 말씀을 자주 본다.

예나 지금이나 인심 세태는 비슷한 모양이다.

만암대종사의 사리탑비문을 보면 글이 길지도 않고 짧지도 않고 사화(詞華)가 지나치게 재주부린 것도 없고 허식없이 사실 그대로를 간결명료한 문장으로 핍진하게 쓴 글임을 누구나 보면 알 수 있다. 이러한 글을 숙속지문(菽粟之文 ; 숙속이란 콩과 조로 일상 콩 씹듯, 조밥 씹듯한 그저 보통 먹어서 좋은 음식임을 말한 것으로 문장도 그렇다는 뜻)이라고 하여 쉽고 실다운 글을 잘 표현한 말이다.

그러면 만암대종사의 높으신 행리를 그의 사리탑비문을 중심으로 역시 쉽고 총괄적으로 좀 자세하게 알아보기로 하자.

"계, 정, 혜는 불교의 삼학이니……중략……반드시 계율을 엄정하게 조철히 하여 정과 혜가 쌍으로 밝은 후에라야 가히 도를 말할 수 있다. 그 누가 능히 그러했던고. 오직 우리 만암대종사이시다(夫戒定慧者佛之三學也……中略……必嚴淨毗尼定慧雙明而後可以語於道也其孰能之唯吾師乎)."

과연 그렇다. 정과 혜가 밝지 못하면 누가 도인이라고 할 것인가. 만암대종사의 일생의 여러 위대한 행리 가운데에서 다른 것은 그만두고라도 일생동안 대중 처소에서 대중과 같이 숙식을 하며 기거하시고 절대로 뒷방생활을 하지 않으신 것 한가지만 보더라도 그의 일생 행리를 대략 짐작하고 남음이 있다. 그러므로 비문에는 "뜻 세우심이 확고하고 몸 갖으심이 바르고 진리 보심이 밝고 일 처리하심이 자상하여 업적을 남기심이 많았다(師之一生志確持身正見理明處事詳故多樹立焉)"고 하였다. 그 구체적인 내용으로는 또 비문에 "뒤에 사는 사람으로 하여금 방장의 편안함이 있게 하고 공양의 배부름이 있게 하고 교장이 된즉 교육으로 하여금 발전이 있게 하고 이사가 된즉 재단을 완성케 하여 무릇 하시는 일이 다 훌륭하게 성취하시니 이는 비유컨대 공자가 회계산림을 맡았을 때에 심지어는 소나 염소까지 잘 보살펴 살찌게 했음(使後之居者有方丈之安伊蒲之飽爲校長則使教育發展爲理事則使財團完成凡有所莅皆克有猶是就孔子之會計當而牛羊茁長也)"과 같다. 이는 요사이 절

집에서 흔히 쓰는 이판(理判) 사판(事判)이니하여 그저 사업에만 능한 사판승 따위의 말로 쓴 말이 절대로 아니다. 비록 방외의성인 (方外之聖 ; 불교 이외의 성인)이라 하더라도 공자의 말을 빌어 은유한 것으로 보면 그야말로 만암대종사는 이렇듯 참으로 이사에 원융(理事圓融)하고 종설이 겸통(宗說兼通 ; 말과 행동이 같음) 하신 분이다. 그렇다, 대인은 능소능대하며 사리 물정에 통달한 것이다(大人能小能大能調物情). 그러므로 그의 열반시에 허경명월(虛鏡明月)이란 스님은 이렇게 만시(輓詩)를 읊었다.

"인연 따라 바다의 동쪽에 태어나니,
금옥 같은 정기에 눈도 빛나네.
정기는 하늘 땅 삼계의 달로 화하고,
의리는 해와 달 같아 한 종풍이 빛나네.
원명한 참 성품은 생각 밖에 두루하고,
죽이고 살리는 큰 기틀은 마음 가운데 임의롭다.
들으니 보리의 꽃이 정히 다시 피었다 한다.
인천이 한 가지로 법왕궁에 받들어 모시도다."
(隨緣誕降海之東
　幻玉幻金瞳色同
　精化乾坤三界月

義輝日月一宗風
圓明眞性遍想外
殺活大機任意中
聞道菩提花正發
人天共戴法王宮)

이글은 만암대종사를 단적으로 잘 표현한 글이다.
또 김포광(金包光) 선생의 만암대종사의 영찬(影讚)을 보면 이러하다.

"여래의 설을 다 보시고,
조사의 뜻을 깨치시었다.
만암당이 한 번 할하니,
다시 태고의 선풍이 일어난다."
(覽盡如來說
悟得祖師意
曼庵堂一喝
再興太古禪)

이 영찬도 역시 간략하면서도 만암대종사의 면모를 잘 표현한 글이다.

 요즈음 돈·점(頓·漸) 논쟁은 차치하고라도 보조선사의 정혜결사문을 보면 "말법시대에 사람이 마른 지혜가 많아 괴로운 윤회를 면치 못하니 뜻을 낸즉 허궁에 의탁하고 말을 낸즉 분수를 넘어 남의 머리 위로 가며 지견이 편벽되고 말라, 아는 것과 행동이 같지 않다……중략…… 그러므로 무애자재의 행을 본떠 몸과 입이 단정하지 않을뿐더러 또한 마음 쓰는 것이 의곡 되어 감정에 치우쳐 도무지 지각이 없다(末法時代人多乾慧未免苦輪運意則承虛托假出語則越分過頭知見偏枯行解不同……中略……效無碍自在之行非唯身口不端亦乃心行迂曲都不覺知)"고 하였다.

 이 글을 보면 그때의 절집 사정도 족히 짐작이 간다. (독자는 돈·점 논쟁과 관련하여 이 글을 보지 말기 재삼 바란다) 하물며 근 천년 후의 오늘의 말지말법(末之末法)의 시대에서랴.

 오늘날 자격도 없는 사람들이 사자좌에 올라 대망어죄(大妄語罪)에 걸리는 도인은 없는지 모르겠다. 그러므로 부처님께서는 말법시대에는 명자도인이 많다고 하였다. 그리고 또 비문에 그의 수행 공력을 말하면서 "아무리 피곤하고 몸이 아프다 하더라도 앉아서 날을 샌다(雖有行役之憊委席之痛必中夜而起趺坐達曙)"고 하였다.

 백양사의 가풍은 반선반농(半禪半農)을 고창하는 즉사즉리(卽

事即理 ; 이와 사가 곧바로 하나임)의 청백가풍으로 조석 예불후면 전 대중이 꼭 참선 수행을 한다. 만암대종사는 명실상부 아무리 고달프고 몸이 불편하시더라도 앉아서 날을 새우며 수행을 하신 분이다.

그리고 그분의 유적이 별로 많지는 않지만 그의 문집을 통해서 보면 첫째 위에 소개되어 있는 그의 영찬에서 보는 바와 같이 선과 교에 달통한 것을 여실히 알 수 있으며, 그의 오도송(悟道頌), 전법게(傳法偈)와 여러 선사들의 영찬과 여기 저기에서 지으신 게송 시구와 많지는 않지만 사제간 도반끼리 오고간 서찰, 백양사 불사리탑비문, 자서약전(自叙略傳), 불전교장시에 내리신 유시법어와 간략한 상당 법문을 보면 선 하는 분들로서는 보통아닌 하기 어려운 일로 문장이 모두 규격에 잘 맞고 핍진하여 물샐 틈이 없으며 방할교치(棒喝交馳 ; 방망이와 할 소리가 오고감)와 살활자재(殺活自在)한 선지는 당대의 선지식으로서 대 종장의 면모가 약여하다. 자서의 약전은 일호의 가식과 은폐가 없는 걸작으로 요즈음의 도인들에게는 거의 볼 수 없는 천진 그대로이다.

이렇듯 모든 면에 역량과 재덕이 출중하시면서도 그저 그것으로 능사를 삼지 않고 어디까지나 자기의 분내(分內)에서 각하를 조고하고(脚下照顧 ; 자기 발아래의 선곳을 비춰본다는 것) 입처와 실지에 착각하여(立處實地着脚 ; 말과 실천이 같음) 훌륭하게 이루심이 많은 공적을 볼 때에 요즈음 맹방맹할(盲棒盲喝 ; 거짓몽둥이 거짓할소리)을 휘두르고 방안에서만 살활(殺活)화두를 일삼는 광간무실(狂簡無實 ; 뜻만 커서 실속없이 무능력함)한 실속없는 도인들에게는 정상일침(頂上一針 ; 이마위에 침 찌르는 것)과 액하맹방(額下猛棒 ; 뺨아래에 몽둥이질 하는 것) 아닐 수 없다.

참으로 만암대종사는 행해가 상응(行解相應 ; 행동과 아는 것이 같음)하는 대종장이시다.

또 비문에는 이런 말이 있다.

"발우를 들면 까막 까치가 날아들고 설법을 하면 노루 사슴이 와 듣는다(至若除飯而叅 鼠撒糠而飼魚擎鉢而烏鵲飛集說法而麋鹿來聽)"고 하였다. 이 말도 거짓 없는 사실이다. 백양사 절마당에는 연못을 파 늘 고기를 먹여 기르고 노루새끼가 도량안에 들어와 대중의 설법장에까지 드나든 사실이 있어 노루를 키우다 산으로 돌려보낸 일이 있으며 다람쥐와 도둑고양이까지도 감화시켜 길들여 길렀다. 이토록 만암 대종사의 자비심은 미물에까지도 미친 자비원력의 보살이시기도 하였다.

끝으로 만암대종사의 정화이념과 실천방안에 대하여 간단히 언급하기로 한다.

비문의 명에 보면 "계는 얼음장 같이 차고 맑다(戒如氷淸)"고 하였다.

    그렇다. 요즘 절집에서 흔히 말들을 수 있는 어떤 조금치의 하자도 없는 분으로 그분은 청정 동진(童眞)이요, 시종 청정 비구이시다. 원래 자기 속이 실다운 사람은 남을 관대히 용서할 줄 아는 것이며 그 당시 이와같은 청정을 누가 감히 겨루랴. 이력을 보면 다 알 수 있다. 그러므로 단 자비문중으로서 자비발로의 일단에서 정화의 방법론이 점진적으로 좀 달랐을 따름이지 그야말로 그분은 정화제일주의자 이시다. 그러므로 백양사에서는 호남고불총림(湖南古佛叢林)을 세워 정화를 맨 먼저 시작했던 것이다. 그런데 정화도중 정화를 빙자하여 일부에서 갑자기 보조선사를 종조로 내세워 환부역조(換父易祖 ; 아버지를 바꾸고 조상을 바꿈) 하는 바람에 그런 사람들과는 같이 일할 수 없다 하여 어쩔 수 없이 손을 떼게 된 것이다(近年以來法衆稱淨化至以易宗換祖)

    그분은 시종 정화의 선구자이며, 도적을 행하고 음을 행하는 것이 보리에 해롭지 않고 술마시고 고기 먹는 것이 반야에 해로울 것이 없다는(行盜行淫不害菩提 飮酒食肉無妨般若) 가풍을 절대배격하는 분이며 환부역조를 앞장서 반대한 분이다. 이러한 사실들이 그의 영찬과 비문에 훤히 잘 기록되어 드러나 있으니 이러한 숨김없는 사실은 재론할 필요조차도 없는 것이다.

    오호 애재로다. 만암대종사께서는 마침 고령의 노쇠경에 이르러 그 큰 뜻을 다 펴시지 못하고 열반에 드시니 진사리 팔과는 지금도 광채가 찬란하여 우리를 깨우치고 있으며(得舍利八顆人莫不懽喜 讚嘆曰以若吾師無是何以能警迷而示來乎) 금석의 비문은 천고에 마멸되지 않으리라.

불기 2537년 4월 15일
宗成 화남 근지(謹識)